Eloísa Díaz

1981

KRIMINALROMAN

Aus dem Englischen
von Mayela Gerhardt

Hoffmann und Campe

Die Originalausgabe erschien 2021 unter dem Titel
Repentance bei Weidenfeld & Nicolson, London.

Das Zitat auf Seite 7 stammt aus: Antonio Machado, »Der Iberische Gott«, S. 27 in: *Campos de Castilla / Kastilische Landschaften, 1907–1917*, Spanisch und Deutsch, herausgegeben und übertragen von Fritz Vogelsang, Ammann Verlag, Zürich, 2001, © S. Fischer Verlag GmbH.

Das Zitat auf Seite 308 f. stammt aus: Federico García Lorca, »Mondsüchtige Romanze«, S. 7 in: *Zigeunerromanzen. Primer romancero gitano 1924–1927. Gedichte*, aus dem Spanischen von Martin von Koppenfels, © Suhrkamp Verlag, Frankfurt am Main, 2002.

1. Auflage 2021

www.hoffmann-und-campe.de
Umschlaggestaltung: Lisa Busch © Hoffmann und Campe
nach einem Originalentwurf von zero media, München
Umschlagabbildung: © plainpicture / AWL / David Bank
Satz: Pinkuin Satz und Datentechnik, Berlin
Gesetzt aus der Trump Mediäval und der Cera Pro
Druck und Bindung: GGP Media GmbH, Pößneck
Printed in Germany
ISBN 978-3-455-01094-7

HOFFMANN UND CAMPE

Ein Unternehmen der
GANSKE VERLAGSGRUPPE

Für Frau Holz,
die die Schriftstellerin in mir
schon vor mir erkannte.

»Ni el pasado ha muerto,
ni está el mañana – ni el ayer – escrito.«

»Was war, ist nicht tot, nicht erstarrt
ist das Morgen – noch das Gestern gepflückt.«

Antonio Machado, *Campos de Castilla/*
Kastilische Landschaften

»Er schläft«, sagt sie, als sie das Zimmer betritt.

Von seiner Position auf dem Sofa deutet er mit einem Nicken auf das eiskalte Bier, das dort für sie bereitsteht. Bevor sie sich setzen und danach greifen kann, das Aufheulen eines Motors. Ein Auto kommt näher. Reifen quietschen. Ganz in der Nähe. Er stürzt ans Fenster. Ein artischockengrünes Auto. Mitten auf der Straße steht, mit laufendem Motor, der Ford Falcon seiner Albträume.

Vier Türen öffnen sich, und je ein Mann tritt heraus. Die Türen knallen zu.

Wums. Wums. Wums. Wums. Er dreht sich um. Es gibt nichts zu sagen. Er blickt zu Boden.

Vielleicht kommen sie jemand anderen holen.

Sie steuern auf seinen Wohnblock zu.

Scheiße scheiße scheiße scheiße scheiße.

Einer der Männer sieht auf. Ihre Blicke begegnen sich.

1

2001

Mittwoch, 19. Dezember, 8.30 Uhr

In jedem anderen Land wäre ein Krieg ausgebrochen.

Aber dies war nicht jedes andere Land. Dies war Argentinien. Polizeiinspektor Alzada schoss die Avenida Belgrano hinunter, den rechten Fuß aufs Gaspedal gedrückt, als ihm schummrig vor Augen wurde. Wann hatte er zum letzten Mal etwas gegessen? Oder richtig geschlafen? *Du bist nicht mehr der junge Mann von früher, Joaquín,* hörte er Paulas Stimme so deutlich, als säße sie auf dem Beifahrersitz. Er rückte seine Pilotensonnenbrille auf der Nase zurecht und seufzte.

Sie hatte recht. Er brauchte eine Pause. Erst letzte Woche war er freundlich in die Personalabteilung zitiert worden, wo man ihm die »Sachlage« erläutert hatte. Der Inspektor hatte sehr genau verstanden, was ihm der vielsagende Blick der geradezu provozierend höflichen Dame mit der Katzenaugenbrille sagen wollte. Trotzdem hatte er sie dazu gebracht, es laut auszusprechen: Er war zwar im pensionsberechtigten Alter, aber leider ließ die Pensionskasse der Polizei es momentan nicht zu, ihn in Rente zu schicken. Sein Traum, dem er jahrzehntelang entgegengefiebert hatte, würde warten müssen. »Bestimmt ist es bald so weit«, hatte die Dame ohne echte Überzeugung gesagt. Selbstverständlich könne er seinen Dienst jederzeit quittieren, hatte sie nachgesetzt, aber das würde sie ihm angesichts des derzeitigen politischen Klimas nicht empfehlen. *Interessante Wortwahl, »politisches Klima« – Sturm der Entrüstung traf es wohl eher.*

Alzada beugte sich vor und stützte sich aufs Lenkrad. Zu dieser Zeit im Sommer sollte der Himmel unverschämt lapislazuliblau leuchten; stattdessen umhüllte ein klebriger Staubschleier Buenos Aires und färbte die Luft gleichmäßig trüb grau. *Definitiv kein normales Klima.* Ein matt schimmernder Metalldeckel auf einem Dampfkochtopf. Am Horizont, vor den turbulenten Gewässern des Río de la Plata – dem Fluss von der Farbe eines Löwen, wie die Konquistadoren einst sagten –, standen alle Ampeln auf Grün. Alzada schaltete in den dritten Gang.

Er war mit dem falschen Fuß aufgestanden: Nachts hatte er sich im Bett hin und her gewälzt und dann verschlafen, was ihn genötigt hatte, in der knappen Zeit, die ihm noch blieb, eine schwerwiegende Entscheidung zu treffen: frühstücken oder duschen. Letztlich hatte er keins von beidem getan, sondern war direkt in ein kompliziertes Gespräch mit seiner Frau hineingeraten. Wo er schon so offensichtlich vom Pech verfolgt war, hatte er beschlossen, zumindest sein Lieblingshemd anzuziehen, das hellblaue mit dem weißen Kragen, doch selbst diese kleine Freude war ihm verwehrt geblieben: Das Hemd war nicht gebügelt. Stattdessen trug Alzada jetzt ein graues, ein Impulskauf, den er fast augenblicklich bereut hatte, und er hätte bei Gott schwören können – sofern der fromme Katholik in ihm es je gewagt hätte, etwas Derartiges zu tun –, dass das Hemd in dem sengenden Dunst glitzerte.

Und dann der Anruf des Gerichtsmediziners. Alzada hatte Dr. Petacchis Stimme sofort erkannt, als das Telefon früher am Tag geklingelt hatte – wie könnte er die Stimme dieses Mannes je vergessen. Er hatte sein Bestes gegeben, um einen Besuch im Leichenschauhaus zu vermeiden, und den Gerichtsmediziner gebeten, ihm die Details am Telefon zu erläutern. Dr. Petacchi hatte sich geräuspert. »Ich weiß nicht, Inspektor. Es ist besser, Sie machen sich selbst ein Bild.« Alzada hatte geschwiegen, woraufhin der Gerichtsmediziner nachgesetzt hatte: »Aber natürlich bin ich da, um Ihnen zu *helfen*. Wenn es Ihnen zu große Umstände bereitet, lasse ich Ihnen den Bericht auf die Wache schicken.«

Na schön.

Anstatt also in seinem Garten Kaffee zu trinken, befand er sich gerade auf dem Weg zu dem Ort, den er in Buenos Aires am wenigsten mochte. Gut, am zweitwenigsten.

Alzada bog links ab und bewunderte die breite Avenida 9 de Julio. *Ein Schlachtfeld.* Der letzte Rest von Normalität war von den Straßen gewaschen worden, die jetzt vor der nervösen Energie eines unausweichlichen Kampfes vibrierten. Menschen. Überall, wo er hinsah, Menschen. Man erkannte diejenigen, die so schnell wie möglich in eine der Seitenstraßen einscheren und entkommen wollten: Sie liefen dicht an den Gebäuden entlang, an den verschlossenen Fensterläden der Geschäfte vorbei, hinter denen sich leere Regale verbargen. Sie eilten voran, die Köpfe gesenkt.

Zusätzlich zu den ausdauernden wöchentlichen Protesten der *Madres de Plaza de Mayo* hatte es in der Stadt in letzter Zeit zahllose Demonstrationen gegeben: Buenos Aires' Straßen waren unablässig von Wut erfüllt. Trotzdem war heute etwas eindeutig anders. Alzada konnte nur nicht sagen, was.

Er schaltete das Radio ein. Die Regierung hielt eine weitere Krisensitzung ab, um neue Sparmaßnahmen zu beschließen. *Deshalb hat die Polizei einige Straßen für den Verkehr gesperrt. Sie rechnen mit einer Revolte.* Alzada sah hinter dem Meer der Autos Menschenströme ineinanderfließen. Er wusste, dass jeglicher Versuch, die Massen aufzuhalten, zum Scheitern verurteilt war: Die Blockaden würden den zähen Mob nicht davon abhalten können, langsam, aber stetig bis zur Casa Rosada vorzudringen. Die Demonstranten setzten den Strategien der Beamten ihre eigene entgegen: Sie liefen in den Verkehr hinein, wo es schwieriger war, sie unter Kontrolle zu halten, und fast unmöglich, sie zu fassen zu kriegen – insbesondere diejenigen, die so schlau waren, kein Hemd zu tragen, an dem man sie packen könnte. Im Prinzip war es ein Häuserkampf: Die Demonstranten blockierten die Verkehrsadern der Stadt, nahmen den Polizisten den Platz zum Manövrieren und machten somit deren Vorteil zunichte. *Kein Zufall, sondern Absicht.*

Alzada kratzte sich an der spärlichen Gesichtsbehaarung, die er zu einem Bart zu verweben versuchte. An welchem Punkt war eine Tragödie unausweichlich geworden? Er setzte seine Brille ab und drückte zwei Finger gegen den Nasenrücken. *Nicht einmal die Sirene hilft mir hier raus.* Er würde zu spät kommen.

Warum war es nicht zu einer Revolution gekommen? Seit Präsident Fernando de la Rúa beschlossen hatte, die Wirtschaft souverän Richtung Abgrund zu steuern, hatten die Argentinier seinen ganz speziellen Stil der Inkompetenz in mehreren qualvollen Stadien durchlitten: Zunächst war ihnen der Zugriff auf ihre Sparkonten verwehrt worden; dann hatten sie mit ansehen müssen, wie die ungezügelte Inflation das Leben beinahe über Nacht um ein Vielfaches teurer gemacht hatte; jetzt mussten sie damit leben, dass sie immer weniger Geld von ihrem Girokonto abheben durften – in einem Land, in dem man fast ausschließlich mit Bargeld bezahlte. Und bei alldem hatten die Menschen eine stoische Gelassenheit an den Tag gelegt. In Lebensmittelgeschäften und an Tankstellen war es zwar zu Plünderungen gekommen, aber es waren Einzelfälle – zurückhaltend verstreut in den ärmeren Provinzen, weit weg von der Hauptstadt. Als sie in den Abendnachrichten die Bilder gesehen hatten, hatte Paula verkündet: »Gott legt eine Schlinge um unseren Hals, aber er zieht sie nicht ganz zu.« Doch wie *hatten* sie es überlebt, wo man ihnen über so lange Zeit schon die Luft zum Atmen geraubt hatte? »Wir haben Schlimmeres gesehen« war ein häufig geäußerter Trostspruch, dessen Ursprung sicherlich die kollektive Erinnerung an mehrere aufeinanderfolgende Militärputsche war. *Ist das der Grund dafür, dass die Leute nicht aufbegehren? Weil sie dem Militär keinen Vorwand liefern wollen, erneut die Macht an sich zu reißen?*

Alzada hielt an einer roten Ampel. Es bestand kein wirklicher Grund zur Eile: Der Leichnam war bereits erkaltet. Dem Inspektor fielen zwei Jungen auf, die an der Ampel standen, direkt links von seinem Auto, und als Einzige nicht die Straße überquerten. Der Ältere der beiden war mitten im Teenageralter, der Jüngere war seinen Babyspeck noch nicht ganz losgeworden – ungefähr acht? Sie ähnelten sich wie ein Ei dem anderen. *Brüder.* Träumer in Maradona-T-Shirts. Alzada kannte diese Art von Jungen: Sie glaubten, vor ihnen habe noch nie jemand versucht, die Welt zu verändern. Sie glaubten, Entrüstung sei ihre Erfindung, sie glaubten, sie wären zum Kampf bereit. *Sie glauben, sie könnten ihn gewinnen.* Sie waren belogen worden – von grauhaarigen, seriös wirkenden Männern, die predigten, wie die Dinge sein könnten, Männer, die sich in ihren Ledersesseln zurücklehnten und blauäugige Jungen die Drecksarbeit machen ließen. Hungrige Jungen, die mit Reis, Brot und Bohnen entlohnt wurden – und gelegentlich mit Schokolade und Zigaretten. Die Jüngeren unter ihnen standen besonders hoch im Kurs: Ihr Strafregister war noch unbefleckt, und, was noch wichtiger war, sie schnüffelten noch keinen Klebstoff, deshalb galt ihre Loyalität ausschließlich dem Höchstbietenden. Ihnen fielen Botendienste unterschiedlicher Bedeutsamkeit zu, im Dienst der Sache – *welcher verfluchten Sache* –, vom Nachrichtenüberbringen bis zum Waffenverteilen. Zunächst wurde ihr Potenzial auf die Probe gestellt – ein Initiationsritual an einer Straßenkreuzung: Sie sollten die Ohren offen halten, über alle ungewöhnlichen Vorkommnisse berichten. Und an Tagen wie diesen hatten sie eine konkretere Mission: herauszufinden, welche Straßen verbarrikadiert waren und von wem, wie viele Polizisten im Einsatz waren.

Die beiden sind eindeutig Anfänger. Sie hatten noch nicht gelernt, wie man beobachtet, ohne zu beobachten, und schenkten einer Polizeieinheit, die auf der gegenüberliegenden Straßenseite einem Mannschaftswagen entstieg, definitiv zu viel Beachtung. Der Inspektor sah, wie der Ältere der beiden die Lippen bewegte – er zählte die Polizisten. *Zehn. Es sind zehn.* Alzada musste sich beherrschen, nicht laut zu schreien. Im Laufe seines Lebens hatte er eine Menge Dinge gezählt: seine Auseinandersetzungen mit Paula; die Dollar, die ihnen bis zum Monatsende blieben; die Toten, die er im Leichenschauhaus – und auf der Straße – gesehen hatte; die Tage, dann Wochen, dann Monate und schließlich Jahre, die sein Neffe ohne seinen

Vater aufwuchs. Im Gegensatz zu anderen Argentiniern hatte er nie Polizisten zählen müssen. Das sagte mehr über ihn aus, als sich Alzada eingestehen mochte.

Er wandte den Blick nach rechts. Der Mannschaftswagen der Polizei, der an der Ecke parkte, bot Platz für insgesamt vierundzwanzig blutrünstige Bestien, wenn man sechs in jede Sitzreihe pferchte. Doch wenn man den aktuellen Nachrichten des Radio Nacional glauben durfte, rotteten sich zeitgleich in mehreren Teilen der Stadt große Gruppen von Demonstranten zusammen, was bedeutete, dass die Polizeieinheiten aus weniger Einsatzkräften bestehen würden, weniger, als jedem Polizeipräsidenten lieb war. Die Mindestanzahl lag bei zehn Männern, also waren es zehn.

Bei der Bereitschaftspolizei machte es ohnehin keinen Unterschied, zu wissen, wie viele es waren, wenn sie erst einmal ihre Viking-Visiere herunterklappten und »Angriff!« brüllten. Nicht einmal die goldenen Boca-Juniors-Streifen auf ihrer Brust würden die Jungen schützen.

Alzada kurbelte das Fenster herunter. Es klemmte. Er kämpfte mit dem Griff und schraubte es schließlich bis zur Hälfte hinunter.

»*¡Hijo!*« Er bedeutete dem älteren der Jungen, sich dem Auto zu nähern.

Der Teenager rührte sich nicht vom Fleck. *Kluger Junge.*

»*¡Hijo!*«, rief er noch einmal.

Der Junge wandte Alzada nur den Kopf zu. Er musterte den Polizeiinspektor, als wollte er sich sein Gesicht einprägen, das gleiche rebellische Funkeln in den Augen wie Jorge, wann immer man ihn herausgefordert hatte. Jeder Versuch, ihn von seinem Vorhaben abzubringen, wäre zum Scheitern verurteilt.

»Warum bringst du deinen Bruder nicht nach Hause?«

Der Jüngere aß ein Eis. Ein Luxus in diesen Zeiten. *Diese Straßenecke scheint für sie von strategischer Bedeutung zu sein.* Alzada nahm die Kreuzung in Augenschein. Tatsächlich ermöglichte ihnen die außergewöhnlich lange Ampelphase, ihre Truppen in Stellung zu bringen und sich unbemerkt unter die Menschenmenge zu mischen. Bauern in einem menschlichen Schachspiel.

Ohne mit der Wimper zu zucken, sagte der ältere Junge: »Verpiss dich, Alter.«

Auch eine Art, um jemandes ungeteilte Aufmerksamkeit zu erlangen. Alzadas hatte er jetzt jedenfalls. Er war um die sechzehn, sein durchdringender, angriffslustiger Blick passte nicht zu seiner schlaksigen Statur, wegen der ihn seine Altersgenossen zweifellos verspottet hatten. *Er sollte in der Schule sein. Daran erkennst du, dass du alt wirst: Revolutionäre machen dich rührselig.* Um seine schmächtige Gestalt wettzumachen, plusterte der Junge seinen Brustkorb auf wie eine Taube. Sein linker Arm lag auf der Schulter seines Bruders – zwei Otter, die sich aneinanderklammerten, damit das Hochwasser sie nicht auseinanderriss. Sein rechter Arm hing schlaff herunter, die weiße Hand umklammerte rachedurstig einen Pflasterstein. *So lass deine linke Hand nicht wissen, was die rechte tut,* dachte Alzada und schmunzelte.

Moment mal – ein Pflasterstein? Offenbar eine Ablenkung von … *Da ist sie.* Eine nicht besonders gut getarnte Ausbeulung am Bund seiner lässig weiten Jeans. *Du musst sie hinten reinstecken,* boludo. Wahrscheinlich hatte er das in einem Film gesehen. *Deshalb rührst du dich nicht vom Fleck: Du hast Angst, dass sie rausrutscht.*

Vor zwanzig Jahren hätte Alzada nicht gezögert. Er wäre aus dem Wagen gestiegen, hätte selbstgefällig den Schlüssel in der Zündung stecken lassen, dem Jungen am Laternenpfahl den Kopf aufgeschlagen, die Pistole konfisziert und wäre weitergefahren. Das Eis wäre auf dem Straßenpflaster zerronnen.

Die Ampel sprang auf Grün.

2

2001

Mittwoch, 19. Dezember, 9.05 Uhr

»Wenn das nicht der berühmte Polizeiinspektor Alzada ist!«, rief der Gerichtsmediziner mit der hochtrabenden Gestik eines Zirkusdirektors. Doch statt eines scharlachroten Fracks mit Goldknöpfen trug er einen weißen Laborkittel mit verschlissenen Ärmeln und dem gestickten Schriftzug »Dr. E. M. Petacchi« auf der Brusttasche. *Vermutlich das Werk seiner Mutter.* Darunter einen Anzug und eine schwarze Krawatte.

Alzada schüttelte Petacchi die Hand und begann, an ihm vorbei die Stufen hochzugehen, doch Petacchi hielt ihn an der Schulter fest, überraschte den Inspektor mit seiner Energie und mit der Herzlichkeit, die von ihm ausging. Alzada setzte die Sonnenbrille ab und lächelte.

»Was machen *Sie* denn hier?«, fragte Petacchi.

»Ich versuche, das nicht als Beleidigung aufzufassen, Elías«, sagte Alzada. Er stieg die Stufen wieder hinunter und blieb auf einer Höhe mit Petacchi auf dem Gehweg stehen, der durch schlechte Stadtplanung und übermäßigen Fußgängerverkehr mittlerweile absurd voll war. »Und waren *Sie* nicht derjenige, der mich angerufen hat?«

»Ich muss sagen, ich war auch überrascht, als ich auf der Wache anrief und man mir sagte, ich solle mich bei Ihnen melden. Ihr letzter Besuch im Leichenschauhaus liegt eine Weile zurück, oder?«

»Ja, ich war nicht mehr hier, seit ich zum Diebstahl versetzt worden bin.«

»Wie lange ist das jetzt her ... zwanzig Jahre?«

Alzada ließ sich mit der Antwort einen Moment Zeit. *Als wüsste ich das Datum nicht auf den Tag genau.* »So um den Dreh. Aber wie es aussieht, ist heute jede Hand gefragt. Man stelle sich das vor: Erst eine Revolution lockt mich vom Schreibtisch weg. Und wie sieht es bei Ihnen aus? Viel zu tun im Moment?«

»Die Ruhe vor dem Sturm. Das wird sich ändern, sobald die Nacht hereinbricht ...«

Alzada räusperte sich. *Selbst Small Talk ist mit diesem Mann etwas Düsteres.*

Das flappende Geräusch von Rotorblättern ließ den Inspektor aufblicken. Das alte Gebäude der medizinischen Fakultät. Trotz seiner beachtlichen Höhe mangelte es ihm an Erhabenheit: Jemand hatte beschlossen, italienischen Renaissancestil mit den nüchternen, klar umrissenen Formen des deutschen Neoklassizismus zu kombinieren. Das Ergebnis wirkte wie ein armer Verwandter der Haussmann'schen Architektur. *Es könnte problemlos in einer Pariser Seitenstraße stehen.* Im Gegensatz zu dem blühenden Jakarandabaum neben dem Eingang.

»Wie geht es Ihrem Neffen, Inspektor?«

»Sorolla?« Ihn überraschte, dass sich jemand nach seiner Familie erkundigte. »Gut, gut«, sagte er zerstreut.

»Er spielt Schach, oder? Hat er Sie schon geschlagen?«

Alzada musterte Petacchi argwöhnisch. *Harmlos.* Der Inspektor entspannte die Schultern. »Davon träumt er.«

Worauf *warteten* sie eigentlich? Je früher sie die Sache hinter sich brachten, desto besser.

Wie aufs Stichwort bog in diesem Moment Hilfsinspektor Estrático um die Ecke und beantwortete damit seine Frage. Mit beschwingtem Schritt kam er auf sie zu. *Großartig. Natürlich haben sie ihn ebenfalls hierherbeordert. Was grinst der so blöd?* Polizeipräsident Galante glaubte offenbar, dass er nicht einmal einen einfachen Besuch im Leichenschauhaus allein bewältigen konnte. *Mag sein, dass ich aufsässig bin, aber ich bin immer noch ein verdammt guter Polizist.*

»Guten Morgen. Ich bin Orestes Estrático«, stellte er sich vor und streckte dem Gerichtsmediziner beflissen die Hand entgegen, der sie herzlich schüttelte. *Du musst deinen Dienstrang nennen, wenn du dich vorstellst.*

»Morgen«, war die einzige Reaktion, die er Alzada entlockte.

»Gut. Wir sind alle da. Sie wissen ja, wo es langgeht«, sagte Petacchi ermutigend. »Ich möchte Ihnen eine Sache zeigen.«

»Eine Person, Elías. Eine Person.«

»Natürlich. Das meinte ich ja.«

Im Flur Fliesen vom Boden bis zur Decke. Wer auch immer mit dem Entwurf des Gebäudes beauftragt worden war, hatte dabei vergessen, dass auch Zivilisten das Leichenschauhaus betraten. Es sah aus wie in einer Tierklinik und roch chemisch-sauber. *Heißes Wasser und Bleichmittel.* Der Geruch legte sich auf ihren Gaumen, während sie dem Klacken von Petacchis Schuhsohlen über den schummrig beleuchteten Korridor folgten. Sie bogen nach links ab, dann nach rechts und wieder rechts. Mehrere Minuten schienen zu verstreichen. Wenn sie noch länger von diesem Gestank umhüllt wurden, würden sie nie wieder etwas anderes riechen, dachte Alzada.

Steaks auf dem Grill. Eine reife Melone. Paulas Nacken.

Petacchi stieß zwei Schwingtüren mit Bullaugen auf, und sie betraten das Reich des Gerichtsmediziners.

»Treten Sie näher, Inspektor. Sie wollen sich sicher nicht die Details entgehen lassen«, forderte er ihn auf. Seine Stimme hallte in dem Meer aus Kacheln wider. Petacchi war ganz in seinem Element, amüsierte sich beinahe. Er war um die fünfundvierzig, hatte tiefschwarzes Haar und gelte es mit unnötig viel Pomade. Seine Augen glichen denen eines neugierigen Vogels, nie blieb sein Blick länger als einige Sekunden an einem Gegenstand oder einer Person hängen. Und wenn doch, dann blinzelte er hinter seiner dicken Hornbrille hervor, den Kopf zur Seite geneigt. *Seltsam, wie dieser Mann aufzublühen scheint, sobald wir die Kathedrale des Todes betreten.*

Der bloße Gedanke an das, was er zu sehen bekommen würde, drehte Inspektor Alzada den Magen um. Er hielt Ausschau nach einem Eimer. Kacheln, Kacheln, Kacheln, noch mehr Kacheln, und im Zentrum, wie ein glänzender Thron, *ein Opferaltar* – der in Flutlicht getauchte Arbeitstisch von der Größe eines Doppelbetts. Daneben ein Metallwagen, auf dem der Gerichtsmediziner gewissenhaft die Instrumente aufgereiht hatte, die er für seine Tätigkeit benötigte; Alzada erkannte flüchtig eine Schere, ein Spekulum, einen Meißel, eine Klammer, einen makabren Zirkel, mehrere Skalpelle und eine Nadel, deren makellose Präsenz darauf hindeutete, dass Petacchi entweder genug Zeit und den Anstand besessen hatte, eine Wunde der toten Person zu vernähen und die Nadel danach zu säubern, oder es gleich tun würde, was bedeutete, dass der Leichnam vor ihnen eine große klaffende Wunde aufwies. *Irgendwo.*

In der Ecke entdeckte Alzada einen Metalleimer. Der würde ausreichen. Der würde ausreichen *müssen.* Sein Blick wanderte zurück zum Tisch. Der Leichnam darauf war mit einem weißen Tuch bedeckt. *Dein Leben muss ab irgendeinem Punkt schrecklich schiefgelaufen sein, wenn man dich in einem Müllcontainer hinter dem städtischen Leichenschauhaus entsorgt hat.* Er versuchte, nicht darüber zu urteilen – erfolglos. Petacchi zog das Laken zurück, legte es sorgsam über dem Oberkörper zusammen und enthüllte den Kopf und die schmalen Schlüsselbeine des Opfers. Alzada wurde augenblicklich schlecht.

»Ein echter Hingucker, wie Sie sehen«, war der erste Kommentar des Gerichtsmediziners. *Was zum Teufel stimmt nicht mit dir?*

Alzada griff nach dem seidenen Tuch in seiner Tasche. Jetzt war er froh, dass ihm heute keine Zeit für sein übliches Frühstück geblieben war: ein Croissant mit *dulce de leche.* Das Ergebnis hätte wie der Eintopf ausgesehen, den er damals in der Schulmensa hatte essen müssen – mit Bröckchen darin –, wie die Eintöpfe, die Paquita ihm vor fünfzig Jahren liebevoll auf den Teller geschöpft hatte. Glücklicherweise wäre es heute nur Galle.

Petacchis schroffe Stimme holte ihn zurück in die Gegenwart. Er trug seine Schlussfolgerungen mit der eifrigen Inbrunst eines Kindes vor, das seine lateinischen Verbkonjugationen aufsagt. »Eine weibliche Person. Weiß. Ende zwanzig bis Anfang dreißig. 1,65 Meter. Achtundfünfzig Kilogramm. Keine Ausweispapiere oder persönlichen Gegenstände.« *Nicht einmal Kleider?* Der Gerichtsmediziner wechselte in einen ungezwungeneren Tonfall: »Wie ich Ihnen schon am Telefon erzählt habe, wurde sie heute Morgen gefunden, Inspektor.«

»Wie genau *hat* man sie denn gefunden?«, fragte Estrático. Er trug einen zerknitterten billigen Anzug, den einzigen, den er zu besitzen schien, über einem zerknautschten Hemd. Er hatte sich sichtlich bemüht, seine Haare mit Gel zu bändigen, doch bereits zu diesem morgendlichen Zeitpunkt waren seine widerspenstigen blonden Locken entkommen und umrahmten sein Gesicht – durchaus attraktiv, wie Alzada zugeben musste.

»Seltsam, dass Sie das fragen, denn …«

»Elías.« Inspektor Alzada spekulierte nicht gern über die Lebenden und schon gar nicht über die Verstorbenen. Er hielt es für eine ausgesprochen verwerfliche Angewohnheit. Seine Stimme dröhnte ungewollt laut durch den Autopsiesaal: »Hat Ihr Kommentar bezüglich der Bergung dieser unglücklichen Seele *irgendeine* Bedeutung für diesen Fall?«

»Nein, aber … Es ist so ungewöhnlich. Es ist in meiner beruflichen Laufbahn das erste Mal, dass mir ein Müllcontainer als Fundort unterkommt …« *Wir haben schon Schlimmeres gesehen.* »Und noch dazu direkt beim Leichenschauhaus …« Petacchi kam in Schwung: »Also, wenn Sie mich fragen …«

»Besser nicht«, sagte Alzada beherrschter als zuvor. »*Ich* bin der Polizeiinspektor. *Sie* sind der Gerichtsmediziner. Wir sind beide recht gut in dem, was wir tun, meinen Sie nicht auch?« Petacchi nickte pflichtbewusst. »Und als Polizeiinspektor würde ich empfehlen, sich nicht in Spekulationen und Verschwörungstheorien zu ergehen. Zumindest noch nicht. Und jetzt berichten Sie uns bitte, was Sie entdeckt haben.«

Petacchi räusperte sich und wandte sich wieder seinen Notizen zu: »Das Opfer weist vielfache Spuren von Gewalteinwirkung auf. Gebrochenes Nasenbein. Hämatome im Gesicht, am Hals, an den Armen, am Oberkörper. Mehrere gebrochene Rippen auf beiden Seiten. Linker Knöchel verdreht. Keine Anzeichen für sexuelle Gewalt.«

»Was verrät uns das über die Angreifer, Estrático?«, wandte sich Alzada an den Hilfsinspektor, der wie gebannt war. »Machen Sie sich Notizen, oder muss ich das auch noch tun?«

»Bin schon dabei, Inspektor.« Estrático kramte einen Notizblock aus der Tasche seines Jacketts hervor. »Und um Ihre Frage zu beantworten: Die Angreifer hatten es eilig?«

»Aber nein.« Der Polizeiinspektor wischte den Vorschlag mit einer Handbewegung beiseite. »Es wird eine ganze Weile gedauert haben, all das anzurichten. Meinen Sie nicht auch, Elías?«

Der Gerichtsmediziner nickte wieder.

»Nein. Wir können aus Dr. Petacchis Bericht schließen, dass ein gewisser Widerspruch vorliegt. Auf der einen Seite haben wir Beweise dafür, dass die Täter die deutliche Absicht hatten, sie zu töten, aber gleichzeitig haben sie, auf irgendeine beschissen-verquere Weise – Verzeihung, Elías –, beschlossen, sie mit einem gewissen Respekt zu behandeln. Warum sollten sie das tun?« *Anweisungen. Sie haben Anweisungen befolgt.*

Estrático notierte fieberhaft.

»Zweifellos eine Menge Gewalt, um sie einer einzelnen Person zuzufügen.« Zum ersten Mal betrachtete Alzada die Frau. *Und noch dazu einer so zierlichen.* Sie sah entspannt aus, wie sie dort lag, sorgenfrei. Sie hatte ein sehr blasses, sehr sanftes Gesicht. Sie musste hübsch gewesen sein. *Sie muss sich nach Leibeskräften gewehrt haben.*

»Außerdem weist sie mehrere Prellungen auf, vermutlich alle post mortem«, fuhr Petacchi fort.

»Post mortem? Jemand hat sie geschlagen, nachdem sie bereits tot war?«, fragte Estrático.

»Nein, nein.« Der Gerichtsmediziner schüttelte vehement den Kopf. »Das nicht. Wahrscheinlich rühren sie daher, dass sie in den Müllcontainer geworfen wurde. Als sie bereits tot war.«

»Woran erkennen Sie das?«, fragte Estrático. Estrático wirkte, als wäre er zum ersten Mal in einem Leichenschauhaus: ein Streber im Naturkundemuseum. *Wenn du mir schon einen Babysitter aufdrückst, dann such zumindest jemanden aus, der eine echte Hilfe darstellt.*

Bevor Petacchi zu einer Erklärung anhob, wartete er auf einen zustimmenden Blick von Alzada. *Meinetwegen, erklären wir es ihm.*

»Solange ein Mensch lebt, fließt kontinuierlich Blut durch seinen Körper. Das ist offensichtlich. Also: Wir sprechen hier von zwei verschiedenen Arten von Traumata. Auf der einen Seite gibt es die offenen Wunden: Schnitte oder Stiche von unterschiedlicher Größe – Schnittwunden im Prinzip. Ist ein Schnitt so tief, dass er bis in das Gewebe unter der Haut eindringt, blutet die Person. Nach *außen.* Und dann gibt es das ›stumpfe Trauma‹ – sagen wir, es entsteht, ›wenn man ein Säugetier mit einem stumpfen Gegenstand schlägt‹: Dabei werden die Gefäße verletzt, aber das Blut tritt nicht aus dem Körper aus. Durch die *innere* Blutung entstehen die Prellungen. An einigen Stellen habe ich zudem Verletzungen der Haut entdeckt – an den Oberschenkeln, den Ellenbogen und am unteren Rücken –, wo kein Blut ausgetreten ist. Das zeigt mir – uns –, dass zum Zeitpunkt ihrer Entstehung kein Blut mehr im Körper zirkulierte. Demnach war sie bereits tot. Das Vorhandensein der Läsionen verrät uns, dass sie äußerst grob behandelt wurde – und zwar sowohl vor ihrem Tod als auch danach.«

»Verstehe.« Alzada schluckte. »Also, um es zusammenzufassen: Erst wird sie ermordet. An irgendeinem ruhigen Ort, wo sich die Mörder Zeit lassen, gründlich vorgehen können. Aber dann werfen sie sie achtlos in einen Müllcontainer, was nahelegt, dass sie es plötzlich eilig hatten.«

»Zwei verschiedene Tätergruppen?«, schlug Estrático vor. *Im Ernst? So blöd kann er doch nicht sein. Ruhig Blut, Joaquín.*

»Auf mich macht es eher den Eindruck, als wäre etwas Unvorhergesehenes passiert. Etwas, das sie gezwungen hat, ihre Pläne zu ändern und sich der Frau so schnell wie möglich zu entledigen. Der Müllcontainer war als Ablageort nicht vorgesehen: Sie haben den erstbesten Platz genommen, den sie finden konnten.« Alzada sah sich im Raum um. Ein Verlies, von der Außenwelt hermetisch abgeriegelt. *So still wie in einem Aquarium.* Doch auf den Straßen braute sich ein Sturm zusammen. »Sie dachten, hier wären sie unbeobachtet. In diesem Viertel stehen hauptsächlich Regierungsgebäude.«

»Wenn ich hier rauskomme, bin ich oft der Einzige auf der Straße«, bestätigte Petacchi.

»Sehen Sie?«, wandte sich Alzada an Estrático. »Die Täter sind gar nicht auf die Idee gekommen, dass die Demonstranten über Nacht die Stellung halten könnten. Nicht einmal die Regierung hat das vorausgesehen. Also haben sie ihr Vorhaben in die Tat umgesetzt. Professionell. Methodisch. Damit wäre der erste Teil erklärt. Und plötzlich gibt es Beobachter. Sie werden nervös. Planänderung. Sie sehen den Müllcontainer. Werfen sie hinein. Wie lange ist sie schon …?«

»Mal sehen«, sagte Petacchi und warf einen Blick auf seine Uhr. »Jetzt ist es 9.20 Uhr. Die Totenflecken sind noch nicht vollständig ausgeprägt, aber der Körper ist schon auf Raumtemperatur runtergekühlt.« Alzada würgte. »Irgendwann vor Mitternacht, würde ich sagen. Auf jeden Fall nach dem Abendessen –« *Bitte keine weiteren Details.*

»Todesursache?«, kam Alzada weiteren Ausführungen zuvor. Er würde seinen Brechreiz nicht länger unterdrücken können, wenn sie dieses Thema vertieften. Und er würde sich ganz sicher nicht vor diesem Grünschnabel übergeben. Er bedeutete Petacchi, den Leichnam zuzudecken.

»Eine perforierende Verletzung am Hinterhauptbein.«

»Übersetzen Sie«, sagte Alzada und deutete auf Estrático, der von seinen Notizen aufsah.

»Nicht nötig. Ich weiß, was das bedeutet«, sagte der Hilfsinspektor. »Ein Kopfschuss, richtig?«

»Eine Nahschussverletzung«, präzisierte Petacchi leicht gereizt. Trotzdem setzte er nach: »Sie wurde in den Hinterkopf geschossen.« *Eindeutig ein Auftragsmord.*

»Nur ein Mal?«, fragte Estrático.

»Insgesamt drei Mal. Noch dazu aus nächster Nähe, Entfernung maximal zwanzig Zentimeter. Aber wir sprechen nur von *einer* Verletzung, weil sie von dem zweiten und dritten Schuss wohl nichts mehr mitbekam.«

»Ein Auftragsmord?«, mutmaßte Estrático.

»Möglich …«, antwortete Petacchi zurückhaltend.

»Ich habe die Kugeln extrahiert. Alle drei aus derselben Waffe. Neun Millimeter. Standard.«

»Na wunderbar«, seufzte Estrático, »damit ist die halbe Stadt verdächtig.«

»Nun, man kann es zumindest eingrenzen – der Auftraggeber muss sie gekannt haben«, murmelte Petacchi.

»Was meinen Sie, Elías?«, fragte Alzada interessiert.

»Wir können ziemlich sicher davon ausgehen, dass es kein Unfall war: kein fehlgeschlagener Raubüberfall, keine Halbstarken, die mit einer Pistole herumgespielt haben.

Jemand wollte sie um jeden Preis töten. Ich habe selbstverständlich Gewebeproben entnommen, aber ich tippe darauf, dass die Täter es nicht eilig hatten, so wie Sie vermuten«, sagte Petacchi. »Im Gegenteil: Wenn man sich so große Mühe gibt, nimmt man sich die Zeit, alle Spuren zu beseitigen. Daher gehe ich davon aus, dass die Obduktion zu keinem Ergebnis führen wird und wir auch am Müllcontainer nichts finden werden. Sie hat allerdings ein Erkennungsmerkmal …«

»Ein Erkennungsmerkmal?«, fragte Estrático.

»Oder besser gesagt, zwei: Tätowierungen. Zwei identische Schwalben, auf jeder Hüfte eine, die nach innen zeigen. Schwarze Tinte. Leicht verblichen, etwa vier Jahre alt. Vielleicht hilft das, sie zu identifizieren?«

»Warum ist der Kopf intakt?«, platzte Estrático heraus.

Alzada wand sich. *Aber er hat recht.* Von den Einschüssen war nichts zu sehen, und auch nicht von Petacchis nachträglichem Eingriff, um die Kugeln zu entfernen. *Hat er den Zirkel dafür verwendet?*

Der Gerichtsmediziner sah Alzada an und lächelte. »Da ist aber jemand wissbegierig, Inspektor …«

»Was soll ich sagen, Elías«, entgegnete er gespielt resigniert, »die Jugend von heute.«

Alzada sah, wie Estráticos Blick während ihres freundlichen Geplänkels vom einen zum anderen schoss. *Du wunderst dich, dass wir uns so gut kennen, stimmt's?* »Wir kennen uns aus einem früheren Leben«, war die einzige Erklärung, die beide je dazu abgaben. Als hätten sie sich darauf geeinigt. Niemand wagte es, weiter nachzufragen. Näher darauf einzugehen wäre für Alzada schmerzhaft gewesen und für den Gerichtsmediziner beschämend, wie er annahm.

Trotzdem entging Alzada nicht, dass ihr Schweigen

erst recht weitere Fragen aufwarf, besonders bei jüngeren Leuten. Aber natürlich hatte auch er sich vor langer Zeit gefragt, wie die Welt vor seiner Zeit ausgesehen haben mochte. Nicht die altertümliche Welt, angefüllt mit den Artefakten der Höhlenmenschen bis zu denen der Konquistadoren – ironischerweise war diese Welt leichter zu verstehen: Sie hatte ein zeremonielles Begräbnis erfahren und ruhte im geschlossenen Sarg der Geschichtsbücher. Nein, den Leuten fiel es schwerer, sich eine Version der Vergangenheit auszumalen, die ihnen näher war, eine Vergangenheit, in der Alzada und Petacchi jung gewesen waren, sich kennengelernt und irgendwie angefreundet hatten. *Das* war für sie kaum zu erfassen. *Das* war ihnen unbehaglicher. Weil die Vergangenheit in denen weiterlebte, die noch zugegen waren. Weil sie bedrohlich in die Gegenwart hineinsickerte.

»Also, im Gegensatz zu dem, was man im Kino sieht, was, nebenbei bemerkt, sowieso meist Unfug ist« – der Gerichtsmediziner schüttelte missbilligend den Kopf –, »wird der Kopf nicht immer von einem Schuss ›weggeblasen‹, um einen Ausdruck zu verwenden, der Ihnen geläufig sein dürfte. Es hängt weitgehend von der Projektilbreite ab, vom Abstand zur Zielperson, vom Eintrittswinkel und so weiter.« Überraschend sanft nahm Petacchi den Kopf der Frau in beide Hände, drehte ihn ein Stück zur Seite und offenbarte eine saubere Wunde, nicht größer als ein Hemdsknopf. »Es ist nicht ungewöhnlich, dass die Kugel das Gewebe durchdringt und selbst den Knochen, ohne großen Schaden an der Struktur zu verursachen.« Mit demselben Fingerspitzengefühl brachte er den Kopf wieder in seine Ausgangsposition zurück.

»Danke, Elías. Tadellose Arbeit.« *Akribisch wie immer.*

»Keine Ursache. Ich rufe Sie an, sobald mir der toxikologische Bericht vorliegt, und schicke Ihnen alle Fotos und die Analyse der Fingerabdrücke vom Müllcontainer für Ihre Unterlagen zu.«

Inspektor Alzada schüttelte ihm die Hand und eilte nach draußen. Er hörte kaum noch, wie Petacchi ihm nachrief: »Einen schönen Tag noch, Inspektor.«

Hinter ihm versuchte Estrático, mit ihm Schritt zu halten. Hier auf der Straße war es ruhig, aber sie hörten das Lärmen einer Menschenmenge, das ein paar Straßen weiter anschwoll. *Nach Westen. Zur Casa Rosada.* Wie sollte irgendjemand dieses Land ernst nehmen, wenn das Regierungsgebäude »das Rosa Haus« hieß?

»Estrático.«

»Ja, Inspektor.«

Alzada hörte die Anspannung in der Stimme des Hilfsinspektors, drehte sich aber nicht um. »Ich muss mich um ein paar Dinge kümmern.« Als Erstes um Kaffee. *Es ist ja nicht so, als stünde dieser Fall auf unserer Prioritätenliste ganz oben.* »Schaffen Sie es allein zur Wache?«

»Natürlich, Inspektor.«

Estrático verschwand auf die gleiche verstohlene Art, wie er zuvor aufgetaucht war. Alzada sah sich suchend nach einem Café um. *Mist!* Seine neuen Schuhe in einer dunklen Pfütze. *Bitte kein Regen.* Wobei – wäre Schmutzwasser doch nur sein größtes Problem.

3

2001

Mittwoch, 19. Dezember, 10.00 Uhr

Als Alzada auf der Polizeiwache eintraf, hatte es angefangen zu regnen. Es war kein richtiger Regen, sondern *chirimiri:* ein unablässiges, fast unmerkliches Nieseln, das einen irgendwann bis auf die Knochen durchnässte. Der Inspektor betrat das Großraumbüro. Ursprünglich war es die Empfangshalle gewesen, mit einem eleganten Mahagonischreibtisch und einer bildhübschen Sekretärin, die ihr Haar wie Evita trug, doch die Wirtschaftskrise hatte die Policía Federal Argentina zu umfangreichen Sparmaßnahmen gezwungen. Sie hatten die oberen Etagen des Präsidiums an eine schicke ausländische Werbeagentur vermieten müssen, und der Empfangsbereich war in der Folge in ein Büro umgewandelt worden, in dem die jüngeren Polizeibeamten wie Estrático saßen. Der Raum war beengt, in einem fragwürdigen Senfton gestrichen, und wie auf einem Tetris-Spielfeld stapelten sich darin Sperrholzschreibtische, unbequeme, klapprige Stühle, eine launische Kaffeemaschine und das Schmuckstück der Polizeiwache: eine grüne Couch, auf der jeder Unruhestifter im Viertel Monserrat schon gesessen hatte. Ihr Baumwollsamtbezug machte keinen Unterschied zwischen Polizeibeamten in Zivilkleidung und Tätern, die darauf warteten, dass man ihre Daten aufnahm, und begrüßte diejenigen, die auf ihr Platz nahmen, mit der Erinnerung an abgestandenen Zigarettenrauch und Kaffee. Dreißig Jahre nach ihrem Kauf war ihre Farbe zum Großteil verblichen, und sie hatte gelbliche Flecken wie Gras nach einem trockenen Sommer.

Darauf hockte an diesem Morgen – so wie an fast jedem anderen auch – »la Dolores«, die wieder einmal den Frieden in diesem respektablen Stadtviertel gestört hatte. Dolores war siebenunddreißig, sah aus wie siebenundvierzig und tat sich chronisch schwer damit, zu verstehen, warum dieselben Kunden, die ihr während ihrer privaten Zusammenkünfte bedingungslose Liebe schworen, danach so taten, als würden sie sie nicht kennen, insbesondere während der gelegentlichen Sonntagsspaziergänge mit ihrer Familie. Ihrer »anderen Familie«, wie Dolores sie hartnäckig nannte.

»Guten Morgen, Dolores.«

Ihr Modus Operandi belustigte Inspektor Alzada.

»Guten Morgen, Inspektor.« Sie sah aus, als hätte sie auf dem Sofa übernachtet – eingewickelt in eine Decke und mit verlaufenem Augen-Make-up.

»Ich sehne den Morgen herbei, an dem ich Sie einmal nicht hier antreffe«, sagte Alzada im Vorbeigehen.

»Ich auch, Inspektor.«

»Geben Sie mir Bescheid, falls die Jungs mehr Zeit als nötig mit dem Bearbeiten Ihrer Unterlagen brauchen. Ich weiß, sie freuen sich über Ihre Gesellschaft, aber Sie sollten längst wieder zu Hause sein. Besonders bei dem, was heute los ist.«

»Danke, Inspektor.« Sie äußerste keinen Satz, ohne darin seinen Rang zu erwähnen: die perfekte Mischung aus Ehrfurcht und liebenswürdigem Spott.

»Estrático!«, brüllte er.

Ein blonder Schopf schoss aus einer Seitentür heraus. Der Hilfsinspektor hatte, zu Alzadas großem Missfallen, sein Jackett ausgezogen – *was der sich rausnimmt!* – und enthüllte darunter zu allem Überfluss ein kurzärmeliges Hemd mit Button-down-Kragen.

»Nennen Sie mich ruhig Orestes, Inspektor. Wo wir doch jetzt Partner sind …«

»Estrático, ich hatte ein Mal im Leben einen Partner und suche verdammt sicher keinen zweiten.« Alzada blickte sich um, plötzlich beunruhigt. *Hier sieht es aus wie an einem Sonntagnachmittag.* »Sind alle Mann ausgesandt worden?«

»Ja, zur Verstärkung«, bestätigte Estrático. »Fünfundsiebzigtausend Streitkräfte und Zivilpolizisten in Bereitschaftsstellung. Eine beispiellose Maßnahme.«

Es gibt *ein Beispiel, und das hat kein gutes Ende genommen.* Als das Militär das letzte Mal die Kontrolle über die Straßen übernommen hatte, war die Zahl der Todesopfer in die Tausende gestiegen.

»Alle, nur wir nicht?«, kicherte Alzada. »Ich weiß, was *ich* getan habe, um für diese heroische Aufgabe nicht auserkoren worden zu sein, aber *Sie*? Ist es nicht ein bisschen zu früh in Ihrer Berufslaufbahn, um aufs Abstellgleis zu geraten?«

Estrático lächelte unbehaglich.

»Gut.« Alzada hatte einen gewissen Spaß daran, seinen Untergebenen zu verunsichern, aber genug war genug. »Ich nehme an, heute gibt es keinen Appell … Irgendwelche Neuigkeiten aus dem Leichenschauhaus?«

»Noch nicht, Inspektor. Abgesehen von der anonymen Toten war der Morgen bisher ruhig.«

»Bisher«, knurrte Alzada.

»Hier ist ein Paar, das Sie sehen möchte.«

»Mich?« Alzada ließ enttäuscht die Hände sinken. »Haben sie ausdrücklich nach mir gefragt? Sind Sie sicher, dass sie mit *mir* sprechen wollen?«

»Sie haben nicht nach Ihnen persönlich gefragt.« *Das klingt schon besser.* »Sie wollten den höchstrangigen Beamten auf dieser Wache sprechen. Und wie Sie wissen«, der Hilfsinspektor hielt inne und hüstelte gekünstelt, »ist es erst 10 Uhr ... also sind das momentan Sie.«

»Und weswegen sind sie hier?« Alzada beschloss, Estráticos Anspielung auf die berüchtigt laxe Arbeitsethik des Polizeipräsidenten zu übergehen.

»Das wollten sie nicht sagen. Ich habe sie in Ihr Büro gebracht.«

Der Inspektor hatte an diesem Morgen schon genug Zeit mit dem Besuch im Leichenschauhaus und der Parkplatzsuche für seinen betagten Clio verschwendet. Nicht dass er wirklich viel zu tun gehabt hätte: Ohne Personalausweis, ohne toxikologischen Bericht und ohne Tatort blieb ihm nur zu hoffen, dass jemand anrief und eine Frau als vermisst meldete, auf die die Beschreibung zutraf. *Die Vorgehensweise für heute ist klar.* Der Inspektor nannte es gern »das Protokoll des geringstmöglichen Aufwands«: Alles, was aufgeschoben werden konnte, wurde aufgeschoben. Aber selbst wenn er die Zeit hatte, sich um diese Leute zu kümmern – sie mussten verrückt sein, sich ausgerechnet diesen Morgen für einen Besuch auf der Polizeiwache ausgesucht zu haben.

»Begleiten Sie mich.«

»Guten Morgen«, verkündete Alzada, als er sein Büro betrat.

Das Paar antwortete mit einem unverständlichen Murmeln.

Von seinem Büro im hinteren Teil des Gebäudes konnte sich der Inspektor mit diesen zwei Schönheitsflecken auf seinem ansonsten »makellosen« Tag befassen und dabei gleichzeitig das Großraumbüro draußen im Blick behalten: Eine große Rauchglasscheibe ermöglichte ihm, das gesamte Geschehen zu verfolgen, auch wenn seine Tür geschlossen war. So blieb ihm das hämmernde Tippen seiner Untergebenen erspart, ihre dreckigen Witze und der wahllose Klatsch über Dinge, die ihm scheißegal waren. *Galantes letztes Zugeständnis. Sonst säße ich bei den Sekretärinnen.*

In einer Ecke seines Büros stand ein runder, wackliger Tisch, auf dem Minarette aus unbearbeiteten Akten aufragten; der Inspektor wälzte sie gern auf die jungen Polizisten ab, die ihm abwechselnd zuarbeiteten. Ihm war durchaus bewusst, dass sie ihm nicht aus Gefälligkeit zur Seite gestellt wurden: Ihre wahre Mission bestand nicht etwa darin, als seine persönlichen Assistenten zu fungieren, wie Galante ihm versichert hatte, sondern den Polizeipräsidenten über jegliches unverantwortliche Handeln des schwarzen Schafs auf dem Revier zu informieren, idealerweise *bevor* es dazu kam. Kürzlich hatte der Polizeipräsident Estrático zu seinem neuesten Lakaien auserkoren. *Glaubt wahrscheinlich, ich könnte mir einen solchen Arschkriecher nicht vom Leib schütteln.*

Alzada machte das allgemeine Chaos dafür verantwortlich, dass die Akten im ungelegensten Moment seinen Schreibtisch verstopften – sowohl im buchstäblichen als auch im übertragenen Sinn –, hässliche Fälle, die nie den Weg zu ihm gefunden hätten, wenn die Dinge ihren gewohnten Gang gegangen wären. Er wünschte, ihm fiele ein besseres Wort dafür ein – etwas Elegantes, womöglich mit lateinischem Anklang. Doch in diesem Fall war es das passende Wort: hässlich. Seinen Tag damit zubringen zu müssen, eine schlüssige Erklärung dafür zu finden, dass eine Leiche im Müllcontainer hinter dem Leichenschauhaus gelandet war. Hässlich. Unter normalen Umständen müsste sich jemand aus dem Diebstahlsdezernat niemals um eine unbekannte Tote kümmern. Aber wann waren die Umstände zum letzten Mal »normal« gewesen – in diesem Polizeirevier, in Buenos Aires?

Alzada wollte gerade seinen Regenschirm an den Garderobenständer hängen, als ihn etwas innehalten ließ.

»Wem gehört dieses Jackett?«, fragte er.

Die beiden Zivilisten blieben stumm.

»Mir, Inspektor«, murmelte Estrático.

»So hängt man keine Jacke auf. Wissen Sie das denn nicht?« Alzada griff nach dem grauen Jackett. »Sie müssen sie am Ärmel aufhängen. So«, führte er vor. »Sonst haben Sie in kürzester Zeit eine Jacke mit Buckel.«

»Ja, Inspektor.«

Alzada schob sich um seinen Schreibtisch herum, darauf bedacht, nicht gegen die abblätternde Wandfarbe zu stoßen, ließ sich auf seinen Stuhl sinken und rieb sich die Hände. »Also gut, an die Arbeit.«

Der Inspektor musterte das Paar, das so reglos dasaß wie in Blei gegossen, und war mit einem Mal dankbar für das Surren des Ventilators.

»Ich bin Inspektor Alzada. Und das ist Hilfsinspektor Estrático«, sagte er und deutete auf den Beistelltisch, an dem der junge Polizeibeamte Platz genommen hatte. »Er wird mir assistieren. Er gehört zu unseren vielversprechendsten Nachwuchskräften in der Einheit, müssen Sie wissen.«

Aus den Augenwinkeln sah er, wie Estráticos Brustkorb vor Stolz anschwoll. *Schwachkopf. Natürlich glaubt er, es ginge dabei um ihn. Man muss dafür sorgen, dass sich Zivilpersonen – selbst wenn sie aus eigenem Antrieb herkommen – erst einmal akklimatisieren.* Alzada hatte es unzählige Male erlebt: Die Leute betraten die Wache, begierig, Informationen beizusteuern, nur um dann zu verstummen, als würde ihnen irgendwo zwischen dem Nicken, mit dem Wachmann Basilio sie begrüßte, und dem Moment, in dem sie sich einem Polizeibeamten gegenübersetzten, plötzlich klar, wo sie waren. *Verstört wie nach dem Biss einer Jararaca-Lanzenotter.*

»Was kann ich für Sie tun?«

Der Mann sah aus wie ein Ingenieur – so wie jemand nach Ingenieur aussieht, selbst wenn er keiner ist: Er trug eine dicke Hornbrille und, Buenos Aires' Sommerhitze zum Trotz, einen Pullover über dem karierten Hemd und eine passende burgunderrote Krawatte. Die Frau war farblich perfekt auf ihren Mann abgestimmt – über einem gestreiften burgunderroten Kleid lag eine cremeweiße Strickjacke auf ihren Schultern. *Lehrerin.* Die beiden rochen nach Geld.

»Meine Schwester ist verschwunden«, sagte sie. Unumwunden. Sachlich. Die meisten Leute brauchten vierzig Leitfragen, um an diesen Punkt zu gelangen. *Direkt zur Sache. Gefällt mir.* Jetzt, wo sie wieder schwieg, zitterte ihre Unterlippe leicht.

Alzada öffnete eine Schublade und schob auf der Suche nach einem Stift und einem Blatt Papier seinen Flachmann beiseite. *Wie sich die Zeiten geändert haben.* Vor nicht einmal zwanzig Jahren wäre das undenkbar gewesen. Die Vorstellung, dass jemand in eine Polizeiwache hereinmarschiert kommt, verlangt, mit dem höchstrangigen Beamten zu sprechen, und jemanden als vermisst meldet? Als die Beziehung zwischen der Polizei und dem Militär, das für das Verschwinden von Menschen verantwortlich war, zumindest auf stillschweigender Duldung beruhte? *Nein, nicht undenkbar: leichtsinnig, gefährlich, tödlich.* Und da saßen sie nun, diese beiden, und meldeten ihre Schwester offen als vermisst, ohne Angst. In demselben Häuserblock, in dem sich die Coordinación Federal befunden hatte. Wo Menschen gefangen gehalten und gefoltert worden waren. Damals hatten die Leute so große Angst gehabt, dass sie einen Umweg machten, um bloß nicht an dem Gebäude vorbeilaufen zu müssen.

»Wann haben Sie sie zum letzten Mal gesehen?« *Wie wäre* unser *Leben verlaufen, wenn wir eine Vermisstenanzeige hätten aufgeben können? Wenn sich ein beflissener Polizist unserer angenommen und die richtigen Fragen gestellt hätte?* Alzada fragte sich, ob seine Lippe ebenfalls zitterte.

»Letztes Wochenende. Am Samstag.«

Der Inspektor musste sich schwer beherrschen, um daraufhin nicht die Augen zu verdrehen. Er wollte nicht unwirsch sein. Er wollte ihr keine Angst machen. Aber er wollte der Frau auch nicht sagen, dass sich das Zeitfenster, in dem ihre Schwester lebend aufzufinden gewesen wäre, bereits geschlossen hatte. *In diesem Chaos und nach fünf Tagen …* Alzada blickte an dem Paar vorbei zum Großraumbüro hinüber. *Gibt es wirklich niemanden, auf den ich diese Sache abwälzen kann?* Das Büro wirkte trostlos: ein einsamer Weihnachtsbaum neben dem Eingang und zwei Polizeibeamte an ihren Schreibtischen. *Polizeimeister – nicht hochrangig genug für diese Sache.*

Trotz Alzadas Bemühungen, Interesse vorzutäuschen, schien die Frau etwas bemerkt zu haben, denn sie versuchte sofort, seine Aufmerksamkeit zurückzugewinnen: »Aber ich habe danach noch mit ihr telefoniert.«

»Wann?«

»Gestern Abend.«

Alzada runzelte die Stirn und legte seinen Stift beiseite. »Sie müssen verstehen, Señora, dass uns das in eine missliche Lage bringt. Wenn Sie gestern Abend tatsächlich noch Kontakt mit ihr hatten, ist es laut unserem Protokoll zu früh, um sie offiziell als vermisst zu melden. Wir können nicht –«

»Das ist mir durchaus klar, Inspektor«, unterbrach sie ihn.

Er tat, als würde er auf die Uhr sehen; er musste die Zeit nicht überprüfen, um zu wissen, dass es noch zu früh war. »Es sind noch keine vierundzwanzig Stunden vergangen. Bei einer volljährigen Person warten wir ab dem Zeitpunkt, an dem zuletzt von ihr gehört worden ist, mindestens einen ganzen Tag –«

»Es sei denn, es besteht Grund zu der Annahme …«, unterbrach sie ihn. *Schon wieder.* Mit verändertem Tonfall fuhr sie fort: »… dass es sich dabei um gewaltsames Verschwinden handelt.«

»Wir bevorzugen den Ausdruck ›unfreiwilliges Verschwinden‹.«

»Natürlich.« *Großartig. Eine Besserwisserin.* »Ich habe mich schlaugemacht.«

»Das freut mich.« Das tat es nicht. Dennoch lenkte er ein: »Dann wissen Sie ja sicher, dass wir das ›Verschwinden‹ einer Person lediglich als Indikator für etwas Umfassenderes ansehen, nicht als einen isolierten Vorfall. Als Symptom mit tiefergehender Ursache, wenn man so will. Menschen verschwinden – unfreiwillig oder nicht«, räumte er ein, »aber es gibt immer, *immer* einen Grund dafür. Unsere umfassende Erfahrung hat uns gelehrt, dass die Suche am effektivsten verläuft, wenn wir uns in erster Linie auf diesen Grund fokussieren. Denn wenn wir den Grund kennen, können wir ihre Spur verfolgen und sie schnellstmöglich nach Hause bringen. Was genau veranlasst Sie zu der Annahme, ihr Verschwinden sei …«

»Unfreiwillig.« *Braves Mädchen.* »Als wir gestern telefoniert haben, klang sie verängstigt.«

»Ich möchte nicht … wie soll ich es ausdrücken?« *Ja, wie sollst du es ausdrücken, Joaquín?* »Wir brauchen etwas mehr.«

Die Frau senkte den Blick, faltete die Hände im Schoß und schien ihre Erinnerungen zu durchforsten. Alzada nutzte die kurze Pause, um sie in Augenschein zu nehmen. Er konnte sich vorstellen, wie sie vor fünfzehn Jahren gewesen war: ausgezeichnete Studentin, erste Reihe, kerzengerade Haltung, makelloses Strafregister. *Jemand, den man in einer Krisensituation gern an seiner Seite hätte.* Warum tat sie sich dann so schwer damit, die Situation klar und zusammenhängend zu schildern? Irgendetwas war faul an der Sache.

»Erzählen Sie uns einfach etwas über Ihre Schwester«, ermutigte Alzada sie.

»Sie ist wunderbar.«

»Ich meine … Fangen wir am besten mit ihrem Namen an.«

»Norma. Norma Eleonora Echegaray.«

»Echegaray wie …«, der Inspektor zögerte. *Wie einer der bekanntesten Großgrundbesitzer Argentiniens?*

»Ja. Genau.« *Verflucht. Die Sache kann ich unmöglich an Estrático delegieren: Die erwarten ein hohes Tier.* Sofort setzte sie nach: »Und nein, wir wohnen nicht mehr auf dem Anwesen.«

Bei der Erwähnung des Reichtums ihrer Familie wurde ihr Ton kühler als noch einen Moment zuvor.

»Es steht schon eine Weile leer, nicht wahr?«, sagte er beschwichtigend.

Als hätte sie seine Gedanken gelesen, sagte sie: »Verzeihung. Reine Gewohnheit. Ausnahmslos jeder spricht mich darauf an. Sie sagten gerade … wegen meiner Schwester.«

»Ja, Norma. Hat sie so etwas vorher schon einmal gemacht? Ist sie vielleicht für ein paar Tage weggefahren und hat vergessen zu sagen, wohin?«

Die Frau schüttelte den Kopf. Ihr Mann wirkte von dem Gespräch gelangweilt; und es schien, als wollte er etwas sagen, selbst wenn es nur dazu diente, die Sache zu beenden. *Er wird es mir verraten.*

»Noch nie?«, insistierte Alzada. »Dann kann man also mit Fug und Recht behaupten, dass ihr Verschwinden überhaupt nicht zu ihr passt.«

»Meine Schwägerin war schon immer …« Ihr Mann regte sich auf seinem Stuhl, unter ihm quietschte das Leder. *Hab ich's doch gewusst.* »… schwierig.«

»Schwierig?«, fragte Señora Echegaray ungehalten. »Was soll das heißen, ›schwierig‹?«

Ihr Mann bedeutete ihr zu schweigen. Alzada machte große Augen. Hätte er so etwas bei Paula versucht, müsste er eine Woche lang auf einem Liegestuhl im Garten übernachten – und sie danach anflehen, damit sie ihn zurück ins Haus ließ. Doch die Frau gehorchte.

»Seit ich sie kenne – ich bin jetzt sechs Jahre mit meiner Frau verheiratet –, hat sich Norma systematisch in Situationen gebracht, in denen sie notgedrungen unsere Hilfe brauchte. Erst letzten Monat mussten wir sie auf Kaution freibekommen, weil sie mit einem riesigen Vorrat an Flüssigseife erwischt worden war: Offenbar hatte sie vor, den Springbrunnen von Lola Mora zum Überschäumen zu bringen.« Er kicherte unerwartet. Bis zu diesem Moment hätte Alzada nicht geglaubt, dass er zu lächeln imstande war, erst recht nicht zu lachen. »Es war lustig«, fügte er hinzu, als müsse er seine plötzliche Ausgelassenheit rechtfertigen. »Sie ist nun mal ein Spaßvogel. Was soll man machen? Das bedeutet nicht zwangsläufig, dass sie gerade in Gefahr schwebt.«

»Facundo, bitte.«

Der Ingenieur hatte nicht ganz unrecht. Trotzdem war er diesem Mann nicht grün: Er hatte eins von diesen Gesichtern – zu früheren Zeiten hätte Alzada sich über einen Vorwand gefreut, ihm eins draufzugeben. Stattdessen fragte er Señora Echegaray: »Haben Sie ein Bild von ihr?«

»Natürlich.« Sofort zog sie ein Foto im Passbildformat aus ihrer Handtasche hervor. Norma Echegaray trug darauf eine Abschlussrobe mit Doktorhut. »Das war vor zwei oder drei Jahren, aber sie sieht noch genauso aus«, rechtfertigte die Frau ihre Wahl.

Und eine gute Wahl noch dazu. So unfair es auch war, Alzada wusste, dass die Polizei immer geneigter war, Mordfälle, Vergewaltigungen und Überfälle von stinkreichen Partygirls hintanzustellen, wenn einer fleißigen Absolventin der Universidad de Buenos Aires Gefahr drohte. Der blaue Streifen auf ihrer Schulter verriet, dass sie Wirtschaftswissenschaften studiert hatte. Alzada betrachtete das Bild aus der Nähe.

Das ist sie.

Derselbe besonnene Gesichtsausdruck wie auf einem alten sepiafarbenen Porträt. Ihr Lächeln war direkt, ein wenig erwartungsvoll.

Ist sie das wirklich?

War es die Frau aus dem Leichenschauhaus? Sie war eindeutig genauso hellhäutig, dunkelhaarig und hübsch wie die Tote. Aber das traf auf halb Buenos Aires zu. *Du hast als Polizist mehr drauf, Joaquín.* Auf diese Frau wartete ein anderes Schicksal. Das Verschwinden *dieser* Frau ging vermutlich auf ihr eigenes – gut gefülltes – Konto, und sie würde in ein paar Tagen unversehrt wieder auftauchen. Dann wäre das Ganze nur noch eine Anekdote, die sie auf Partys zum Besten geben würde, zur großen Verärgerung ihrer Schwester.

War das bloßes Wunschdenken oder seine professionelle Meinung? Alzada schwindelte plötzlich.

»Inspektor?«

»Ja, Señora?«

»Ist alles in Ordnung?«

»Ja, ja.« Alzada erlangte seine Fassung zurück. »Was ich sagen wollte … Die Argumente Ihres Mannes sind durchaus überzeugend, Señora.« *Konzentrier dich.* »Warum sollten wir uns Sorgen machen? Oder warum sollten wir uns *jetzt schon* Sorgen machen? Wenn wir, so wie Sie sagen, ausschließen, dass es sich um einen Scherz oder einen spontanen Ausflug handelt, glauben Sie dann, es steckt ein finanzielles Motiv dahinter?« *Unwahrscheinlich.* Falls sie gestern Abend entführt worden wäre, hätten die Echegarays schon eine Nachricht erhalten. *Eine erfolgreiche Entführung ist in weniger als einem Tag vorbei.* Automatisch stand Alzada sein ehemaliger Strafrechtsdozent Iraola vor Augen, der erklärte, eine Entführung sei von allen Verbrechen am schwierigsten erfolgreich umzusetzen. Alzada war entsetzt gewesen, wie nüchtern der Professor die Nachteile geschildert hatte: das Risiko, eine Beziehung zu der entführten Person aufzubauen und nicht mit kühlem Kopf entscheiden zu können, die konstante Überwachung, die erforderlich war, und das Verhängnisvollste: Wenn die Entführung vorbei war, gab es einen Augenzeugen. Señora Echegaray zog die linke Augenbraue hoch. »Nicht bei allem geht es um Geld, Inspektor. Nicht einmal bei Leuten wie *uns.*«

Sie hatte recht: Es gab ein »uns«, und Alzada gehörte ganz sicher nicht dazu. Diese Leute hatten ihr privates Sicherheitspersonal und ihre eigenen Ermittler. *Warum wenden sie sich dann an die Polizei?* Doch nach mehreren Jahrzehnten im Dienst wusste Alzada, wann man nachfragen sollte und wann besser nicht. Er hatte die Lektion widerwillig gelernt, aber er hatte sie gelernt. Er machte einen weiteren Versuch: »Darf ich annehmen, dass Ihre Schwester Leibwächter hatte?«

»Nehmen Sie das ruhig an«, sagte Señora Echegaray, immer noch verstimmt.

»Und wo waren die?«

»Sie hat sich einen Sport daraus gemacht, ihnen zu entwischen, erst recht wenn –«

»Wie schon gesagt, sie ist ein Spaßvogel«, fiel ihr Mann ihr ins Wort.

Alzada beschloss, seinen Kommentar zu überhören: »Erst recht wenn …«

»Sie wissen schon: wenn sie ein Date hatte oder dergleichen. Diese Kerle sind inkompetent.« *Damit wäre zumindest eine Frage beantwortet: Sie traut ihnen nicht zu, die Sache selbst in den Griff zu kriegen.*

»Hat sie zurzeit einen Freund?«

»Nein.« Als hätte sie seine Skepsis gehört, setzte Señora Echegaray nach: »Das hätte sie mir erzählt.« *Unwahrscheinlich.*

»Hat sie irgendein besonderes Merkmal?«, platzte Estrático heraus. Er hatte sich dem Schreibtisch genähert – verstohlen wie immer – und hielt das Foto in der Hand. »Ein Muttermal, eine Tätowierung?«

Was fällt dir ein!

»Nein. *Das* kann ich definitiv verneinen«, sagte Señora Echegaray an den Hilfsinspektor gewandt, während dieser zu seinem Stuhl zurückging. *Also sind wir uns doch nicht so sicher, was den Freund angeht.*

»Um es zusammenzufassen«, sagte Alzada, bevor sich die Situation in eine Seifenoper verwandelte: »Ich bin gewillt, ein Ermittlungsverfahren einzuleiten, aber dazu brauche ich zumindest einen winzigen Hinweis darauf, dass es sich um ein Verbrechen handeln könnte. Haben Sie irgendetwas für mich?«

»Sie hat gesagt: ›Ich rufe dich zurück.‹«

Welch subtiles Indiz. Noch im Jahr 1982 wäre es kein ausreichender Grund für eine Untersuchung gewesen, wenn vier Männer mitten in der Nacht ihre Tür eingetreten und sie aus der Wohnung gezerrt hätten. Es wäre als »Zwischenfall« eingestuft und zu den Akten gelegt worden.

Ihr Mann verdrehte die Augen.

»Ich weiß, dass mein Mann die Augen verdreht«, sagte sie, ohne ihn anzusehen, »aber wir waren mitten im Gespräch, da hat sie mich plötzlich abgewürgt. Jemand war an der Tür. Sie hat gesagt, sie würde mich zurückrufen. Man mag ihr einiges vorwerfen, aber wenn sie sagt, *›te llamo de vuelta‹*, dann tut sie das.« Señora Echegaray hielt einen Moment inne. »Aber sie hat nicht zurückgerufen.«

Ihrem Stirnrunzeln entnahm Alzada, dass ihr Verstand die Gedanken schneller abfeuerte, als sie sie verarbeiten konnte. *Ah, der Verstand, dieses mächtige Werkzeug. Die gefährlichste aller Waffen.* Señora Echegaray fragte sich: Was hätte ich anders machen können? Hätte ich sie fragen sollen, wer es war? Hätte ich in der Leitung bleiben sollen, während sie die Tür aufmachte? Hätte ich früher zurückrufen sollen? Hätte ich gestern Abend nach ihr sehen sollen statt erst heute Morgen? *Egal was sich letztlich herausstellt, um ihren inneren Frieden wäre es geschehen.* Er kannte diesen Prozess nur allzu gut. *Reue begleitet dich ein Leben lang.*

»Es ist schwer zu erklären.« Ihr aufmüpfiger Ton von vorher war wie weggeblasen. Sie beugte sich vor und legte die Hände auf Alzadas Schreibtisch. French Manicure, Verlobungsring mit Diamant, darüber ein goldener Ehering. »Inspektor – ich weiß nicht, ob Sie Geschwister haben – aber falls Sie welche haben, kennen Sie das Gefühl vielleicht? Das Gefühl, sich Sorgen um sie zu machen? Das Gefühl … es einfach zu *wissen*?«

Alzada kannte es.

4

1981

Freitag, 4. Dezember, 17.30 Uhr

Sie hatten so viel Wein getrunken, dass es Nachmittag geworden war, ohne dass sie zu Mittag gegessen hatten.

Der Grill stand am Rand von Jorges Terrasse, gegenüber einem kleinen Gartentisch aus Holz, an dem Joaquín, Paula und Adela bequem saßen, Bier und Oliven in Reichweite, und darauf warteten, dass die *parrilla* die perfekte Temperatur erreichte, um das Fleisch aufzulegen. Grillmeister Jorge trug eine Schürze im Flamenco-Stil und drehte die Steaks schwungvoll von einer Seite auf die andere.

»Seht ihr?« Er stützte eine Hand auf die linke Hüfte, schwenkte mit der anderen nachdrücklich die Grillzange, Fettspritzer landeten auf den Fliesen der Terrasse. »*So* schlecht ist die Diktatur gar nicht.«

Joaquín hatte Paula auf dem Weg hierher versprochen, keine Szene zu machen und auch kein Thema anzuschneiden, das der Stimmung einen Dämpfer versetzen könnte – es war Freitag, der Sommer stand vor der Tür, und sie hatten sich eine Weile nicht gesehen; aber wenn man in Jorges Gegenwart den Frieden wahren wollte, musste man eine Menge Themen umschiffen. Joaquín blickte zu Paula hinüber, die ihr Weinglas etwas fester als nötig umklammerte, aber schwieg.

»Weißt du noch, wie wir dachten, wir müssten ins Exil gehen?«, fuhr Jorge fort.

Das war vor fünf Jahren gewesen, und der Großteil der argentinischen Linken war zu jener Zeit bereits abgetaucht, entweder ins Ausland oder in den Untergrund. Jorge und Adela hatten mit dem Gedanken gespielt, nach Rio de Janeiro oder Paris zu gehen. Joaquín stand der Moment noch deutlich vor Augen: Ihn hatte gefröstelt, als ginge nach einem langen Tag am Strand die Sonne unter. Letzten Endes hatte sein Bruder beschlossen, dazubleiben und zu kämpfen – was immer das bedeuten mochte.

»Und seht uns jetzt an« – Jorge als betrunken zu bezeichnen wäre eine maßlose Untertreibung gewesen –, »wie wir uns in den Dienst der Sache stellen, indem wir eine neue Generation gottverlassener Argentinier in die Welt setzen. Was für eine Welt hinterlassen wir Sorolla?«

»Pscht«, machte Adela.

Joaquín wusste, dass es nicht wegen des Babys war. »Hat eure Nachbarin aufgegeben?«

»Nun ja, sie kommt immer noch jedes Mal zur selben Zeit aus der Tür wie wir«, sagte Adela.

»Sie hält uns offenbar für gefährliche Intellektuelle, die überwacht werden müssen«, fügte Jorge hinzu.

Joaquín hörte in der scherzhaften Bemerkung eine Spur von Angst mitschwingen.

»Spar dir deinen Kommentar, Joaco …«

»Was? Ich habe gar nichts gesagt!«

»Nein, aber du hast mich so angesehen.« Jorge kannte ihn zu gut.

»Wie wär's, Paula«, ging Adela dazwischen, »wenn du mir hilfst, das Gemüse rauszutragen? Bei diesem Tempo haben wir sonst an Weihnachten noch nichts gegessen. Noch ein Quilmes, Joaquín?«

»Ja, bitte.«

Als Joaquín mit seinem Bruder allein auf der Terrasse war, stand er auf und ging zu Jorge an den Grill.

»Du brätst die *entraña* immer zu lange«, neckte er ihn und versuchte, ihm die Grillzange zu entwinden.

»Und du willst sie roh servieren!«, gab sein Bruder zurück.

Joaquín ließ ihn in Frieden. »Also, wie ist es dir ergangen, *hermanito*?«

Er wusste genau, wie es Jorge ergangen war: Gerade als er gedacht hatte, sein Bruder sei nach dem Schrecken über eine drohende Verhaftung, die sie hatten verhindern können, zur Besinnung gekommen, da war Jorges Name in der Art Gespräch gefallen, in dem niemand jemals genannt werden wollte. Leute endeten wegen weitaus weniger in einem Graben.

»Gut, gut. Wir haben in letzter Zeit gute Arbeit geleistet.«

»In der Gewerkschaft?«

»Ja, Joaquín, in der Gewerkschaft.« Jorge drückte prüfend ein Steak, das keinen Gartest mehr benötigte.

»Du passt aber auf dich auf?« Er wusste, ihn ganz davon abzubringen war unmöglich. Jorge hatte es ihm ein ums andere Mal versprochen, eine Woche lang die Füße stillgehalten und dann wieder angefangen.

»Halt dich nur von *malas compañías* fern, ja?«, drängte Joaquín. »Und bleib eine Weile im Hintergrund, damit es nicht zu Missverständnissen kommt. Du hast so viel erreicht.«

»›Schlechte Gesellschaft‹, Joaco? ›Missverständnisse‹?« Jorge lachte. »Du sprichst schon genau wie sie!«

»Ich bin keiner von ihnen«, erwiderte Joaquín verärgert.

»Schon gut, du hast ja recht. Tut mir leid«, entschuldigte sich Jorge. »Aber das Gleiche gilt für uns. Wir gehören nicht zur Stadtguerilla der Montoneros. Wir patrouillieren nicht mit Maschinengewehren im Anschlag in Jeeps durch die Straßen, um wahllos Soldaten zu erschießen. Wir legen keine Bomben. Wir sind Universitätsprofessoren, keine Terroristen. Wir mögen die gleichen politischen Überzeugungen haben, aber der Zweck heiligt nicht die Mittel. Und das gilt auch für deine Seite.«

»*Meine* Seite?«

»Du musst zugeben, manchmal klingt es, als hättest du dich ihrer Sache verschrieben.«

»Ich wünsche mir nur Ordnung«, protestierte Joaquín.

Jorge schnaubte verächtlich.

»Was?«

»Ordnung? Ist das deine Bezeichnung für das, was hier passiert?«

»Hör zu, ich sage nicht, dass ich mit allem einverstanden bin, was sie tun. Aber wir wussten schließlich, dass wir einige Zugeständnisse würden machen müssen …«

1976 hatten alle Tageszeitungen auf ihrer Titelseite den sogenannten Prozess der Nationalen Reorganisation gefeiert und das Ende aller Staatsgefährdung, Korruption und Anarchie verkündet. Schließlich hatte das Hauptmotiv für den Militärputsch darin bestanden, den bürgerkriegsähnlichen Zuständen ein Ende zu bereiten, die das Land zu zerreißen drohten. Also ja, eine gewisse Härte war zu erwarten gewesen, um den Entführungen, Raubüberfällen, Ermordungen und Schießereien Einhalt zu gebieten. Wenn das hieß, dass Joaquín nicht mehr jedes Mal, wenn Paula einen Nachmittag in der Stadt verbringen wollte, befürchten musste, dass dort eine Bombe hochging, umso besser.

»Zugeständnisse? Joaquín, ich erkenne dich nicht mehr wieder! Wo ist der Joaquín, der mich ermutigt hat, Marx und Galeano zu lesen? Der Joaquín, der mir Carlos Mugica ans Herz gelegt und mir seine Bücher über die Revolution ausgeliehen hat? Der *selbst* Teil der Bewegung war? Früher hast du einmal an etwas geglaubt!«

»Ich bin erwachsen geworden. Und ich habe eine Arbeit.« Joaquín war fest entschlossen, sich nicht mit Jorge zu streiten. Zumindest nicht vor dem Nachtisch. »Und es ist ein Job wie jeder andere auch.«

»Ach, tatsächlich?«

Schweigen.

»Also mal ehrlich, Joaco. Anfangs mag es das gewesen sein, aber jetzt? Nach all dem, was wir mittlerweile wissen?«

Joaquín hasste es, wenn ihn jemand in die Enge trieb und von ihm erwartete, ein Regime zu rechtfertigen, hinter dem er selbst nicht einmal stand. Außerdem hatte er keine Lust, seine Entscheidungen vor Jorge verteidigen zu müssen: Er hatte sein Leben in geordnete Bahnen gelenkt und sich eine seriöse Arbeit gesucht, fernab der Probleme, zumindest größtenteils. Schließlich sagte er: »Ich gehöre nicht dazu.«

»Das sagst du immer wieder. Warum kann ich dann nicht aufhören, mir Sorgen um dich zu machen?«

»Und dabei wollte ich *dir* sagen, dass ich mir Sorgen um dich mache!«, sagte Joaquín halb im Scherz. »Jedenfalls freut es mich zu hören, dass dir die Revolution des Proletariats noch die Zeit lässt, dir Gedanken um mich zu machen«, setzte er sarkastisch nach. »Und bleibt dir neben dem Pläneschmieden, wie wir uns vom Joch der kapitalistischen Ausbeuter befreien, und den Sorgen um deinen Polizeiinspektor-Bruder noch Zeit, dir Gedanken um deinen Sohn zu machen?«

»Ja.«

Joaquín war aufgefallen, dass sich der Gesichtsausdruck seines Bruders in letzter Zeit verändert hatte; seine typische Unbeschwertheit wirkte gedämpft. »Ich mache mir ständig Sorgen um ihn. Ich bete, dass er kein Faschist wird, so wie sein Onkel.«

»Jetzt bin ich also ein Faschist?«, fragte Joaquín gespielt entrüstet. »Das ist ja immerhin eine Beförderung. Was war ich vorher noch mal? Ach ja: ein lethargischer Mitläufer. Du hast mir letztes Jahr an Weihnachten sogar dieses Buch geschenkt, über die Banalität des Bösen. Wie hieß die Autorin noch mal? Einen Moment – habe ich das gerade richtig gehört? Hast du gesagt, du *betest*? Du?«

Jorge lächelte. »Die Sache ist ernst, Joaco. Wir befinden uns im Krieg.«

Im Krieg. Joaquín konnte sich kaum noch an die Zeit erinnern, in der ihre Unterhaltungen nicht derartig polarisiert gewesen waren. *Deshalb bin ich ihm aus dem Weg gegangen.* Irgendwann hatte es keinen Sinn mehr gehabt, mit Jorge über Politik zu diskutieren. Oder über jede beliebige andere Sache: Er besaß ein seltsames Talent dafür, das Gespräch immer wieder auf sein Terrain zu lenken.

Man mochte dem jüngeren Alzada eine Menge vorwerfen, aber dumm war er nicht. Warum ritt er dann so auf dem Thema herum? Die Montoneros waren als terroristische Organisation so gut wie zerschlagen: Ihre Mitglieder waren dezimiert worden, ihre Waffen konfisziert, ihre finanziellen Ressourcen versiegt. Und vermutlich bekam Jorge auch innerhalb der Organisation Druck zu spüren. Die Tatsache, dass er zu den wenigen zählte, die man nicht hatte verschwinden lassen, musste in seinen eigenen Reihen Misstrauen erregen. Was, wenn sie ihn für einen Kollaborateur hielten? Er wäre nicht der erste Montonero, der von seinen Kameraden zum Verräter erklärt und erschossen wurde. *Fühlt es sich so an, einer echten Überzeugung zu folgen?* Joaquín hatte nie so fest an etwas geglaubt wie Jorge an seine Sache.

»Und wenn wir aufgeben – wenn ich aufgebe –, werden *sie* gewinnen«, fuhr Jorge fort.

Genau da – da begriff Joaquín. Natürlich, die abgedroschenen Phrasen und der unablässig defensive Tonfall, weil er es leid war, sich seinem »verantwortungsvollen« Bruder gegenüber rechtfertigen zu müssen. Aber auf der anderen Seite die Möglichkeit, sich eine viel zu schwere Last von der Seele zu reden. Er *wollte* ihm mehr erzählen. Jorge Rodolfo öffnete schweigend den Mund, wie ein Fisch, der nach Luft schnappt. Dann sagte er ruhiger: »Jetzt ist nicht der Augenblick, um den Kampf aufzugeben. Ich glaube mehr als je zuvor, dass wir wirklich einen Wandel herbeiführen können. Und dafür muss ich nahe am Geschehen sein.«

»Du meinst, nahe an den Problemen«, sagte Joaquín.

Jorges Gesicht verfinsterte sich, doch dann schmunzelte er. »Ja, das auch.«

Alles, was Joaquín wollte, war, dass Jorge diese verfluchte Militärdiktatur lebend überstand. Ihm war nach Schreien zumute. *Mir gehen allmählich die Gefallen aus, Jorge!* Er atmete tief ein, dann sagte er: »Hör zu, ich möchte nur wissen, dass du in Sicherheit bist. Oder zumindest vorsichtig.«

Jorge wischte sich die fettigen Hände an der Schürze ab und umarmte ihn. »Das bin ich.«

»Bitte pass auf dich auf«, raunte ihm Joaquín ins Ohr. Es fühlte sich an wie ein Flehen.

»Weißt du«, flüsterte sein Bruder, »ich sage das alles aus Liebe.«

»Ach ja?«, neckte Joaquín ihn und beugte den Kopf zurück, um ihm in die Augen zu sehen.

»Ja, immer«, bestätigte Jorge und drückte ihn fester. Keine Spur von Sarkasmus. »Und mach dir um mich keine Sorgen. Ich bin in Sicherheit.« Joaquín wollte ihm gern glauben. Schrecklich gern. »Weißt du, warum ich in Sicherheit bin?«

»Warum?«

»Weil ich mich für eine Seite entschieden habe.«

Joaquín schaute verdutzt.

»Man steht immer auf irgendeiner Seite, Joaco, vergiss das nicht. Man steht immer auf irgendeiner Seite.«

»Ich verstehe nicht …« Joaquin konnte der Logik seines Bruders nicht folgen.

»Manche Leute versuchen, auf beiden Seiten mitzumischen. Das ist ein riskantes Spiel. Kennst du den Satz: ›Ich habe eiserne Prinzipien – wenn sie dir nicht gefallen, habe ich auch noch andere.‹ Das hat Marx gesagt.«

»Karl?«

»Groucho«, sagte Jorge, zog die Augenbrauen hoch und lächelte, seine typische Geste, mit der er noch jeden für sich eingenommen hatte. »Er lag daneben, vollkommen daneben: Wir haben nur die eine Art eiserne Prinzipien. Und an die müssen wir uns halten. Und so, *hermano*, bleiben wir in Sicherheit.«

5

2001

Mittwoch, 19. Dezember, 10.30 Uhr

Der Inspektor beschloss, das Ehepaar nicht zum Ausgang zu begleiten: Er hatte keine Zeit, den perfekten Gastgeber zu spielen. Falls sie nicht von selbst hinausfanden, würde sie jemand durch das Labyrinth aus geschmacklosen und stinkenden Teppichen lotsen, aus denen die Polizeiwache bestand. Als Señora Echegaray aufstand, erhoben sich die drei Männer augenblicklich ebenfalls von ihren Stühlen. Estrático wollte ihnen gerade mit einer galanten Geste bedeuten, dass er sie begleiten würde, aber Alzada machte ihm ein Zeichen, dazubleiben. Sie warteten, bis sie wieder allein waren.

»Okay. Nehmen wir einmal an – rein hypothetisch –, sie wäre …«, Alzada räusperte sich, »verschwunden. Wo könnte sie sein?«

»Señora Echegaray sagte, ihre Schwester habe aufgelegt, um an die Tür zu gehen. Das war gestern Abend gegen einundzwanzig Uhr«, sagte Estrático, den Blick auf seine Notizen geheftet. »Als sie heute Morgen zur Wohnung ihrer Schwester ging, war niemand mehr da. Das gibt ihr einen Vorsprung von … mittlerweile fünfzehn Stunden.

Also, um Ihre Frage zu beantworten, Inspektor: überall. Sie könnte in Paris sein.«

»Und wir können sicher davon ausgehen, dass Señora Echegaray die Wohnung gründlich durchsucht hat.« Eine Frau wie sie hätte, ohne zu zögern, die Wohnung ihrer Schwester inspiziert, auch wenn es zweifellos eine ungewöhnliche Reaktion war: Die wenigsten Menschen trauten sich, den Schauplatz eines Verbrechens zu betreten. Dabei war die Angst vor dem, was sie dort antreffen könnten, nicht einmal ihre größte Sorge: Niemand machte sich darüber Gedanken. Die meisten Leute befürchteten, Fingerabdrücke zu hinterlassen, fälschlicherweise von der Polizei beschuldigt zu werden und in einer Justizvollzugsanstalt Urlaub auf Staatskosten zu machen. Die amerikanischen TV-Sendungen hatten seinen Job schwer in Verruf gebracht. »Wenn sie irgendetwas gefunden hätte, hätte sie es erwähnt. Bisher wissen wir also nur, dass ihre Schwester die Wohnung irgendwann zwischen gestern Abend und heute Morgen verlassen hat – aus freien Stücken oder nicht. Haben wir eine Adresse?«

»Castex 2640.« *Ein eleganter und dabei diskreter Häuserblock. Gute Wahl für eine wohlhabende alleinstehende Frau in einer Stadt, in der einen das kleinste Anzeichen von Reichtum zur Zielscheibe macht.*

»Und die Schwester?«

»Wohnt auch dort.«

»Gehört ihnen das ganze Haus?«, scherzte Alzada.

»Ihnen gehört der ganze Häuserblock, Inspektor. Der Großteil davon steht zu dieser Jahreszeit vermutlich leer. Jeder, der etwas auf sich hält, ist jetzt in Punta«, sagte Estrático in gekünsteltem Tonfall.

Punta, ja? Spar dir die Show, Estrático. Er hatte höchstwahrscheinlich selbst einige Sommer in Punta verbracht, vielleicht sogar einmal Rugby mit den Echegaray-Jungs gespielt. *Unglaublich.* Seit drei Wochen durfte niemand mehr als zweihundertfünfzig Peso pro Woche von seinem Girokonto abheben, und mit jedem Tag, der verging, bekam man für diese zweihundertfünfzig Peso weniger. Und gleichzeitig hatten ein paar Privilegierte nicht nur ihre Weihnachtseinkäufe zu Ende gebracht, sondern zudem die Bullenhitze in der Stadt gegen ein Strandparadies eingetauscht. Alzada hatten sich die Filmaufnahmen eines Reporters ins Gedächtnis eingebrannt: Er war von einer Gruppe triumphierender Hausfrauen beiseitegedrängt worden, die ihren lokalen Supermarkt geplündert und Reis, Mehl und Bohnen ergattert hatten. »*¡Queremos comer!*«, lautete ihr Schlachtruf. Wir wollen essen! Ein Verbrechen aus Verzweiflung.

»Ich will wissen, wie viele Eingänge das Haus hat. Und ob irgendjemand sie gesehen hat. Sie haben recht, was die Sommerflaute angeht, aber vielleicht ist der eine oder andere Nachbar noch in der Stadt? Außerdem haben die Gebäude in diesem Viertel bestimmt Sicherheitskameras. Und einen Portier. Mit ihm möchte ich sprechen.«

»Ich kümmere mich darum, Inspektor.« Estrático ging auf die Tür zu. »Und wegen der unbekannten Toten von heute Morgen …«

»Das kann warten«, sagte Alzada.

Estrático blieb stehen.

»Sie wirken überrascht.«

»Unternehmen wir denn gar nichts deswegen?« *Vorsicht, Estrático.*

»Zunächst einmal meinten Sie bestimmt ›ihretwegen‹, nicht wahr?« Alzada holte tief Luft. Er würde keinen Streit vom Zaun brechen; der Polizeipräsident würde ihn an den Daumen aufhängen. »Ein typischer Fehler, besonders für jemanden, dem es ganz offensichtlich an Erfahrung mangelt. Ich weiß, was Sie andeuten, und Sie werden von mir nie hören, dass manche Fälle wichtiger sind als andere. Aber Sie müssen bedenken, dass einige Familien auf den Punkt genau jede Stunde bei der Wache anrufen, um unsere Fortschritte zu überprüfen, und das sind meist diejenigen, die Freunde in hohen Positionen haben. Andere rufen gar nicht an, weil sie nicht einmal wissen, dass etwas nicht stimmt. Ich werde mich nicht dafür entschuldigen, *diese Sache* aus dem Weg schaffen zu wollen.«

»Glauben Sie denn, es steckt mehr dahinter?«

Guter Schachzug. Estrático war eine Nervensäge. Das Einzige, was in Alzadas Augen für ihn sprach, war das aufrichtige Interesse an seinem Beruf.

»Ich hoffe nicht. Eine Frau wie diese ...« Paula würde ihn für seine Wortwahl umbringen. *Das Problem an Klischees ist nicht, dass sie nicht wahr sind, Joaquín, sondern dass sie nicht die* ganze *Wahrheit sind.* Aber in seinem Arbeitsumfeld war die Wahrheit ein reines Rechenexempel. »Eine Frau wie diese zieht nachts um die Häuser, stört den Frieden, wird vielleicht wegen Drogenbesitzes belangt, was nach Zahlung einer Kaution ihrem diese Woche aktuellen Freund zugeschrieben wird. Vielleicht – vielleicht –, falls sie *wirklich* vom rechten Weg abkommt, muss sie abtreiben lassen. Sie mag spontan beschließen, in Urlaub zu fahren, und bricht auf, ohne eine Nachricht zu hinterlassen. Aber ohne der Schwester Bescheid zu geben, obwohl sie weiß, dass sie sich Sorgen macht? *Das* klingt für mich unwahrscheinlich. Haben Sie Geschwister, Estrático?«

»Nein, Inspektor«, sagte Estrático und wechselte sofort das Thema: »Als sie uns das Foto gezeigt hat, hatten Sie da nicht den Eindruck, sie schon einmal gesehen zu haben?«

Da ist aber jemand gar nicht gut auf seine Familie zu sprechen.

»Estrático?«

»Ja, Inspektor?«

»Glauben Sie nicht, ich wüsste nicht, was Sie vorhaben.«

»Was meinen Sie, Inspektor?«

»Wie viele Menschen leben in Buenos Aires?«

»Drei Millionen?«, schätzte Estrático.

»Zwei Millionen achthunderttausend. Aber ja, etwa drei Millionen. Und wie viele davon sind Frauen zwischen fünfundzwanzig und fünfunddreißig?«

»Zweihunderttausend?«

»Sehr beeindruckend! Ich bezeichne das mal als wohlinformierte Vermutung. Also, zweihunderttausend. Und wie viele von diesen zweihunderttausend Frauen sind dunkelhaarig und könnten als ›hübsch‹ bezeichnet werden?«

»Ich verstehe, worauf Sie hinauswollen, Inspektor.«

»Das glaube ich nicht.«

»Ich wollte nur wissen –«

»Natürlich, Sie hatten überhaupt keine Hintergedanken. Ebenso wenig wie bei der Frage nach einem besonderen Merkmal, nicht wahr? Machen Sie ein bisschen mehr hiervon Gebrauch«, sagte Alzada und tippte sich an die Stirn, »bevor Sie eine haarsträubende Theorie aufstellen und sie womöglich jemandem verkünden, der zuhört. Eine Echegaray in einem Müllcontainer. Das hat uns gerade noch gefehlt. Nein. Nicht, bevor wir nicht einen Hinweis haben, den man zumindest *halbwegs* als gesichert bezeichnen kann.« Er ertappte sich dabei, wie er einen beliebten Ausspruch von Polizeipräsident Galante wiederholte: »Ich möchte, dass diese Angelegenheit mit äußerster Diskretion behandelt wird. Haben wir uns verstanden?«

»Ja, Inspektor«, sagte Estrático. »Ich dachte nur, es wäre

perfekt, wenn es sich bei der Frau, die wir heute Morgen gesehen haben, um dieselbe handelt, nach der das Ehepaar sucht.«

»Perfekt? *Perfekt?*«, wiederholte Alzada im Crescendo. »Perfekt wäre ein Morgen, der nicht mit einer Frauenleiche im Müll beginnt. Im Müll! ›Perfekt‹ nennen Sie das!«

Estrático stand still, versteinert.

»Sie fahren jetzt zur Castex«, bellte Alzada. »Ich will Sie hier erst wieder sehen, wenn Sie den Portier ausfindig gemacht haben. Und wo Sie schon einmal da sind, werfen Sie auch einen Blick in die Wohnung. Befragen Sie die Nachbarn und so weiter.«

»Allein?« In der Stimme des Hilfsinspektors schwangen gleichermaßen Furcht und Stolz mit.

»Ja, Estrático, allein. Ich bin sicher, Sie schaffen das ohne mich: Es ist eine leere Wohnung. Und wenn Sie zurückkommen, möchte ich, dass Sie eine Bestandsaufnahme aller offenen Fälle unbekannter Frauenleichen in der Stadt machen – nein, im Großraum Buenos Aires –«

»Aber das sind eine Menge Fälle, Inspektor, und eigentlich müssen wir doch nur einen Tag zurückgehen …« *Jemand muss diesen Jungspund mal auf seinen Platz verweisen.*

»Das stimmt. Und doch kann man nie wissen. Sie werden sie einen nach dem anderen durchgehen, um sicherzustellen, dass es sich bei keiner von ihnen um Norma –«

»Echegaray«, half Estrático nach.

»Wie bitte?«

»Selbstverständlich, Inspektor.«

Geht doch.

»Und kümmern Sie sich um la Dolores, ja? Sie sollte längst wieder zu Hause sein.« Ein Gedanke durchzuckte Alzada. »Und sagen Sie ihr, sie soll ihrer ›Arbeit‹ heute einmal nicht nachgehen.«

6

1981

Freitag, 4. Dezember, 00.05 Uhr

Mitten in der Nacht durchschnitt das Klingeln des beigen Telefons auf Paula Arangurens Nachttisch die frühlingshafte Stille des Vororts wie die Klinge eines Fleischermessers. Paula ließ es zweimal läuten, während sie ihr Kissen unter Joaquín hervorzog und sich aufsetzte. In der Dunkelheit konnte sie sein Gesicht nicht erkennen. Es lag verborgen unter dem Urwald aus schwarzen Locken, die zu schneiden er sich weigerte. Konzentriert räusperte sie sich. Das Telefon klingelte zum dritten Mal. Paula nahm den Hörer ab und meldete sich mit einem ruhigen »*¿Dígame?*«.

»Wer zum Teufel ruft mitten in der Nacht …«, Joaquín rührte sich schlaftrunken und versuchte, in der Dunkelheit die Uhrzeit zu entziffern.

Paula gebot ihm zu schweigen, plötzlich alarmiert.

Er wandte sich von ihr ab und warf einen Blick auf den kleinen Casio-Wecker auf seinem Nachttisch, der ihn frech anfeixte, ein verkniffenes Cheshire-Cat-Grinsen aus zwei leuchtenden Zeigern. Fünf nach zwölf. *Nach Mitternacht geschieht nichts Gutes*, hallten in seiner Erinnerung die

Worte seines Vaters wider, mit denen er die Ausgangssperre der Alzada-Brüder zu rechtfertigen pflegte.

»Das ist für dich«, sagte Paula bestimmt, die Hand auf das Mundstück gelegt.

Da wusste er Bescheid.

Joaquín erhaschte einen flüchtigen Blick auf ihren Ehering. Immer noch im Liegen streckte er über seine Frau hinweg einen gebräunten Arm aus und griff nach dem Hörer, die gespannte Schnur wand sich unnatürlich um seine weißen Knöchel.

Es war die Nachbarin seines Bruders. Selbst unter diesen seltsamen Umständen erkannte er ihre Stimme, sodass sie ihren Namen nicht zu nennen brauchte. Seit dem Moment, als Jorge Rodolfo und seine Frau Adela in die Wohnung gegenüber eingezogen waren, hatte sie die beiden systematisch ausspioniert. Joaquín fiel wieder ein, wie sein Bruder sie imitiert hatte – wie sie auf den Flur hinausschlurfte, zur Wohnungstür seines Bruders, dann zurück zu ihrer.

Joaquín erinnerte sich, dass Jorge Rodolfo ihren Tonfall als hochnäsig bezeichnet hatte. Jetzt sagte sie mit deutlich ernsterer Stimme: »Sie haben Ihren Bruder mitgenommen.«

Er war nicht der Erste, der einen solchen Anruf erhielt. Schon viele vor ihm hatten die gleiche Unsicherheit durchlitten, die gleiche Angst, die gleiche Ohnmacht. Nach ihm würden viele Weitere die gleichen Erkundigungen einholen, die gleichen Beschimpfungen brüllen, die gleichen Tränen unterdrücken. Jahre später würden die Ausläufer dieser Gespräche das Mantra einer verlorenen Generation bilden. Es würde Proteste geben, Prozesse und Frustration. Es würden Abhandlungen verfasst und ausschweifende Reden über das gehalten werden, was man hätte tun können und was nicht. Jetzt legte Joaquín erst einmal den Hörer zurück auf die Gabel und verkündete sachlich: »Ich fahre hin.«

»Nein«, war das einzige Wort, das Paula herausbrachte, teils, um ihn zurückzuhalten, teils, damit die neue Realität nicht bis zu ihr vordrang. Sie wiederholte es, als Joaquín aus dem Bett sprang, in der Hoffnung, dass mehrere »Nein« hintereinander den gewünschten Effekt erzielen würden. Sie sagte es noch einmal – zu sich selbst –, als Joaquín in die Küche lief; sie sagte es immer noch, leise, als er mit seinen Schuhen zurückkam.

Er schien in den Rhythmus seines eigenen Monologs versunken zu sein, der kein innerer war. *»¡Bastardos!«* und *»¡Hijos de puta!«* kamen in regelmäßigen Abständen darin vor. Bastarde und Hurensöhne. Joaquín stürmte, jetzt halb angezogen, zurück auf den Flur hinaus. »Wo ist meine Jacke?«

»Deine Jacke? Es ist Hochsommer, Joaquín.«

»Ich brauche sie, um meine Waffe zu verstecken.«

Paula hielt inne. Sie holte tief Luft, bevor sie antwortete: »Ich glaube, du hast sie über den Stuhl am Eingang gehängt.«

Sie hörte seine ruhelosen Schritte im Flur, die langsamer wurden und dann anhielten: Es beruhigte ihn, Dinge zu finden. Was sie von sich nicht behaupten konnte.

»Komm zurück!«, rief sie.

Sofort erschien Joaquín im Eingang zum Schlafzimmer. Paula musste unweigerlich an ihre erste Begegnung zurückdenken: Damals hatte er im Eingang zum Auditorium gestanden, an den Türrahmen gelehnt, so wie jetzt. Die Vorlesung war eine Viertelstunde zuvor vorbei gewesen. Er hatte vermutlich auf ein anderes Mädchen gewartet, das hatte er ihr nie erzählt. Neunzehn Jahre alt und schon dessen überdrüssig, ein Erwachsener zu sein, seine sehnige Gestalt bis zu den Knien von einem kamelfarbenen Regenmantel verhüllt, die langen Finger ständig nach den Zigaretten in seiner Tasche ausgestreckt, das Lächeln eines Mannes, der immer bekommt, was er will. Von seinem schmalen Bart hatte er sich mittlerweile getrennt und im Gegenzug ein paar Kilo zugelegt, um sich als jüngster Polizeiinspektor von Buenos Aires einen Anstrich von Seriosität zu verleihen. Joaquín reagierte nicht wie gewohnt auf den Anblick von Paula im Nachthemd.

Schweigen.

Er ging zielstrebig auf die Schublade zu, in der er seine Walther aufbewahrte.

»Warte.« Sie hielt ihn am Arm fest.

Für Paula war es ein schwieriger Lernprozess gewesen, auf so engem Raum mit Joaquíns Dienstwaffe zusammenleben zu müssen. Sie entstammte einer wohlhabenden Familie, die ihren Reichtum der Metallindustrie verdankte. Ihre Überzeugungen hatten ursprünglich zwischen vagem Vertrauen in die Rechtsstaatlichkeit und energischer Verachtung für jeden Gesetzeshüter geschwankt. Nur langsam war sie mit der Idee warmgeworden, dass irgendjemand diese Rechtsstaatlichkeit in die Praxis umsetzen musste und dass dieser Jemand ihr eigener Mann sein könnte.

Überraschenderweise war es ihr weniger schwergefallen als angenommen, die Gegenwart eines tödlichen Stücks Metall in ihrem Haus zu akzeptieren. Die tägliche Routine hatte dabei eine Rolle gespielt: Sie hatte sich daran gewöhnt, dass Joaquín es feierlich in sein Halfter schnallte, während er sich für die Arbeit ankleidete, daran, das Gewicht an seiner Hüfte zu spüren, wenn sie ihn zum Abschied küsste, erleichtert aufzuseufzen, wenn er es jeden Abend zurück in seinen Sarkophag bettete.

»Joaquín, lass uns in Ruhe darüber nachdenken«, versuchte sie es erneut.

Nein, am schwersten war es ihr gefallen, mit den vielen möglichen Zukunftsszenarien zurechtzukommen, die der Waffe innewohnten: dass er sie eines Tages würde benutzen müssen. Oder noch schlimmer: dass jemand irgendwann mit einer solchen Waffe auf Joaquín zielen könnte. Als sie ihn jetzt im Eingang stehen sah, wurde ihr klar, dass es keine Worte gab, die imstande wären, ihn davon abzuhalten. Er würde nicht als der ruhige, wachsame, besonnene Inspektor zur Wohnung seines Bruders fahren, als den sie ihn kannte. Er würde alles, was sich ihm in den Weg stellte, in Schutt und Asche legen, um Jorge zurückzubekommen.

»Und wenn du dort bist, was dann? Sie werden nicht auf dich gewartet haben. Sie sind längst weg.«

»Ich habe jetzt keine Zeit für so was«, sagte er abweisend.

»Wir waren erst heute noch bei Jorge!«

Daran musste sie Joaquín nicht erinnern: Sein Schädel brummte immer noch vom Bier und vom Wein.

»Was, wenn sie da die Wohnung bereits observiert haben?«, fuhr Paula fort. »Stehen wir jetzt auch auf einer Liste?«

Joaquín blieb stehen. *Daran hatte ich noch gar nicht gedacht. Aber von einem Polizisten lassen sie doch bestimmt die Finger, oder?* Ihn fröstelte. »Mach dir keine Sorgen.«

»Mach dir keine Sorgen? Was soll das heißen: ›Mach dir keine Sorgen‹? Ich tue nichts anderes! Ich habe mir Sorgen um Jorge gemacht, und jetzt muss ich mir auch noch um dich Sorgen machen! Was ist, wenn sie doch noch da sind?«

»Umso besser. Ich will sie sehen. Ich will ihnen in die

Augen schauen, wenn sie mir Rede und Antwort stehen. Denn das *werden* sie. Das sage ich dir. Wenn Jorge irgendetwas – *irgendetwas* – zustößt …«

»Joaco, bitte.«

Er hielt inne, spürte plötzlich seine eigene Angst. Was *würde* er denn tun, wenn er auf ein gut trainiertes Militärkommando traf? Seine alte Walther glühte an seiner Hüfte wie eine Wärmflasche. *Wie sieht dein Plan aus, Joaquín?* »Ruf Galante an. Aber erzähl ihm nichts am Telefon. Sag ihm bloß, er soll mich bei Jorge treffen.«

»Wird er nicht nachfragen?«

»Nein, wird er nicht. Dann ruf die Nachbarin an. Die von eben. Ihre Nummer steht irgendwo in dem Adressbuch aus Leder. Sie ist bestimmt noch wach.« *Niemand in dem Haus wird jetzt schlafen.* »Sag ihr, sie soll ein Licht anmachen, sobald die Scheißkerle weg sind.«

»Okay.«

»Welche Wohnung ist ihre?«

»Sie ist auch im dritten Stock. Dein Bruder hat Apartment C, also muss ihres Apartment A sein.«

»Bist du sicher?«

»Ich bin die Frau des Polizeiinspektors, Joaquín. Nicht der Polizeiinspektor.«

Joaquín setzte sich neben sie aufs Bett und nahm ihre Hände in seine.

»Sag ihr, sie soll ein Licht im Wohnzimmer anmachen, sobald alle verschwunden sind.«

Während er die Worte laut aussprach, wurde er sich ihrer schwerwiegenden Bedeutung bewusst. *Sobald alle verschwunden sind.* Sie arbeiteten schnell. Wenn er in der Wohnung seines Bruders ankäme, würde ihn genau das erwarten: alle verschwunden. Sein Bruder würde verschwunden sein. Adela würde verschwunden sein. Der

Junge. Joaquín spürte einen stechenden Schmerz auf der linken Körperseite.

»Was ist mit mir?«, fragte Paula.

»Du bleibst hier«, sagte er. Als wollte er eine Auseinandersetzung vermeiden, fügte er hinzu: »Du musst die Anrufe für mich tätigen. Und hier sein, falls jemand versucht, uns zu erreichen. Ich gebe dir Bescheid, sobald ich dort bin. Alles wird gut.« Joaquín fragte sich, ob seine Lügen auf andere Menschen ebenso überzeugend wirkten wie auf ihn selbst.

»In Ordnung.«

Joaquín küsste sie gedankenverloren auf die Wange und verließ das Zimmer. Er nahm die Autoschlüssel aus der Terrakotta-Schüssel am Eingang zur Küche, ein Souvenir aus Galantes Flitterwochen in Mexiko. Ihre Freundschaft war in Polizeikreisen wohlbekannt, auch wenn ihre Beziehung momentan etwas angespannt war. *Vielleicht ist es keine besonders gute Idee, ihn da mit reinzuziehen.* Galante mochte zwar derzeit mit den Militärs auf gutem Fuß stehen, aber ein solcher Vorfall könnte ihm leicht Ärger bereiten. Sollte das Militär irgendwelche Fragen stellen, wäre es besser, wenn sein ehemaliger Partner sie ehrlich beantworten könnte. *Nein, je weniger Leute davon erfahren, desto besser.*

Joaquín ging zurück ins Schlafzimmer. Paula saß noch an derselben Stelle, an der er sie zurückgelassen hatte. »Ich hab's mir anders überlegt«, sagte er so beiläufig wie möglich, »ruf Galante nicht an. Ich will ihn lieber nicht in die Sache reinziehen, solange es nicht unbedingt nötig ist.«

Paula nickte abwesend.

»Und schließ die Tür hinter mir ab.«

Er stürmte aus dem Haus, bevor seine Frau ihn weinen sah.

7

2001

Mittwoch, 19. Dezember, 11.15 Uhr

Alzada nutzte die zwei Empfangsbalken, die sein Handy im Untergeschoss anzeigte, in dem sie die Verhöre durchführten, um Paula anzurufen. Es klingelte zwei Mal, dann antwortete die Mailbox. Sie war wahrscheinlich mit Arbeiten im Haus beschäftigt. Er hinterließ ihr eine Nachricht. »Querida, ich bin's. Ich war heute Morgen so in Eile, dass ich ganz vergessen habe, dir das zu sagen. Ich wollte dich eigentlich nicht damit behelligen, aber als ich aus dem Haus gekommen bin, habe ich den Kater der Nachbarn entdeckt«, Alzada drehte das Gesicht zur Wand und dämpfte die Stimme, »ich habe ihn in das Grillhäuschen in ihrem Garten gesperrt, damit er Sorolla nicht über den Weg läuft.« Er blickte sich nach beiden Seiten um. Estrático war nirgendwo zu sehen. »Ich weiß, ich weiß, was du sagen wirst. Du kannst mich später zurückrufen und mich anbrüllen, wenn du willst. Aber du weißt ja, wie Sorolla auf den Kater reagiert. Und ich habe mich versichert, dass er Luft kriegt. Kannst du ihn bitte befreien, bevor Teresita ihn vermisst? Okay. Danke. Ich liebe dich. Tschüss.«

Am Ende des Flurs erschien der Hilfsinspektor.

»Wo ist er?«, fragte Alzada.

»Vernehmungsraum drei.«

»Sie mussten ihm doch nicht hinterherrennen?« Estrático sah aus, als könnte er den Großteil der Bevölkerung abhängen, ohne außer Atem zu geraten.

»Er war noch im Gebäude: Seine Schicht war noch nicht vorbei. Ich muss noch etwas mit Ihnen besprechen, Inspektor, bevor Sie –«

»Das kann warten.« Alzada wollte gerade die Tür öffnen, auf der mit Kreide »tres« geschrieben stand, hielt aber inne. »In welcher Stimmung ist er?«

»Als ich ihn in der Castex aufgegriffen habe, war er ruhig. Als ich das letzte Mal nach ihm gesehen habe, hat er geschwitzt, aber immer noch geschwiegen«, berichtete Estrático.

»Gut.« Alzada deutete auf die Tür. Ein unschuldiger Mann, den man für ein Verhör festhielt, hätte lauthals gebrüllt, dass er ebendas war: unschuldig. *Zumindest bis man ihm das Gegenteil bewies.* Wenn der Portier nicht protestiert hatte, standen die Chancen gut, dass er keine weiße Weste hatte, zumindest keine ganz reine. *Er hat etwas zu verbergen.* Die Tatsache, dass er schwitzte, bedeutete, dass er fast so weit war: Alzada mochte seine Verdächtigen gern leicht angebraten.

Estrático trat vor und stellte sich dem Polizeiinspektor in den Weg.

»Bitte, Estrático. Wir haben keine Zeit, wofür auch immer«, wies Alzada ihn ab.

»Ich weiß, Inspektor. Aber sein Anwalt ist noch nicht eingetroffen.«

»Wovon reden Sie?« Alzada musterte ihn. Der Hilfsinspektor stand aufrechter da als sonst. Nicht gebückt und zaghaft, wie in den oberen Etagen oder bei seinen Botengängen, sondern tatsächlich herausfordernd. *Ich glaub es nicht.*

Estrático setzte zu einer Erklärung an: »Ich bin genau so vorgegangen, wie es uns beigebracht wurde. Ich war von Anfang an freundlich zu ihm. Ich habe ihm etwas zu trinken angeboten. Und ein bisschen Zeit mit ihm in der Zelle verbracht, um etwas vorzufühlen. An seine gute Seite zu appellieren, Sie wissen schon?« *Jetzt weiß ich, warum die Verbrechensaufklärungsrate der Policía Federal so niedrig ist.* »Aber sobald ich ihm die erste Frage gestellt habe, hat er dichtgemacht. Also habe ich Pomada angerufen.«

»Sie haben *was* getan?«

»Ich habe den Pflichtverteidiger angerufen.«

»Ich weiß, wer Pomada ist, Estrático«, sagte Alzada. »Wir haben *wirklich* keine Zeit für so etwas. Wie lange ist es her, dass Sie ihn angerufen haben?«

»Aber die Verfahrensweise sieht vor –«

»Hören Sie auf damit, Estrático. Ist Ihnen nicht klar, dass er *nicht* unschuldig ist? Seine Arbeit besteht im Wesentlichen darin, zwölf Stunden lang auf eine Tür zu starren und gewissenhaft zu vermerken, wenn jemand das Gebäude betritt oder verlässt. Das ist buchstäblich *alles*, was er tun muss. Gestern Abend hat er irgendwann gesehen, wie diese Frau –«

»Norma.«

»Ja, Norma. Danke …« Alzada versuchte, nicht den Faden zu verlieren. »Er hat gesehen, wie Norma Echegaray das Gebäude verlassen hat – *möglicherweise* nicht aus freien Stücken –, und er hat keinen Finger gerührt. Er hat einfach dort gesessen und die Tür angestarrt, bis Sie eingetroffen sind, Estrático. Und dabei wahrscheinlich die Dollarscheine gezählt, die man ihm in die Hand gedrückt hat, damit er woandershin sieht. Sofern es sich bei der Sache, die Sie mir so dringend erzählen müssen, also nicht zufällig darum handelt, dass er blind ist, hat er keine ›gute Seite‹: Er hat nur *eine* Seite, die Seite, die Ihnen ins Gesicht lügt und es ausnutzt, dass Sie das Gesetz respektieren. Und wovor haben Sie überhaupt so eine Angst? Ich werde ihm bloß ein paar Fragen stellen. Und dafür brauche ich Pomada *definitiv* nicht.«

Sie können alle eins und eins zusammenzählen. Bei allem, was er tat, ging Alzada davon aus, dass sie nachrechneten, insbesondere die Jüngeren. Er hatte irgendwo gelesen, dass es bei einer Begegnung in Bosnien das Erste war, was die Leute taten: nicht aus Eitelkeit, sondern um zu wissen, wo man während des Kriegs gewesen war. War man alt genug gewesen, um eine Waffe in die Hand zu nehmen? Und wenn ja, für welche Seite? Selbst Estrático – der geradlinige und gesittete Estrático – musste sich zusammengereimt haben, wo er in den 1970ern gewesen war, was es zu jenen Zeiten bedeutet hatte, Polizist zu sein. Dafür brauchte es kein Genie.

»Bei allem Respekt, Inspektor …« Estrático wirkte fast beschämt, diese Worte auszusprechen: »Wenn wir das tun, sind wir nicht besser als *sie.*«

Alzada gelang es, mit fester Stimme leise zu antworten: »Ich habe keine Ahnung, was Sie meinen, mein Sohn.«

Diese junge, intelligente, bestens vorbereitete Generation – wie gern wollte er ihr vertrauen. Aber ihre Förmlichkeit, ihre Rechtschaffenheit, ihr vorbildliches Verhalten hatte etwas Selbstgefälliges. Alzada war sich nicht einmal sicher, ob Absicht dahintersteckte: Sie strahlten einfach eine angeborene Selbstgerechtigkeit aus. Sie hielten gern Vorträge darüber, dass das Gesetz immer befolgt werden müsse, dass *sie* anders gehandelt hätten, wenn sie dabei gewesen wären. Natürlich hätten *sie* nicht zugelassen, dass solche Dinge passierten.

Aber die Wahrheit war, dass Estrático ohne die Dienstvorschrift vollkommen aufgeschmissen wäre. Er wusste nicht, was es hieß, einen Mann zu verhören, der nichts mehr zu verlieren hatte, oder die Bestie in sich selbst zu entdecken und ihr einen Maulkorb aufsetzen zu müssen. Er wusste nicht, wie es war, aus einem Albtraum aufzuwachen, nur um festzustellen, dass es kein Traum gewesen war, sondern eine Erinnerung. »Keine Ahnung«, wiederholte er.

Alzada beugte sich vor und tätschelte Estrático die Schulter: »Ihm wird nichts passieren. Bleiben Sie hier und sehen Sie zu. So wird es gemacht.«

»Guten Morgen, Señor. Ich bin Polizeiinspektor Alzada«, sagte er mit selbstsicherer Geste und streckte dem Portier die Hand hin.

Der Portier blieb sitzen, die Arme vor der Brust verschränkt. *Gut. Dann eben auf die Tour.*

»Wie Sie möchten.«

Alzada zog einen Metallstuhl heran, an dem die Kratzspuren früherer Handschellen prangten, und setzte sich dem Mann gegenüber an den Tisch. Er schätzte ihn auf etwa dreißig. *Eindeutig nicht aus Buenos Aires. Indigener Herkunft, also vermutlich aus dem Norden. Aus der Provinz Chaco?* »Haben Sie die Nachrichten gesehen? Die Barrikaden, die Aufstände? Haben Sie sie mit eigenen Augen gesehen? Ich bin heute Morgen auf dem Weg zur Arbeit daran vorbeigekommen. Was für ein Chaos, nicht wahr? Ich sage Ihnen –«

»Ich habe es dem anderen schon erklärt. Ich sage nichts, bevor mein Anwalt eintrifft.« *Klug genug, um den Mund nicht aufzumachen, aber nicht klug genug, um Schweigegeld zu kassieren und sich aus dem Staub zu machen?* Der Portier legte beide Hände auf den Tisch. Die meisten Menschen würden in einer solchen Situation die Arme nah am Körper behalten. Manchmal schlugen sie sogar die Beine übereinander. Dieser hier war eine Spur zu selbstsicher. *Er ist zu ruhig. Er ist nicht zum ersten Mal in so einer Zelle.*

»Ich glaube, Sie hören mir nicht zu.« Alzada sprach mit tieferer Stimme als gewöhnlich. Er stellte sich vor, wie Estrático auf der anderen Seite das Ohr näher an die Tür hielt. »Ich versuche hier nicht, Small Talk zu halten, Sie Scheißkerl. Ich erwähne das nur aus einem Grund – wissen Sie, wie lange es in diesem Chaos dauert, bis Ihr Anwalt hier eintrifft?«

Der Inspektor beobachtete, wie es hinter der Stirn des Portiers arbeitete; er war sich sicher, dass er bei der Berechnung seiner Überlebenschancen zwei wichtige Faktoren außer Acht gelassen hatte: Erstens, Zeit ist relativ und ausgesprochen subjektiv. *Eine Minute. Wenn du nur daran denkst, die nächste Minute zu überstehen und dann die nächste und so weiter, ist alles in Ordnung. Aber sobald du anfängst, darüber hinauszudenken, bist du geliefert.* Zweitens hatte es einen Grund, dass es in Buenos Aires' Vernehmungsräumen keine Fenster gab. Gut, jemand hatte irgendwann klein beigegeben und ein Audiosystem eingebaut, aber es war so gut wie unmöglich, anhand einer kratzigen Aufnahme herauszuhören, was genau geschehen war. *Solange ich keine sichtbaren Spuren hinterlasse …* Estrático mochte seine Methoden nicht gutheißen, aber er würde einen Polizeikollegen auch nicht verpfeifen. *In seinem eigenen Interesse.*

Alzadas Brustkorb schwoll an, er zog die Schultern bis

zu den Ohren hoch, reckte den Kopf nach vorn. Eine Katze, bereit zum Sprung. Er griff mit der rechten Hand über den Tisch und packte die linke des Portiers, bevor dieser reagieren konnte. Alzada drückte sie fest auf das Metall. Die Augen des Portiers weiteten sich.

»Das war keine Frage, müssen Sie wissen. Ich schätze … bei der Menge an Demonstranten und so weiter … dreißig bis vierzig Minuten. Wenn er seine Kanzlei jetzt verlässt. Aber hier stellt sich die *eigentliche* Frage.« Alzada verstärkte den Druck auf die Hand des Portiers. »Wissen Sie, wie viele Finger ich in meinem Leben schon gebrochen habe?«

Der Portier versuchte, sich aus Alzadas Griff zu befreien – erfolglos. Er reckte den wulstigen Hals aus dem Kragen seiner Uniform heraus und rang nach Luft.

»Worauf ich hinauswill: Sie sind nicht zum ersten Mal in einem Vernehmungsraum, habe ich recht? Sie wissen, wie es dort zugeht«, fuhr der Inspektor fort. »Allerdings wenden wir ungern unschöne Mittel an. Bereitet uns nur Probleme. ›Demokratie‹, Sie wissen schon? Heutzutage muss man zumindest den Schein wahren. Deshalb hat mir mein Chef irgendwann verboten, die Verhörzellen zu betreten. Kaum zu glauben, was?« Alzada bedachte ihn mit einem breiten Lächeln. »Aber heute ist Ihr Glückstag: Er ist zu sehr damit beschäftigt, den Aufstand unter Kontrolle zu halten – die Demonstranten steuern bereits auf die Casa Rosada zu. Er hat *keinen Schimmer* davon, was in diesen vier Wänden vor sich geht. Also bitte«, er räusperte sich, »bitte verschwenden Sie nicht meine Zeit. Ich würde nur sehr ungern den Eindruck bekommen, dass Sie mich absichtlich ärgern wollen. Ich würde es so interpretieren, dass Sie lieber in eine Zelle mit Abfluss im Boden gesperrt werden möchten … Sie wissen, was ich will. Nehmen Sie einfach den Kugelschreiber dort und schreiben Sie auf, was immer Ihnen in den Sinn kommt.«

Der Portier blickte zu dem Kugelschreiber auf dem zerkratzten Metalltisch hinüber, dann auf seine linke Hand, die bleich unter Alzadas lag. »Ich bin Linkshänder«, protestierte er kleinlaut.

»Ich weiß.« Damit ließ der Inspektor seine Hand los und lehnte sich zurück. Er würde ihm nicht erklären, dass die meisten Menschen ihre persönlichen Gegenstände in der Nähe ihrer dominanten Hand positionierten. Letztlich hatte sich Estráticos Glas Wasser als nützlich erwiesen.

Hastig griff der Portier nach dem Stift und begann, etwas zu notieren. *Na bitte.* Alzada beugte sich vor. Drei Buchstaben und drei Zahlen. Ein Autokennzeichen.

»Ist das alles?«

Der Mann nickte.

»Das Auto war nicht zum ersten Mal dort, richtig?«

Der Mann nickte wieder.

»Denn gestern Abend haben Sie natürlich nichts gesehen. Zum Beispiel nach dem Abendessen? Niemand hat das Gebäude betreten, niemand hat es verlassen?«

»Nichts Außergewöhnliches, Inspektor.«

Alzada fragte besser nicht, was in einem Gebäude mit Luxusapartments als außergewöhnlich galt. »Sehr schön. Und jetzt sehen Sie zu, dass Sie hier verschwinden.« Der Inspektor ertappte sich dabei, wie er über das Schicksal des Mannes nachsann. *Mit Verrätern ist es doch immer das Gleiche.* Seiner Erfahrung nach plauderten sie nur deshalb etwas aus, weil sie sich für klüger hielten als ihre Mitstreiter. Sie glaubten, sie kämen mit heiler Haut davon. *Niemand bildet eine Ausnahme.* »Ich glaube nicht, dass ich Ihnen das extra sagen muss, aber ich sage es trotzdem: Sie werden nicht darauf warten, dass Ihr Anwalt hier eintrifft. Sie verlassen die Wache und gehen auf direktem Weg zu Ihrer Wohnung. *Ohne Umwege.* Sie machen nicht halt, um einen Kaffee zu trinken. Sie besuchen niemanden. Sie sagen niemandem, wo Sie hinfahren. Sie schnappen sich Ihre Sachen und machen einen netten, ausgedehnten Urlaub. Ich bin sicher, Sie haben irgendwo Verwandte, außerhalb der Stadt, bei denen Sie eine Weile den Ball flach halten können?«

»Ja, Inspektor. Meine Familie kommt aus Resistencia«, bekannte der Portier, mit einem Mal gefügig. *El Chaco. Wusste ich's doch.*

Alzada stand abrupt auf, sein Stuhl fuhr kratzend über den Zementboden zurück, und verließ die Verhörzelle.

Während er an Estrático und Pomada vorbeilief – *ging ja doch ganz schön schnell* –, der sich wohlweislich zurückhielt, klatschte er Estrático den Zettel an die Brust. »Ich bin etwa eine Stunde unterwegs. Wenn ich zurückkomme, will ich wissen, wer der Halter dieses Wagens ist. Und schaffen Sie Ihren faulen Hintern persönlich zum Amt, statt Ihre Zeit mit höflichem Small Talk am Scheißtelefon zu vergeuden.« Ohne Estrático anzusehen, setzte er nach: »Und hören Sie auf, so zu glotzen. Hat Ihnen noch nie jemand gesagt, wie unhöflich das ist?«

»Stimmte das?«, fragte Estrático und sah auf seine eigene Hand, während er hinter Alzada die Stufen hinaufhastete. »Das mit den Fingern?«

»Nein«, sagte Alzada und wandte sich um. »Meine Spezialität waren Kniescheiben.«

8

2001

Mittwoch, 19. Dezember, 11.45 Uhr

Mit zwei entschlossenen Schritten überquerte Inspektor Alzada die Straße, betrat das nächstgelegene Café und knallte die Hand auf den Tresen.

»*Un café con leche, por favor.*«

Der ohrenbetäubende Lärm der Kaffeemaschine an der Bar, das Aufgebot an Tassen und Löffeln, klappernd wie Zähne vor Kälte, die unbenutzten Regenmäntel in einer Palette zurückhaltender Beigetöne, der Geruch nach verbranntem Toast.

Alzada setzte sich in eine Ecke, auf einen der Drehhocker aus Chrom, und nahm den Hocker daneben mit seinem Regenmantel in Beschlag; er lächelte, während er daran dachte, wie Sorolla ihn einmal zur Arbeit begleitet hatte und dann mit ihm Kaffee trinken gegangen war, die Augen weit geöffnet, während er in dieses neue und faszinierende Universum eintauchte. Die erste seiner vielen Fragen – er war immer ein schweigsames Kind gewesen, hatte immer nur dann geredet, wenn man es sich *nicht* wünschte – Warum sind die Stühle am Boden festgeleimt? *Die Wahrheit: Barbesitzer haben eine Heidenangst davor, dass ein betrunkener Gast einen Hocker als Waffe benutzen könnte.* Alzada hatte dem damals Siebenjährigen erklärt, es sei eine Vorsichtsmaßnahme, damit niemand die schönen Stühle klaute. Was in Buenos Aires durchaus glaubhaft war.

Alzada nahm einen Schluck aus seinem Duralex; er trank seinen Kaffee gern aus einem Espressoglas. Er hätte es problemlos seinen Kollegen gleichtun und sich von einem seiner Untergebenen einen Kaffee aus einer Bar auf die Polizeiwache bringen lassen können, eines der vielen Privilegien, die er genoss, weniger aufgrund seines Rangs als vielmehr wegen seines Dienstalters; doch dem Inspektor hatte nie behagt, wie oft man als Berufsanfänger auf private Botengänge geschickt wurde, und er hatte sich geschworen, dieses Verhalten nicht nachzuahmen, wenn er auf der Karriereleiter aufgestiegen war. Außerdem war Estrático damit beschäftigt, den Halter des Wagens zu ermitteln, sodass er mindestens eine halbe Stunde seine Ruhe hatte. Warum sollte er diese Zeit auf dem Polizeirevier verbringen? Mit der Erfahrung eines Mannes, der in seinem Leben Tausende Kaffees gekostet hat, legte er die Fingerspitzen gekonnt an den Rand, sodass sie kaum das heiße Glas berührten.

Menudo día de mierda. Weiß Gott, wie nach so einem beschissenen Start der Rest des Tages aussehen mochte. *Denk besser gar nicht darüber nach.* Alzada klopfte dreimal auf den Holzrand der Theke. Immerhin hatte er so Petacchi einmal wiedergesehen. Der Gerichtsmediziner hatte gut ausgesehen – für seine käsigen Verhältnisse –, als bekäme er nachts acht Stunden Schlaf. *Wie kann er bloß schlafen, bei dem, was er weiß?*

Jemand steuerte auf den Hocker neben ihm zu und unterbrach seinen Gedankengang. Ein Mann mittleren

Alters, die Haare ungeschickt über die Tonsur gekämmt, mit einer wulstigen Aktentasche, deren Leder sich in alle Richtungen beulte. Arzt. Alzada nahm seinen Mantel vom Hocker; darunter kam, zusammengefaltet auf dem Stuhl, die Zeitung vom Vortag zum Vorschein; es war eine Weile her, dass sie es sich hatten leisten können, jeden Tag die Zeitung zu kaufen – die erste von vielen Konsequenzen der Sparmaßnahmen. Bevor der Mann sie beiseiteschob, warf Alzada einen raschen Blick auf die Schlagzeilen, die Wirtschaftsminister Cavallos neuestem Irrsinn galten: »Während der Ferien gestattet die Zentralbank Bargeldabhebungen bis zu fünfhundert Peso«. Alzada unterdrückte ein bitteres Lachen, um dem Arzt keinen Aufhänger für ein Gespräch zu bieten. *Fünfhundert Peso.* In Anbetracht der Umstände konnten sich die Alzadas glücklich schätzen: Es schienen Welten zu liegen zwischen ihrem Leben und dem der Bewohner des Armutsviertels Villa 21, das nur zwanzig Häuserblocks von ihrer soliden Mittelschicht-Wohngegend entfernt lag. Wenn sich Joaquín, Paula und Sorolla in ihrem Wohnzimmer in Barracas hinsetzten, um auf ihrem cremeweißen TV-Gerät die Abendnachrichten zu sehen, kamen sie ihnen fast jenseitig vor, wie die Filmaufnahmen eines Sporttauchers aus einer Unterwasserhöhle. Ja, sie hatten durchaus Gründe, dankbar zu sein. *Man gewöhnt sich an alles, nur nicht daran, nichts zu essen.* Wo er gerade ans Hungern dachte: Was genau war heute Morgen eigentlich passiert?

Alzada war mit knurrendem Magen und verspätet in die Küche gestürmt. Für ein richtiges Frühstück blieb ihm keine Zeit, aber er konnte sich zumindest einen Keks für unterwegs mitnehmen. Sorolla war schon aufgebrochen, und Paula saß am Küchentisch und nippte an ihrem Tee.

Nach einer Weile sagte sie: »Ich habe deine *alfajorcitos* gestern mit zur Schule genommen.«

Alzada wandte den Blick von dem Regal ab, das er gerade danach durchsucht hatte, und überprüfte in der Mikrowellentür sein Spiegelbild.

»Sie werden ohnmächtig, *¿sabés?*«, fuhr Paula fort, während sie ins Nichts starrte. Von dort, wo sie saß, hätte sie auch in den Garten blicken können, aber selbst ohne hinzusehen, wusste Alzada, dass ihr Blick ins Leere gerichtet war. Er nahm ihr gegenüber Platz und ergriff ihre Hände, warm vom Halten der Teetasse.

»Paula.«

Sie war wie in Trance. »Es hat eine Weile gebraucht, bis mir klar wurde, woran es liegt: Sie bekommen zu Hause nichts zu essen. Ich weiß nicht, wie lange das schon so geht.« Sie sah geradewegs durch ihn hindurch, ihre Brillengläser beschlugen immer stärker. »Und ich weiß, dass die Schule für die Eltern keine Priorität hat. Ich weiß das.«

Alzada drückte sanft ihre Hände, um sie zu beruhigen. Sie verstummte.

»Schuld ist der Benzinmangel«, setzte Paula erneut an »Es ist wichtiger, das Auto für einen Besuch bei einem Verwandten zu benutzen, der Hühner hält. Die Familie braucht etwas zu essen. Und die Kinder, die weiterhin kommen … tja. Jede Woche sind es weniger. Aber diejenigen, die noch kommen, müssen den Schulweg zu Fuß zurücklegen. Als ich davon erfahren habe, war ich ziemlich besorgt – wer weiß, welche Gefahren für einen Achtjährigen an einer Landstraße in die Stadt lauern. Ich wollte nicht weiter darüber nachdenken. Was hätte ich schon tun können? Immerhin kommen sie überhaupt noch zur Schule, das ist wenigstens etwas. Wie heißt es noch gleich? ›Das Bessere ist der Feind des Guten.‹ Aber dann stehe ich am Montag an der Tafel und lese das kleine Einmaleins vor, das ich gerade daraufgeschrieben habe, meine Hand mit der Kreide schwebt noch über den Zahlen. Die Klasse ist still, nun ja, so still, wie sie eben ist, wenn ich ihr den Rücken zugewandt habe. Da höre ich es. Einen Aufprall. Silvina aus der zweiten Reihe.« Paula schüttelte sanft den Kopf. »Ich habe alle anderen zum Spielen nach draußen geschickt. Da hat sie mir erzählt, dass sie zum letzten Mal vor dem Wochenende etwas Richtiges gegessen hatte. Das war mindestens drei Tage her, Joaquín …«, sagte sie, als ob ihm das nicht klar sei.

Alzadas Finger schlossen sich fester um ihre Hand.

»Sie werden ohnmächtig, Joaco. Sie werden ohnmächtig.«

»Hör zu: Die *alfajorcitos* sind mir völlig egal.«

»Ich weiß auch, dass ich das Problem nicht löse, indem ich ihnen Kekse mitbringe. Und wir haben kein Geld, um siebenundzwanzig hungrige Kinder durchzufüttern. Aber heißt das, ich muss ihnen beim Hungern zusehen?«

Was soll man darauf antworten?

Da hatte glücklicherweise das Telefon geklingelt.

Alzada wibbelte gedankenverloren auf dem Barhocker herum und wäre fast umgekippt. Instinktiv klammerte er sich am Tresen fest, stemmte den linken Fuß auf den Boden und verlagerte das Gewicht, um die Balance zu behalten. Und da sah er ihn: Er saß am Fenster, am auffälligsten Tisch, hielt dem Raum eitel, verächtlich den Rücken zugewandt. Galante. *Polizeipräsident Galante. So selbstsicher, dass er es nicht einmal für nötig hält, den Eingang im Blick zu behalten.* Alzada hätte das breite Kreuz seines ehemaligen Partners in jedem Café in Buenos Aires erkannt.

Die gute Nachricht: Er war pünktlich. Auf der Wache

galt nur als verspätet, wer vor dem Eintreffen des Polizeipräsidenten noch nicht an seinem Schreibtisch saß. Und der traf grundsätzlich nicht früh ein. Fünf Minuten vor zwölf. Er knabberte noch an seinem Croissant, also wusste Alzada, dass ihm ausreichend Zeit blieb. Er bedeutete dem Kellner, ihm einen *carajillo* zu machen. Der Mann, mit einer makellosen Fliege, kam seiner Bitte nach und füllte seinen zur Hälfte getrunkenen Kaffee mit Brandy auf.

Alzada spürte das angenehme Brennen des Alkohols, stellte sich vor, wie er ihn von innen heraus desinfizierte. Er beobachtete Galante unauffällig. Er saß mit dem Erzbischof von Buenos Aires zum Frühstück beisammen, still, fast schon verstohlen. Der Bischof war in strenges Schwarz gewandet, und Alzada war sich nahezu sicher, dass er mit öffentlichen Verkehrsmitteln hierhergekommen war. Das Rümpfen seiner langen ehrwürdigen Nase brachte die Besorgnis über seine vielen verarmten Pfarrgemeinden zum Ausdruck, die von den aktuellen Sparmaßnahmen am härtesten getroffen worden waren.

Alzada betrachtete die Menschenmenge auf der Straße durch die Fensterfront, die der hellblau-weiße Schriftzug »Café« im traditionellen Fileteado-Stil zierte. In den letzten Tagen war die Zahl der Busse, die in der Stadt eintrafen, exponentiell angestiegen; sie waren brechend voll mit den Einwohnern der umliegenden Provinzen: frisches Blut für den Krieg. Irgendwann würden sie feststellen, dass sie genug waren, um das Ruder an sich zu reißen und das System zusammenbrechen zu lassen, und dieser Zeitpunkt war nicht mehr fern. Aber nicht alles war organisierter Kampf: Auf der gegenüberliegenden Straßenseite versuchte ein junger Mann, mit seinem Skateboard einen Geldautomaten zu zertrümmern – dabei waren die Geldautomaten seit Wochen leer und straften Cavallos beharrliche Beteuerung, die Ersparnisse der Argentinier seien sicher, Lügen. *Machst du das allein?* Neben ihm entdeckte er einen anderen jungen Mann, der Schmiere stand.

Moment – Sorolla?

Sofort erhob sich Alzada von seinem Hocker, um über die Buchstaben auf der Fensterfront hinwegzublicken. Der Mann stand mit dem Rücken zu ihm; die gleichen unbezähmbaren schwarzen Locken, die gleiche Jeansjacke, der gleiche Rucksack. *Nein. Das kann nicht sein.* Es war fast zwölf, was bedeutete, dass Sorolla seit mittlerweile drei Stunden auf der Arbeit sein musste. Und er war nicht der Typ, um bei einem *cacerolazo* mitzumachen, aus Protest lautstark auf Pfannen und Töpfe zu schlagen ... oder doch? *Jetzt mach schon, dreh dich um.* Der junge Mann rührte sich nicht vom Fleck, alle Aufmerksamkeit auf seinen Kameraden gerichtet, dessen Waffe am Bildschirm des Geldautomaten zu zersplittern begann. *Kann er das wirklich sein?* Es war eine Sache, sich beim Abendessen über den Stand der Dinge in Rage zu reden – Alzada war als Jugendlicher politisch aktiv gewesen, er kannte die alles verzehrende Flamme des Idealismus nur allzu gut –, aber so etwas? Vandalismus? *So hat sein Vater auch angefangen.* Alzada zog sein Portemonnaie aus der Tasche; als er wieder aufblickte, hatte eine Gruppe von dreißig vermummten Gestalten die Straße gestürmt. *Mist, sie sind weg.* Er hatte ihn in der Menge aus den Augen verloren. *Ich gehe besser zurück zur Wache, bevor die Revolution ausbricht.*

»Danke, dass Sie das mit meinen Papieren geregelt haben, Inspektor.«

Alzada wandte sich in die Richtung, aus der die Stimme kam: Die Frau, die hinter ihm stand und darauf wartete, dass sein Hocker frei wurde, war la Dolores. Er lächelte. »Sie dürfen den Jungs nicht verübeln, dass sie Ihre Gesellschaft schätzen und sich mehr Zeit als nötig lassen, um Ihren Fall zu bearbeiten.«

»Ich weiß, Inspektor. Darum bedanke ich mich ja bei Ihnen.«

»*¿Cafecito?*«

»Gern, Inspektor.«

Sie tauschten die Positionen; sie würde mehr Erfolg haben, die Aufmerksamkeit des Kellners auf sich zu lenken. In ihrem schwarzen Schlauchkleid wirkte Dolores vollkommen fehl am Platz. *Starren die Leute?* Ihr schien es egal zu sein.

»Wie war Ihr Tag bisher, Inspektor?«

»Ich habe schon bessere erlebt … Und Ihrer?«

»Das Geschäft der Leidenschaft schläft nie, Inspektor.«

»Kann ich mir vorstellen …«, sagte Alzada zögernd.

»Ihre Stimmung hat nicht zufällig etwas damit zu tun, dass Señora Echegaray heute Morgen auf der Wache war?«

»Sie kennen sie?« *Natürlich tut sie das.*

Dolores lächelte. »Keine Sorge, Inspektor. Sie taucht schon wieder auf.«

»Ihr Wort in Gottes Ohr, Dolores«, sagte Alzada lachend. »Ich würde liebend gern den Morgen mit Ihnen verbringen, aber … die Pflicht ruft.« Er deutete mit einem Nicken auf Galante.

»Verstehe, Inspektor. Noch eine Sache: Sollten Sie nach einem schicken Wagen suchen, der eine junge Frau mitgenommen hat …«

»Woher wissen Sie …?«

»Sie mögen ein Ass in Ihrem Job sein, Inspektor, aber ich bin verdammt gut in meinem. Und das ist eine der ersten Sachen, die ich den jungen Dingern einschärfe: Steigt nie zu einem Fremden ins Auto. Und in den gehobenen Kreisen, in denen sie verkehrt, ist der Fahrer des Wagens nicht der Besitzer, sondern der Chauffeur und somit ein Fremder.«

»Ganz meine Meinung. Die Marke und das Modell werden das bestätigen.«

»Haben Sie das Kennzeichen überprüft?«

»Ich habe jemanden hingeschickt ...«

»Sagen Sie nicht, Sie lassen Ihren hübschen Adjutanten dort persönlich nachfragen ...« Dolores kicherte. »Sie werden bei der Dirección General de Tránsito keinen Erfolg haben. Nicht einmal *Sie* werden an diese Information kommen. Nicht einmal, wenn der Beamte an den Knöcheln vom Dach eines zehnstöckigen Gebäudes baumelt.«

»Ich habe keine Ahnung, wovon Sie reden.«

»Natürlich nicht. Aber ich wette auf ›vertraulich‹ oder ›Regierungsangelegenheit‹ oder dergleichen. Señora Echegaray geht nicht mit jedem x-Beliebigen aus, Inspektor ...«

»Sie verbringen zu viel Zeit auf der Polizeiwache, Dolores.«

»Da bin ich ganz Ihrer Ansicht, Inspektor.«

»Also, wo könnte ich so ein Auto ausfindig machen, sagen wir mal, an einem Tag wie heute?«

»Rein hypothetisch?«

»Natürlich.«

»Inspektor, Sie müssen wissen, dass in diesem Moment eine Kabinettssitzung stattfindet ...«

»Aha«, sagte Alzada zerstreut. Er sah wieder zur Straße hinüber. Kein Sorolla in Sicht.

»Jeder, der Rang und Namen hat, wird dort sein ... und sollte ein gewisser Jemand zu dieser Kabinettssitzung fahren, was sicherlich der Fall ist, wo würde er dann parken ...?«

»Ich muss einen Anruf tätigen.«

Alzada legte die erforderlichen fünfzehn Peso neben

seine Untertasse. Der Kellner winkte ab und gab ihm zu verstehen, dass die beiden Kaffees aufs Haus gingen, und Alzada nahm sein Geld wieder an sich. Besonders in schwierigen Zeiten war es für sie von Vorteil, den Laden voller Polizisten zu haben.

»Passen Sie auf sich auf, ja?«

»Immer doch, Inspektor.«

»Ich meine es ernst: Drehen Sie heute Abend keine Runde.«

Fast erwartete Alzada, dass sie eine bissige Bemerkung machte, aber Dolores nickte nur zustimmend.

Der Inspektor sah zum letzten Mal zum Polizeipräsidenten hinüber. Er war froh, dass Galante in Begleitung war, so musste er kein Gespräch mit ihm anfangen. Früher wäre er zu ihm gegangen und hätte ihn begrüßt. Früher waren sie Partner gewesen, Freunde, der Trauzeuge des jeweils anderen. Früher hatten sie fast jeden Morgen gemeinsam gefrühstückt: Sollte jemand die Tischbeine im hinteren Teil des Cafés genau inspizieren, würde er ihre Initialen entdecken, die sie in ungelenker Schrift dort hineingeritzt hatten. Das war vor fast dreißig Jahren gewesen. Alzada verzog das Gesicht. Früher hatte ihrer beider Beschäftigung darin bestanden, wegzusehen.

9

1981

Samstag, 5. Dezember, 00.20 Uhr

Joaquín startete den Wagen und raste los, als hätte er nichts mehr zu verlieren. An einem normalen Tag hätte er für diese Fahrt zwischen dreißig Minuten und einer Stunde gebraucht. Es war fast die Strecke, die er täglich zur Arbeit pendelte: von Barracas am Stadtrand von Buenos Aires, wo er mit Paula in einem bescheidenen Haus mit Garten wohnte, bis zur Wohnung seines Bruders im Stadtzentrum.

Joaquín erinnerte sich, wie er sich zum ersten Mal Sorgen um Jorge gemacht hatte. Wobei es eigentlich kein »erstes Mal« gegeben hatte: Er hatte sich sein ganzes Leben lang Sorgen um Jorge gemacht. Seit dem Moment, als sie ihre Eltern verloren hatten – Joaquín war zehn, Jorge vier Jahre alt gewesen –, und obwohl sich ihre Großeltern gut um sie gekümmert hatten, hatte Joaquín die Last der Verantwortung gespürt, auf seinen kleinen Bruder aufzupassen.

Nein. Joaquín konnte sich daran erinnern, wie seine Sorge in Angst umgeschlagen war. Als Paula und er gerade ihr neues Haus bezogen hatten, waren Jorge und Adela vorbeigekommen, um ihnen beim Auspacken der Kisten und beim Aufbauen der Küchenschränke zu helfen. *Damals war die Militärjunta gerade erst an die Macht gekommen, also vor fünf Jahren?*

Keiner von ihnen war sonderlich begeistert von dem neu eingesetzten Triumvirat gewesen: Eine Militärregierung blieb eine Militärregierung. Aber niemand wollte der Hirtenjunge sein, der »Wolf!« rief: Es war nicht die erste Militärdiktatur, die sie erlebt hatten. Sie hatten die erste überlebt; jetzt würden sie es wieder tun.

Wie hätten wir es wissen sollen?

Die normalen Tage waren vorbei. Nur eine Viertelstunde später erreichte Joaquín Palermo, das Wohngebiet seines Bruders. Es half, dass die Straßen aufgrund der vom Militär verordneten Ausgangssperre menschenleer waren. Es half auch, dass er, durch seine Polizeimarke geschützt, die fünfzig roten Ampeln auf der Avenida Entre Ríos allesamt überfahren konnte – den rechten Fuß aufs Gaspedal gedrückt, während sein silberner Renault 6 wie ein Rennwagen heulte. Hatte er seine Polizeimarke überhaupt dabei? Joaquín griff nach der Klammer an seinem Gürtel. *Scheiße.* Ihm brach der Angstschweiß aus: Ohne sie war er schutzlos. *Was mache ich jetzt?* Wenn er zurückfuhr … Nein. Dafür blieb keine Zeit.

Er fuhr die Aráoz entlang, näherte sich der Hausnummer 2742 und drosselte das Tempo, um nur etwas schneller zu fahren als erlaubt. Jedes Auto, das durch die Nacht raste, würde unerwünschte Aufmerksamkeit erregen – das Gleiche galt, wenn man zu langsam fuhr. Er warf einen Blick auf die Kaninchenpfote, die unter dem Rückspiegel baumelte: Paula hatte sie ihm an seinem ersten Arbeitstag geschenkt, und er hatte sie seitdem dort hängen lassen, obwohl ihm die Vorstellung eines Glücksbringers albern erschien und obwohl sich Galante ständig über Paulas Aberglauben lustig machte. Heute war Joaquín froh über den Glücksbringer.

Er beschloss, noch ein paar Minuten zu warten, bevor er zur Wohnung ging, und zunächst die umliegenden Straßenzüge auszukundschaften. *Ich will keine Überraschungen.* Joaquín war besser mit der Prozedur des Verschwindenlassens vertraut, als ihm lieb war. Als Erstes wurde die Polizeistation, die der Wohnung der Zielperson am nächsten lag, über einen bevorstehenden Eingriff informiert, mittels eines Telex, unterzeichnet von einem hochrangigen Marineoffizier. In letzter Zeit kam es so häufig vor, dass ein einfacher Anruf genügte. Als Nächstes ließ der Kollege aus der Funkzentrale, der in die Sache eingeweiht war, einem Streifenwagen in der Nähe die zweifelhafte Ehre zuteilwerden, die Gegend im Vorfeld zu durchkämmen und sich während des »Vorgangs« in sicherer Entfernung zu halten. Das bot dem Militärkommando eine *zona liberada*, sprich: vollkommene Handlungsfreiheit. Schließlich, nach rund zwanzig Minuten, wurde über dieselben Kommunikationskanäle der Polizeiwagen ausgesandt, um zu bestätigen, dass alles »in Ordnung« war. Glücklicherweise war Joaquín rechtzeitig zum Inspektor aufgestiegen, um bei derartigen Patrouillen nur ein oder zwei Mal dabei gewesen sein zu müssen, kurz nachdem sie ins Leben gerufen worden waren. Es waren die ruhigsten Nächte seiner Berufslaufbahn gewesen.

Er bog in die Scalabrini ein, die Straße, die parallel zur Aráoz verlief, und entdeckte zwei Männer auf den Vordersitzen eines geparkten Autos ohne Nummernschild, drei Häuserblocks von der Wohnung seines Bruders entfernt. Ein marineblauer Sedan. *Polizisten.* Als er an der Straßenecke ankam, ließ er seinen Wagen ruckartig neben ihrem zum Stehen kommen und kurbelte das Fenster auf der Beifahrerseite herunter.

»*Buenas noches, chicos.*«

Was zur Hölle, Joaquín? Einen Moment zuvor hatte er noch versucht, so wenig Aufmerksamkeit wie möglich zu erregen, und im nächsten kündigte er seine Gegenwart lauthals an. *Du kannst einfach nicht aus deiner Haut, oder?* Es war wieder einmal seine Hitzköpfigkeit, die Polizeipräsident Vukić ihm während seiner Tiraden auf der Polizeischule ein ums andere Mal vorgeworfen hatte. »Schalten Sie Ihr Hirn ein, Alzada! Aber nicht auf Ihre klugscheißerische Art, Sie Idiot! Diese Haltung wird Sie irgendwann das Leben kosten! Sie ist dumm und gefährlich und …«

»Unreif?«, hatte Joaquín gewitzelt.

Vukić hatte ihn rausgeschmissen und siebenmal um den Häuserblock laufen lassen. Eine Runde für jeden Argentinier, den die Mutter des Polizeipräsidenten zur Welt gebracht hatte, nachdem sie Dalmatien verlassen hatte. Ein Häuserblock war in Buenos Aires 129,9 Meter breit und lang, gemäß dem spanischen Kolonialdekret von 1876, was bedeutete, dass Polizeischüler Alzada jedes Mal, wenn er dazwischenredete, in den Genuss einer Viertelstunde strammen Joggings kam, um sich abzuregen. Wenn er seine Impertinenz nicht zügeln konnte, würde er zumindest seine Gemütsruhe zurückerlangen. Vukić' Worte.

In dieser Nacht blieb ihm für beides wenig Zeit. *Schalt dein Hirn ein, Joaquín, schalt dein Hirn ein.*

Der Fahrer, der ihm am nächsten war, rauchte und hatte sein Fenster ein paar Zentimeter heruntergekurbelt. Er drehte sich um und musterte Alzada, mit naivem Blick und keinen Tag älter als zwanzig, das weiße Hemd selbst bei einer Observierung blitzsauber und gestärkt. *Frisch von der Polizeischule.* Im Gesicht einen übermäßig gepflegten Schnurrbart und die Besorgnis, die Sache zu vergeigen. *Wenn du bloß wüsstest, wie schnell diese Furcht verfliegt.* Die Tatsache, dass Joaquín sie so leicht entdeckt hatte, schien ihn zu verunsichern.

»Wie haben Sie –«

»Ah«, wischte Joaquín seine Bemerkung beiseite und dankte Gott, auf ein Paar Grünschnäbel gestoßen zu sein. »Keine Sorge, Sie machen nichts falsch. Wenn Sie erst ein paar Nachtschichten hinter sich haben, erkennen Sie einen Waffenbruder in einem unbeleuchteten Tunnel.«

Waffenbruder? Herrgott, Joaquín, überspann den Bogen nicht! Wahrscheinlich ist es klüger, sie nicht zu belehren und dumm dastehen zu lassen. Sonst hätte er ihnen nämlich erklärt, dass man den Wagen bei einer Observierung nie an vorderster Stelle in einer Reihe geparkter Autos positionieren sollte. Natürlich war es praktisch, direkt an der Kreuzung zu stehen. Außerdem konnte man sich die schlechte Straßenbeleuchtung von Buenos Aires zunutze machen, selbst bei Vollmond, so wie heute, und dass man den vollen Überblick über zwei Straßen behielt. Doch gleichzeitig lief man Gefahr, entdeckt zu werden: zwei Männer, die zu dieser Stunde in einem Auto saßen? Noch dazu sichtbar aus vier verschiedenen Winkeln.

»Sie haben also auch eine ruhige Nacht?«, wagte sich der Fahrer vor. Er wirkte nervös, versuchte, den Blickkontakt zu Joaquín nicht zu unterbrechen, während er eine Zigarette aus seiner Hemdtasche hervorkramte. An jedem Standard gemessen zu nervös – selbst für einen Anfänger –, und eindeutig zu nervös für eine routinemäßige Nachtstreife in einem solchen Wohnviertel. Natürlich war es für die beiden eine ruhige Nacht: Sie hatten nichts gesehen. Darin bestand ihre ganze Aufgabe. Nichts zu sehen. Und

– was noch wichtiger war – am Ende ihrer Schicht zu berichten, dass sie wirklich rein gar nichts gesehen hatten.

Niemand ist so blind wie die, die nicht sehen wollen. Der Gedanke rieselte aus Joaquíns Verstand in seine Brust hinab wie Sand in einem Stundenglas: Sie steckten mit ihnen unter einer Decke. Mit einer Kraft, von der er nicht wusste, dass er sie besaß, zwang er sich zu einem Lächeln. Er war in letzter Zeit die Herkulesaufgabe angegangen, alle alten *National Geographic*-Ausgaben zu lesen, die sie im Laufe der Jahre gekauft hatten; sie standen dicht gedrängt in ihrem Wohnzimmer und durchtränkten es mit einem speziellen Gelbton. In einem Band war er auf einen Artikel über Polarexpeditionen gestoßen, und ein Detail hatte sich ihm ins Gedächtnis gebrannt: Wenn die Leichen unglückseliger Forscher auf gefrorenen Pfaden gefunden werden, überzieht ihr Gesicht das sogenannte Lächeln des Todes. Es rührt nicht etwa von einem lieblichen, friedvollen Unterkühlungsschlummer her, sondern von einer schmerzhaften Kontraktion der Kiefermuskeln. Ein letzter, schrecklich schmerzhafter Reflex. Joaquín entspannte sein gezwungenes Lächeln.

»Ja, bin auf dem Weg nach Hause«, sagte er und nickte. »Schönen Abend noch.« Bevor er das Fenster auf der Beifahrerseite hochkurbelte, setzte er nach: »Die Polizeimarken, *chicos.* Ins Handschuhfach.« Verdutzt blickten beide auf ihre glänzenden Dienstmarken, die für alle Welt sichtbar auf dem Armaturenbrett lagen.

Er ließ die beiden jungen Männer zurück, auf dass sie sich wegen ihrer Nachlässigkeit gegenseitig Vorwürfe machen konnten – das hatten Joaquín und Galante während ihrer endlosen Nachtstreifen ständig getan –, und bog schnell in die Aráoz ein. Dort bestand sein erster Impuls darin, nach auffälligen Autos Ausschau zu halten. Die *gru-*

pos de tareas, die Einsatzgruppen, waren dafür berüchtigt, die Stadt in flaschengrünen Ford Falcons zu durchstreifen, aber sollte diese Beschreibung heute Abend auf irgendein Auto zugetroffen haben, so war es bereits verschwunden. Joaquín reckte den Kopf über das Lenkrad und blickte nach oben: Das gesamte Gebäude war stockdunkel. *Zum ersten Mal in meinem Leben bin ich zu spät gekommen.*

10

2001

Mittwoch, 19. Dezember, 13.00 Uhr

»Ich bin froh, dass Sie angerufen haben, Inspektor. Perfekt … äh, gutes Timing noch dazu: Ich bin gerade vom DGT zurückgekommen«, begrüßte Estrático Alzada, als der Polizeiinspektor über die Straße auf ihn zukam.

»Irgendwelche Probleme auf dem Weg dorthin?«

»Nein, Inspektor.« Estrático trat beiseite, um Platz für einen Mann zu machen, der unter dem Rollgitter einer Schusterei auftauchte. »Drüben auf der San José haben sie Straßenbarrikaden errichtet, aus Fässern mit brennendem Müll, aber ansonsten … Was genau machen wir hier eigentlich, Inspektor?«

»Gleich, Estrático.«

Während sie darauf warteten, dass der Mann verschwand, nahm Alzada den Puls des Stadtviertels in sich auf. Auf der gegenüberliegenden Straßenseite hatte jemand die derzeit beliebten Schlagworte *el pueblo unido jamás será vencido* auf ein Holzbrett gesprüht, das ein Schaufenster abschirmte. Das vereinte Volk wird niemals besiegt. Alzada fand es seltsam, dass der Schuster ins Stadtzentrum gekommen war. Sicherlich kein Tag, um Kunden willkommen zu heißen. Vermutlich war er da, um die letzten wertvollen Gegenstände in Sicherheit zu bringen, bevor die Straßenschlacht losbrach.

»Also«, sagte Alzada, als der Mann schließlich das Metallgitter verriegelt hatte und davoneilte, »irgendwelche Hinweise, was das Kennzeichen angeht?«

»Nicht per se, Señor.«

»*Per se?*«

»Ich bin persönlich zur DGT gegangen, so wie Sie gesagt haben, um ›meine Überredungskünste anzuwenden‹ …« Estrático schien nicht zu behagen, welche Andeutung darin mitschwang.

»Und?«

»Trotzdem nichts.«

»Mit welcher Begründung?«

»Regierungsangelegenheit.«

Wie Dolores vorausgesagt hatte. Alzada fragte sich, ob er zugeben sollte, dass er ihn umsonst dorthin geschickt hatte. »Welche Marke hat das Auto?«

»Meins? Ein Alfa Romeo.«

»Im Ernst, Estrático?« Alzada neigte den Kopf zur Seite. »Dabei fing ich gerade an zu glauben, wir könnten einen guten Polizisten aus Ihnen machen.«

Hastig zog der Hilfsinspektor seinen Notizblock hervor. *Estrático und seine minutiösen Notizen über jedes einzelne Detail, das er findet.* »Es ist ein BMW X5. Baujahr 1999.«

»Beeindruckend.« *Tatsächlich ziemlich beeindruckend.* Er hatte altmodische Beinarbeit geleistet und war die umliegenden Häuserblocks abgelaufen, bis er den Wagen gefunden hatte. *Eine schnelle Auffassungsgabe hat er ja.* »Farbe?«

»Cremeweiß.«

»Das ist zu gut, um wahr zu sein.« Alzada rieb sich die Hände und grinste listig. »Ist er hier in der Nähe?«

»Er steht einen Häuserblock weiter in zweiter Reihe geparkt«, sagte Estrático und deutete in die Richtung, aus der er gekommen war. »Wer ist bloß so verrückt, mit einem solchen Wagen ins Stadtzentrum zu fahren –«

»Hab ich's doch gewusst!«, fiel Alzada ihm ins Wort. »Dolores hatte recht.«

Es war ausgesprochen schwierig, sich in dieser Stadt einen Informanten warmzuhalten, noch dazu jemanden, der so effizient war wie la Dolores. Das wusste Alzada aus leidvoller Erfahrung. Direkt bei ihrer ersten Begegnung waren sie übereingekommen, dass er außerhalb der Polizeiwache nie absichtlich Kontakt zu ihr aufnehmen würde.

»Dolores? Die Dolores, die …«

»Sie sind doch nicht wirklich überrascht, dass sie eine Informantin ist …«

»Ein bisschen schon«, stotterte Estrático.

»Warum sonst, glauben Sie, wird sie nie belangt, obwohl sie ständig verhaftet wird? Warum sonst, glauben Sie, ist sie stets schon im Laufe des Vormittags wieder auf freiem Fuß? Sollten Sie einen Blick in ihre Akte werfen – denn es gibt eine Akte –, werden Sie feststellen, dass sie leer ist. Neunzehn Jahre Zusammenarbeit und jeder Hinweis ein Volltreffer.«

»Neunzehn Jahre? Aber dann wäre sie …«, begann Estrático zu rechnen.

»Viel zu alt für Sie.«

Der Hilfsinspektor errötete, sagte aber nichts.

»Sie hatte mir irgendwann einmal von dieser Bar erzählt«, fuhr Alzada fort und blickte auf. Bar La Favorita. Desde 1964. »Und natürlich hatte ich sie vollkommen vergessen, seitdem ich mit Schreibtischaufgaben beschäftigt bin. Eine Menge Chauffeure gehen dorthin. Guter Kaffee. Nicht so bekannt, nicht so überlaufen und nicht so teuer wie Tortoni. Und nah genug beim Kongressgebäude. Wenn ein Abgeordneter seinen Chauffeur kontaktiert, kann der ihn in nicht mal zwei Minuten abholen. Die Verkehrspolizisten in der Gegend verteilen wohlweislich keine Strafzettel an die schickeren Wagen. Aber bevor wir die Sache angehen: Bitte sagen Sie mir, dass Ihr Besuch in der Wohnung von Señora Echegaray erfolgreicher verlaufen ist.«

»Da war nichts.«

»Nichts, Inspektor«, verbesserte Alzada.

»Da war nichts, Inspektor.« Estrático zog wieder seinen Notizblock hervor. *Warum kann er sich die Sachen nicht einfach merken wie jeder andere Polizist auch?* »Was das Gebäude angeht: Kein Hintereingang. Wagenauffahrt. Marmortreppe. Treppengeländer aus dunklem Holz. Klassisch, aber renoviert. Sie hatte –«

»*Hat.*«

Estrático fuhr unbeirrt fort: »Sie *hat* einen Aufzug, der vom Eingang auf der Vorderseite des Gebäudes direkt zu ihrer Wohnung hinaufführt und mit einem speziellen Schlüssel aktiviert wird. Ich bin einer alten Dame begegnet, die sich beschwert hat, dass der Portier heute Morgen seinen Dienst nicht angetreten hat …«

»Lassen Sie mich raten: Sicherheitskameras ohne Aufnahmeband. Man vertraut auf ihre magische Abschreckungskraft.«

»Richtig, Inspektor.«

»Und die Wohnung selbst?«

»Ihre Schwester und ihr Schwager waren da. Die Wohnung ist riesig. Von der Straße sieht sie schon majestätisch aus, aber von innen ist sie noch beeindruckender. Ich nehme an, dass die Einrichtung ursprünglich für eine ältere

Person gedacht war. Viel Gold. Viele Antiquitäten. Einige davon sehr, sehr wertvoll. Aber auch ein paar teure technische Spielereien, ein schwarzer Ledersessel, ein Holzschrank aus den Sechzigern mit jeder Menge alten LPs und einer voll bestückten Bar ... Sie hatte sogar Angostura!«

»*Hat.*«

»Hat«, räumte Estrático ein.

»Und Ihre Schlussfolgerung lautet ...«

»Eine Sache noch: Ich habe auch in ihren Kleiderschrank geschaut.« *Der schmale Grat zwischen einem guten Polizisten und einem Stalker.* »Darin hing ausschließlich Frauenkleidung. Also kein Freund, dessen Spur man verfolgen könnte. Meine Schlussfolgerung lautet: Sie hat die Wohnung geerbt und ein paar kleine Änderungen vorgenommen, um sie ihrem Geschmack anzupassen. Ganz offensichtlich wohnte – *wohnt* – sie dort. Allein.«

»Danke. Aber wir schreiben keine Reportage für ein Lifestyle-Magazin.«

»Ich wusste gar nicht, dass Sie so etwas lesen, Inspektor.«

»Estrático ...«, sagte Alzada mahnend, schmunzelte aber. »Also nichts wirklich Hilfreiches für unsere Ermittlungen, oder?«

»Es gab dort kein Anzeichen dafür, dass sie verschleppt wurde.«

»Verstehe«, sagte Alzada und wartete darauf, dass der Hilfsinspektor seine eigene Aussage hinterfragte. *Mal sehen, ob er von selbst darauf kommt.* »Also nicht das geringste Anzeichen ...«

»Nein, Inspektor«, bestätigte Estrático und pochte auf seinen Notizblock. »Es war vermutlich die ordentlichste Wohnung, die ich je gesehen habe. Kein benutztes Glas im Spülbecken. Kein Buch auf dem Nachttisch, keine Nachtcreme. Kein Handtuch im Wäschekorb. Wie aus einem Immobilienkatalog. Als hätte sie dort nie gewohnt.« *Würden sich die Leute doch bloß selbst zuhören.*

»Ist Ihnen ganz zufällig der Gedanke gekommen, dass es dort keine Spuren gab, weil jemand dafür *gesorgt* hat, dass es keine gibt?«

»Sie meinen …«

»Ja, Estrático. *Ich meine.* Sie wussten, dass wir dort nachsehen würden.«

»Das klingt einleuchtend.« Der Hilfsinspektor harrte aus, als wartete er auf ein Stichwort.

»Wie auch immer«, sagte Alzada ungeduldig. Sie mussten sich beeilen, bevor der geltungssüchtige Galante Wind davon bekam, dass es bei ihrem Fall um eine Echegaray ging, und ihn an sich riss. »Haben Sie ihnen die Situation erklärt?«

»Dass wir ihren Fall angesichts ihres sozialen und ökonomischen Status bevorzugt behandeln, alles andere links liegen lassen und unsere gesamten Ressourcen dazu nutzen, sie ausfindig zu machen? Oder dass sie auf keinen Fall die Hoffnung aufgeben sollen, obwohl bei dem Mangel an Anhaltspunkten die Chancen verschwindend gering sind, dass wir sie finden, zumindest lebend?«

Alzada lächelte. »Ich hoffe, Sie haben taktvollere Worte gewählt, Estrático.«

»Das habe ich, Inspektor. Ich habe es auch tunlichst vermieden, darauf hinzuweisen, welchen Preis eine hübsche junge weiße Frau auf dem Schwarzmarkt erzielen würde. Und wie hoch ihre Lebenserwartung ist, sollte sie tatsächlich in einem solchen Milieu landen.«

Alzada hörte sich selbst schlucken; sein Adamsapfel ruckte unwillig. *Wechsle das Thema.* »Es ist Zeit, zur Tat zu schreiten.«

»Inspektor?«

»Wir durchsuchen das Auto.«

Bevor Estrático Einwand erheben konnte, lief Alzada durch die Menschenmenge hindurch in die Richtung, die der Hilfsinspektor angegeben hatte, und musterte dabei unauffällig die Demonstranten. *War das heute Morgen wirklich Sorolla? Ob er hier noch irgendwo herumläuft?*

»Inspektor.« Estrático schloss schnell zu ihm auf. »Darf ich Sie daran erinnern, dass wir keinen Durchsuchungsbefehl haben?«

Alzada hörte seinen Assistenten über dem Dröhnen der Feuerwehrsirenen kaum. »Schauen Sie sich um.« Ein junger Mann lief mit einem Baseballschläger die Straße entlang und schlug damit auf die Kühlerhaube jedes Autos ein, das er passierte. »Glauben Sie wirklich, uns hält jemand auf?«

»Aber jeder kann uns sehen, Inspektor.«

»Haben Sie schon einmal etwas vom ›Zuschauereffekt‹ gehört? Die Sache wird kurz und schmerzlos, versprochen. Zählen Sie bis zehn.«

Estrático schien sich nicht sicher zu sein, ob Alzada es ernst meinte.

»Da bist du ja«, sagte der Inspektor, als er das Auto entdeckte.

Alzada zog einen Holzkeil aus seiner Jackentasche und rammte ihn mit einer gezielten Bewegung in die obere Ecke der Fahrertür. Mit einem dumpfen Schlag seiner Handfläche stieß er ihn weiter hinein. Er förderte einen schmalen Metallstab zutage, der in seinem früheren Leben einmal ein Kleiderbügel gewesen sein konnte.

»Möchten Sie?«, bot er dem Hilfsinspektor an.

Estrático räusperte sich.

»Gut, dann mache ich es.«

Alzada schob den Metallstab durch den Spalt, den er aufgestemmt hatte, und richtete ihn auf die Innenverriegelung. Nach nur zwei Versuchen erwischte er den Entriegelungsknopf. Je neuer das Auto, desto leichter war es ironischerweise aufzubrechen.

»So, das hätten wir.«

Der Inspektor öffnete die Tür und legte Holzkeil und Metallstab auf dem Bordstein ab. Das Auto roch frisch. *Jemand hat es gereinigt.*

»Wie oft haben Sie das schon gemacht, Inspektor?«

Alzada ignorierte die Frage. »Stehen Sie hier nicht tatenlos rum.«

Estrático ging um den Wagen herum und öffnete die Beifahrertür.

»Wir brauchen etwas, das zumindest ansatzweise wie ein Fingerabdruck aussieht, damit wir ihn zum Verhör kriegen.«

»Aber, Inspektor …«

»Ja, Estrático?« Alzada beugte sich in das Wageninnere und öffnete das Fach vor dem Schalthebel. Ein paar Pesos, zwei Maut-Tickets von der Autopista Perito Moreno, eine Schachtel Zigaretten, Kaffeebecher, Kaugummi.

»Wir werden nichts finden, oder?«

Alzada lächelte zufrieden. »Richtig geraten.«

»Soll ich im Kofferraum nachsehen?«

»Sparen Sie sich die Mühe. Sollte sie in das Auto eingestiegen sein, dann hat sie es freiwillig getan. Wer ist in den Papieren als Fahrzeughalter aufgeführt?«

Estrático kramte eine Mappe aus dem Handschuhfach hervor. »Es ist zugelassen auf … eine Firma.«

»Okay, das reicht.«

Alzada knallte die Autotür zu, Estrático tat es ihm gleich.

»Und was jetzt, Inspektor?«

»Jetzt tritt Plan B in Kraft.« Alzada ging zurück in Richtung La Favorita. »Begleiten Sie mich. Ich könnte mir vorstellen, dass Sie sogar Ihren Spaß daran haben.«

»Aber, Inspektor, ich dachte, der Plan war, ihm einen Strafzettel auszustellen und abzuwarten, wer ihn bezahlt?«

Alzada war beinahe beeindruckt. »Sie haben das Prinzip verstanden. Das ist gut. Aber da wir unter beachtlichem Zeitdruck stehen, kürzen wir die Sache ab: Wir werden den Chauffeur ein bisschen in die Mangel nehmen, sodass er sich bei seinem Chef beschwert. Sein Chef, irgendein privilegierter Mistkerl aus der Regierung, wird daraufhin jemanden bei der Polizei anrufen, um sich über die ungebührliche Behandlung zu beschweren. Dann wissen wir, wer er ist. Abgesehen davon …«, der Inspektor blieb stehen, »… will ich diesem Kerl in die Augen sehen. Und viele andere Möglichkeiten bleiben uns nicht.«

Aus der Ferne drang ein unverwechselbarer Geruch zu ihnen herüber: brennende Autoreifen. Der Inspektor drehte sich einmal um die eigene Achse, fand aber nicht, wonach er suchte. Irgendwo musste eine schwarze Rauchsäule sein. *Das Feuer ist bestimmt zehn Blocks entfernt. Sonst könnten wir die Rauchsäule von hier aus sehen.* Alzada war bewusst, dass sich jemand wirklich für die Sache ins Zeug gelegt hatte. *Es ist nicht leicht, Gummi zum Brennen zu bringen.* Und in sicherer Entfernung, was von Scharfsinn zeugte. Sie teilten den anderen Demonstranten ihre Position mit, ohne befürchten zu müssen, dass die Polizei ihr Signal störte, und gleichzeitig verhinderte der Rauch, dass die Polizeihubschrauber einen klaren Überblick über das Geschehen unten auf der Straße bekamen. *Raffiniert.*

Er betrat die Bar.

11

1981

Samstag, 5. Dezember, 00.40 Uhr

Die Tür zum Wohnhaus stand offen: Diese Mistkerle waren nachlässig geworden, nach so kurzer Zeit. Joaquín wusste von seinen früheren Besuchen dort, dass der Aufzug es nicht eilig hatte, also erklomm er die drei Etagen zu Fuß. Paula hatte recht: Er geriet allmählich aus der Form. Noch ein Treppenabsatz, und er hätte angefangen zu keuchen.

Joaquín nahm zwei tiefe Atemzüge zur Beruhigung, dann klopfte er leise an die Tür der Nachbarin. Er wusste, dass sie es nicht gewagt hätte, ihn anzurufen, bevor das achtlose Stampfen der Stiefel im Hausflur verklungen war. *Was müssen sie für einen Lärm gemacht haben.* Sollte die Nachbarin, so wie er annahm, während des Eingriffs direkt hinter ihrer Wohnungstür gestanden haben, wusste sie genau, dass die mit Sturmhauben bewehrte Truppe bereits das Haus verlassen hatte und es sicher war, die Tür zu öffnen. Trotzdem ließ Joaquín ihr die Zeit, sich zu vergewissern, dass er es war. Er fragte sich, wie er aussah, wenn man ihn durch das Fischaugenobjektiv eines Türspions betrachtete.

»Joaquín«, kam ihre Stimme schließlich gedämpft durch die Tür.

Sie öffnete und umarmte ihn. Ihre Überschwänglichkeit überraschte Joaquín. Sie blieben eine Weile so stehen, regungslos, schweigend, die Rippen aneinandergedrückt. Noch viele Jahre später würde sich Joaquín an die dunkelblaue Schürze mit den weißen Ankern erinnern, die nach gebratenem Fisch roch – warum sie zu dieser späten Stunde eine Schürze getragen hatte, war ihm schleierhaft. Paula hatte er seine plötzliche Aversion gegen Tintenfisch mit einer verspätet ausgebrochenen Allergie erklärt.

»Es war grauenhaft«, sagte sie. »Grauenhaft.«

Joaquín drehte sich um und sah zu Jorges Tür hinüber. Eine Sekunde lang zögerte er: Noch war es nicht zu spät. Er konnte wieder gehen, würde auch so genau wissen, was passiert war, ohne es mit eigenen Augen sehen zu müssen. Denn wenn er beschloss, die Wohnung zu betreten, würde das alle seine bisherigen Bemühungen auf einen Schlag zunichtemachen, und er hatte sich so sehr bemüht, am Rande des Geschehens zu bleiben: Jedes Mal wenn jemand das Thema angeschnitten hatte – um auf möglichst subtile Weise aus ihm herauszukitzeln, wie er dazu stand –, war er dem Gespräch ausgewichen, unter dem Vorwand, seinen Drink aufzufüllen; jedes Mal wenn ein Militärtransporter auf dem Polizeirevier haltgemacht hatte, um die Opfer auf ihrem Weg in die Hölle vorübergehend dort einzusperren, hatte er sich durch die Hintertür davongestohlen und den Nachmittag in einem *cafecito* verbracht. Hatte er wirklich geglaubt, derartige Ausweichmanöver reichten aus, um vor diesem Dreck in Sicherheit zu sein? Wie hatte Jorge immer gesagt? »Es geht nicht nur um das, was man tut, sondern auch um das, was man nicht tut.« Joaquín überprüfte, ob die Tür verzogen war. Er griff nach seiner Waffe, auch wenn er wusste, dass er sie nicht brauchen würde: Ironischerweise war Jorges Wohnung in diesem Moment einer der sichersten Orte in Buenos Aires.

Bei ihrer Gründung unterlagen die *grupos de tareas* einem strikten Gebot von Geschwindigkeit, Geheimhaltung und Anonymität. Das Militär hatte zwar keine moralischen Bedenken, Tötungsbefehle wie Bonbons auszuteilen, doch die Regierung war entschlossen, Informationen bezüglich des neuesten »Sicherheitsprotokolls« nicht an die Öffentlichkeit dringen zu lassen. Die Leute wollten Ergebnisse sehen, nicht die unschönen Details, die mit der Beseitigung systemkritischer Bürger einhergingen. Was sollten sie tun – sie möglichst freundlich foltern? Alzada war selbst nicht gerade zimperlich mit Verdächtigen umgegangen, wenn es dazu gedient hatte, einen Mordfall aufzuklären. Was war daran schlecht?

Trotz der Bemühungen, die Verschleppungen unter dem Radar zu halten, war schon bald allgemein bekannt geworden, dass Menschen verschwanden. Erschwerend kam hinzu, dass die Kampfeslust der kommunistischen Revolutionäre keinen Dämpfer erlitten hatte; im Gegenteil: Sie hatten sich im Exil neu organisiert, und ein friedlicher Waffenstillstand stand nach ihrer Rückkehr definitiv nicht auf der Agenda. Als Reaktion darauf hatte die Regierung ihre Strategie abgewandelt; sie rekrutierten »die Besten der Besten«, setzten neue Einheiten aus all jenen zusammen, die keinerlei Skrupel hatten, Gewalt anzuwenden – darunter verurteilte Schwerverbrecher –, und ließen ihre Bestien mit einem neuen Ziel los: Anstatt die Truppen auf bestimmte Anführer der Montoneros oder auf politische Gegner anzusetzen, wurden sie ausgesandt, um Chaos zu verbreiten und die Bevölkerung einzuschüchtern, die den

Respekt vor ihnen verloren hatte. Mittlerweile hatte die Polizei im Großraum Buenos Aires die Kontrolle an das Militär abgegeben und war kaum mehr als ein unschlüssiger Beobachter, der keinen Einspruch erhob, kein Hindernis darstellte, keinen Widerstand leistete.

Mit den fünf Fingerspitzen seiner rechten Hand drückte Joaquín gegen das lackierte Holz – er müsste sich wieder einmal die Nägel feilen – und spürte den Widerstand der schweren Tür darunter. Er drückte fester, und die Angeln kreischten wie unter Folter. Hinter der Tür kam ein dunkler Flur zum Vorschein. Eine Straßenlaterne tauchte das Wohnzimmer in zaghaftes Licht. Wäre Joaquín noch nie in der Wohnung gewesen, hätte er eine Taschenlampe gebraucht, um sich zurechtzufinden, aber als Jorge Rodolfo und Adela dort eingezogen waren, hatte er die Löcher in den Wänden zugespachtelt, die Bilder im Flur aufgehängt und seinem Bruder geholfen, das Sofa hin und her zu tragen, bis Adela schließlich den perfekten Ort dafür auserkoren hatte. Mit jeder Aufgabe, mit jedem Wochenende hatte er seinem flatterhaften, idealistischen Bruder den, wie er glaubte, endgültigen Schubs aus dem Chaos seiner Gewerkschaftsaktivitäten in ein bequemes Mittelklasse-Dasein als Professor gegeben. Am eindrücklichsten war Alzada die Vielzahl an Büchern in Erinnerung geblieben. Bücherstapel im Flur; Bücher auf dem Wohnzimmertisch – keine wuchtigen Bildbände über Baudenkmäler, nein, richtige Bücher; Bücher in den Wandregalen; Bücher in der Küche, darunter kaum Kochbücher; Bücher auf dem Fensterbrett im Badezimmer; Bücher im Schlafzimmer. Und dann war die – bislang einzige – nächste Alzada-Generation eingetroffen. Joaquín hatte Sorollas Geburt als den letzten Nagel an Jorges revolutionärem Sarg betrachtet und einen ganzen Nachmittag mit dem Aufbau einer himmelblauen

Wiege zugebracht. Er wollte sich nicht ausmalen, in welchem Zustand das Kinderzimmer jetzt sein mochte. An den Wänden hing kein einziges Bild mehr.

Langsam tastete er sich vorwärts. Niemand rief nach einer solchen »Visite« die Polizei – zumindest niemand, der noch bei Verstand war: weder die Nachbarn noch die Familien; und die Verschwundenen ohnehin nicht.

Joaquín hatte noch nie das Resultat eines solchen Einsatzes erlebt; er war in Drogenhöhlen gewesen, in Bordellen und im Leichenschauhaus, aber das hier war ein anderes Kaliber. Er erinnerte sich an den genauen Wortlaut der Regierungsverordnung, mit der die exzessive Gewaltanwendung gegenüber den Revolutionären autorisiert worden war: »Annihilation«. Von lateinisch »annihilare«, vernichten. Sie schienen ganze Arbeit geleistet zu haben.

Die umgestürzten Sessel sahen aus wie gähnende gelbe Hunde, die nach einer ausgiebigen Siesta ihre Gliedmaßen reckten. *Unnötig.* An diesem Punkt ihrer »Ermittlungen« war es unwahrscheinlich, dass sie es auf etwas anderes abgesehen hatten als auf Jorge Rodolfo selbst: Hatte ihre Mission erst einmal grünes Licht erhalten, war das Urteil bereits gesprochen. Das Sofa war wohl etwas zu schwer für ihren Geschmack – oder ihre körperlichen Fähigkeiten – gewesen, also hatten sie es nicht umgekippt, sondern auf die Kissen eingestochen, bis die Füllung wie Milchschaum herausquoll. Böswillig. Überflüssig. Ein cleveres Kommando drang schnell in die Wohnung ein und verließ sie ebenso schnell wieder, es mied oder minimierte jede Art von Konfrontation: Einige »Pazifisten« hatten sich den Eindringlingen bereits mit abgesägten Schrotflinten widersetzt. Findet sie, packt sie und steckt sie in den Wagen. Schnell, schnell, schnell. Diese Einsatzgruppe hatte es nicht eilig gehabt.

Die Bücherregale waren mitsamt ihren Halterungen von den Wänden gerissen worden. *Dort, wo man Bücher verbrennt, verbrennt man am Ende auch Menschen.* War das Thomas Mann? Oder Heinrich Heine? Viele der Bände zeugten von einem katzenartigen Überlebensinstinkt und waren auf der Seite gelandet, andere hatten weniger Glück gehabt: Sie lagen auf dem Rücken und gaben ihre Lieblingsseiten preis oder zeigten aufgeschlagen nach unten, die Seiten subversiv gewellt.

Joaquín bahnte sich den Weg zum Schlafzimmer, das eine ähnliche Behandlung erfahren hatte. Die Schubladen waren gewissenhaft geleert worden und neigten sich geöffnet in Richtung der Matratze. Die Matratze. Er sah in den Flur hinaus. Allmählich gewöhnten sich seine Augen an die Dunkelheit. An den weißen Wänden erkannte Joaquín zwei verschiedene Arten von Markierungen: weiter unten, auf einer Höhe, in Blau, Grün und Orange die kleinkindliche Kreidekunst von Sorolla, der es sicher ausgenutzt hatte, dass seine Mutter vorübergehend abgelenkt gewesen war, um auf seine Weise zu dekorieren. Und dann: vereinzelte dunkle Gummispuren, die nicht auf das untere Drittel begrenzt waren.

Sie hatten sich gewehrt.

Joaquín entdeckte das Telefon; es hing nicht mehr an der Küchenwand. Mit einem sanften Klicken schloss er es wieder an. Die Schnur hing durch, reichte jetzt bis zum Fußboden. *Ich muss wiederkommen und es reparieren. Gott sei Dank haben sie das Kabel nicht durchgeschnitten.* Er versuchte, zu Hause anzurufen, und stellte fest, dass er seine eigene Nummer so selten wählte, dass er sie nicht sicher auswendig wusste. Nach ein paar Anläufen fand er die richtige Kombination.

»Joaquín?«

Er wusste nicht, wo er anfangen sollte. »Paulita.«

Mehr brauchte er nicht zu sagen. Von der anderen Seite der Leitung kam unmittelbar zur Antwort: »Ich komme.«

Joaquín fehlte die Kraft zu widersprechen. Er hängte den Hörer auf die Gabel, lehnte sich mit dem Rücken an die Wand und kniff, so fest er konnte, die Augen zu. Mit einem Mal begriff er: Es war richtig gewesen, all die Male zuvor wegzuschauen. Das hier würde schwieriger werden. Er würde es ungesehen machen müssen. Er würde löschen, löschen, löschen müssen, was geschehen war: das Klingeln des Telefons, das Knirschen der Scherben unter seinen Schuhen beim Betreten der Wohnung, das Wohnzimmer voller verstreuter Bücher, die Ungewissheit, wohin sie verschleppt worden waren.

Denn sie *waren* verschleppt worden. Sein Bruder. Und Adela. Und das Kind. Das Kind, das Kind, das Kind. Joaquíns Lungen forderten mehr Luft, als in seinen Brustkorb passte. Je mehr er darüber nachdachte, desto länger wurde die Liste an Dingen, die er löschen musste: die seltenen Male, wenn jemand auf der Polizeiwache angerufen hatte, die Stimme am anderen Ende der Leitung klagend, flehend, schluchzend, und die noch selteneren Male, wenn jemand in die Wache gestürmt gekommen war, laut und aufgebracht. Seine höflich distanzierte Antwort, die er jeder einzelnen Frau gegeben hatte: »Ich kann Ihnen nicht mehr sagen, als ich selbst weiß, Señora.« Denn es waren grundsätzlich Frauen – Mütter, Ehefrauen, Töchter, Großmütter, Schwestern, Freundinnen –, die nachfragten, die ihre Angst überwanden, deshalb als Nächste auf der Liste zu stehen. »Wenn es sich um ein Missverständnis handelt, so wie Sie sagen«, hatte er ruhig erläutert, »wird sich die Sache bis morgen aufgeklärt haben.« Und wie er sie mit strengerer

Stimme korrigiert hatte: »›Verhaftet‹, Señora. In Argentinien verschwinden die Leute nicht einfach.« *Semantik, immer wieder Semantik.* Er würde jedes Mal löschen müssen, wenn er diese Frauen zuversichtlich angelächelt hatte.

Jedes Mal wenn er sich ihnen überlegen gefühlt hatte. Joaquín hatte sich in Sicherheit gewiegt, weil er auf der richtigen Seite des Gesetzes stand. Aber was für ein Scheißgesetz war das, wenn es zuließ, dass mitten in der Nacht Menschen verschwanden.

»Joaquín?«

Erst als er von weiter weg die zaghafte Stimme seiner Frau hörte, fiel ihm auf, dass er auf dem Boden kauerte; durch sein eigenes Gewicht war er an der Wand heruntergerutscht, bis ihm der Kopf zwischen die Knie gesunken war.

»Hier bin ich.« Die kalten Küchenfliesen, die ihm vor wenigen Minuten noch angenehm kühl erschienen waren, ließen ihn jetzt erschaudern. »Lass das Licht aus.«

Joaquín brauchte die Augen nicht zu öffnen, um zu wissen, dass Paula vor ihm hockte. Er hatte das Knacken ihrer Sprunggelenke gehört, als sie in die Hocke gegangen war, er spürte die Wärme, die von ihr ausging, roch den Comfort-Weichspüler an ihren Kleidern. Wenige Minuten zuvor hätte die Anwesenheit einer anderen Person im Raum ihn dazu veranlasst, seine Waffe zu ziehen. Jetzt war er froh, nicht allein zu sein.

Ein entferntes Geräusch.

Automatisch griff Joaquín nach seiner Waffe. Das Geräusch kam aus der Wohnung. Etwas bewegte sich auf dem Parkett. Paula und er sahen sich an. War das möglich? Beide sprangen auf und rannten in das einzige Zimmer, in dem Joaquín nicht nachgesehen hatte.

»Sorolla?«, sagte er.

Der Junge war nirgendwo zu sehen.

Paula deutete unter das Bett.

Sie setzte sich auf den Boden und streckte beide Hände aus, mit der Handfläche nach oben. »Joaquín, *gordo.*« Es geschah fast nie, dass jemand den Jungen mit seinem richtigen Namen ansprach – wegen der Verwechslungsgefahr mit seinem Onkel.

Stille.

Joaquín ging ans Fenster. Er sah einen blauen Wagen, der ohne Eile die Straße entlangrollte, und meinte, einen der Polizeineulinge zu erkennen. *Da sind sie ja.* Es war eine gute Idee gewesen, das Licht auszulassen.

»Ich bin's, *tía* Paula.«

Beide hielten für eine gefühlte Ewigkeit den Atem an. Und dann: die speckigen Babyfinger einer kleinen Hand. Der Schlafanzug, den sie ihm zum dritten Geburtstag geschenkt hatten, nur wenige Wochen zuvor. Der Junge rollte sich auf Paulas Schoß zusammen. Ihn sah er nicht einmal an.

»Hol ihm ein Glas Wasser«, sagte Paula.

In der Küche drang das erste Morgenlicht herein. *Jetzt schon? Wie lange bin ich schon hier?* In dem Moment, in dem er Jorges Wohnung betreten hatte, war die Zeit fast zum Stillstand gekommen. Oder war es schon vorher passiert? Als er die Stufen hinaufgerannt war? Vielleicht als er zu Hause seine Waffe eingesteckt hatte. Oder als sie den Anruf erhalten hatten. Wann genau war für die Alzadas die Zeit stehengeblieben?

»Sie haben ihn vergessen«, murmelte Joaquín vor sich hin, als er den Hahn aufdrehte und wartete, dass kühles Wasser herauskam. *Es muss ein Versehen gewesen sein.*

Als sie die Informationen für diesen Eingriff zusammengetragen hatten, hatte jemand vergessen, in Jorges Akte einen Vermerk über ein Kleinkind zu machen. In der Kaserne würden Köpfe rollen. *Sie werden doch nicht zurückkommen, um ihn zu holen?* Joaquín hielt den Atem an. *Nein, das wäre zu viel Aufwand. Selbst für sie.* Seine Gedanken schweiften ab, und für einen Augenblick stellte er sich ein Paralleluniversum vor, in dem sich der Junge nicht unter dem Bett versteckt, sondern den Kopf zur Tür herausgesteckt hatte, um zu sehen, woher das Geschrei kam.

Sie wären nicht kaltblütig genug, um den Auftrag zu Ende zu bringen. Joaquín schüttelte den Kopf. *Nein. Sie hätten ihn an einen Vorgesetzten ausgehändigt, der selbst keine Kinder bekommen konnte. Irgendwo würde es einen kleinen Alzada geben, der nicht wusste, dass er ein Alzada war, und bei anderen Leuten aufwuchs.* Bei der Vorstellung drehte sich Joaquín der Magen um.

Andere Leute.

Auf diese Weise hatte *er* über sie gedacht. Auf diese Weise hatte *er* so lange überlebt. Das war genau das, was er die ganze Zeit getan hatte – sich von allem fernzuhalten, was um ihn herum geschah, bis es weit genug entfernt schien, um damit umgehen zu können. Denn bisher waren es »andere Leute« gewesen.

Natürlich verschwanden Menschen. Oder sollte er sagen: Man *ließ* Menschen verschwinden. Man konnte es als moralisch verwerfliche Politik betrachten, aber es gab eine rein rationale Erklärung dafür. Eine Erklärung, die selbst die brutalsten Methoden rechtfertigte: Sie waren Terroristen. Sie bauten Bomben und ließen sie wahllos hochgehen, sie entführten und ermordeten seriöse Geschäftsleute, sie raubten mit Waffengewalt Geschäfte aus, um ihren Kampf zu finanzieren, sie schossen auf Polizisten. Sie hatten es verdient.

Andere Leute.

Es würde niemals jemanden treffen, den er kannte. Es würde niemals *seine* Familie treffen. Es würde niemals *seinen* Bruder treffen. *Es traf immer nur den Bruder eines anderen.* Joaquín bildete mit seinen Händen eine Mulde, hielt sie unter das Wasser und ließ es überlaufen. Es stimmte, dass Jorge kein Heiliger war. Gott allein wusste, worin er genau verstrickt war, in wessen Adressbuch die Kontaktdaten des jüngeren Alzada gestanden hatten, wer seinen Namen herausgeschrien hatte, während man ihm systematisch die Fingernägel ausgerissen hatte, die Zange glitschig vom Blut.

Joaquín füllte das Glas mit Wasser. Er stellte sich die Scheißkerle vor, sie waren bereits über alle Berge, Jorge und Adela hatten die Augen verbunden, sein Bruder lag im Kofferraum, seine Frau versteckt im Fußraum der Rücksitze, unter ihren Stiefeln. *Wo sind sie jetzt? Was werden sie mit ihnen anstellen?* Joaquín bremste sich. Von nun an würde er sehr genau achtgeben müssen, wohin er seine Gedanken abschweifen ließ. Er schlurfte über den Flur, konzentrierte sich einzig darauf, kein Wasser zu verschütten, und reichte Paula das Glas. Sie trank einen Schluck. Der Junge war in ihren Armen eingeschlafen.

Sie trugen Sorolla langsam nach draußen; er schlief immer noch.

Was jetzt? Leider gab es für eine solche Situation kein Handbuch. Was taten die Leute normalerweise? Im Innenministerium gab es einen eigenen Schalter, an dem Fragen zu den Verschwundenen beantwortet wurden. *Was für einen Aufwand diese Leute betreiben, um die Farce auf-*

rechtzuerhalten, die Regierung hätte nichts damit zu tun. Joaquín wusste, dass sie dort nur zu hören bekämen: »Kommen Sie in einem Monat wieder, falls sie bis dahin noch nicht von selbst aufgetaucht sind.«

Dann gab es die *Madres*, die sich für kurze Zeit unerschrocken vor der Casa Rosada versammelt und gefordert hatten, dass ihre Kinder unversehrt zurückkehrten. Fast augenblicklich hatte die Junta ihre Anführerinnen verschwinden lassen. In letzter Zeit waren sie verstummt.

Und natürlich durfte er auf der Polizeiwache keine übereilten Schritte unternehmen. Polizeipräsident Vukić mochte offiziell seine Hände in Unschuld waschen, was die Vorkommnisse beim Militär anging, aber wenn er derartige Nachforschungen anstellte, würde es schnell die Runde machen und Alzadas Karriere mit Sicherheit beenden. Und er konnte niemanden brauchen, der weiter nachbohrte und herausfand, dass der Junge noch bei ihnen war.

Der Junge. Was sollten sie mit Sorolla machen? So tun, als hätte ihn der Storch vor ihrer Tür abgesetzt? *Paso a paso*, Joaquín, eins nach dem anderen.

Beim Verlassen der Wohnung versuchte Joaquín, Sorolla auf den Arm zu nehmen, um Paula von dem Gewicht zu befreien. Beide spürten, wie sich der Junge fester an sie klammerte. Sie schob es sofort darauf, dass er nervös war. »Vielleicht im Fahrstuhl«, sagte sie. Aber er wollte nicht, weder im Fahrstuhl noch als sie auf die Straße traten. Weder als sie beim Auto ankamen noch als sie es zu Hause parkten. Als Joaquín ungeduldig versuchte, seiner Frau den Jungen zu entwinden, sah Sorolla zu ihm auf, dann zurück zu Paula und sagte: *»Con él, no.«* Es traf Joaquín wie ein Schlag in die Magengrube. Er wandte sich um, dem Hauseingang zu, der in die Küche führte, und wurde vom grellen Licht der aufgehenden Sonne geblendet. Er klammerte sich an den Bougainvillea-Strauch, der ihn beim Verlassen des Hauses schon unzählige Male gekratzt hatte, und war ausnahmsweise einmal dankbar für den dornigen Empfang.

12

2001

Mittwoch, 19. Dezember, 13.20 Uhr

Es gab nichts, was der Barkeeper in La Favorita noch nicht gesehen hätte. Auf diesen Barhockern hatte jeder namhafte Politiker gesessen, jeder zaghafte Revolutionär, jeder ambitionierte Verschwörer. Die Hocker hier waren heiß begehrt. Und jeden einzelnen Gast begrüßte ausnahmslos der Geruch nach nassem Hund, den der Mopp von seinem Stammplatz in der Ecke verströmte.

Der Barkeeper hieß sie willkommen, indem er zwei freie Plätze an der Bar sauber wischte. *Hier haben wir jemanden, der weiß, wie man beobachtet, ohne zu beobachten.* Zweifellos hatte er sie in dem Moment, als sie zur Tür hereingekommen waren, gemustert und sich vorgenommen, irgendeiner düsteren hohen Autorität Bericht zu erstatten. Etwas wie: »Zwei *federales*, ein alter und ein junger.« Alzada wusste, dass man ihn leichter als Polizisten erkannte, als ihm lieb war, und er wusste, dass dieser spezielle Job als Barkeeper sehr gut entlohnt wurde – mit dicken Umschlägen voller Bargeld: An einem Ort wie La Favorita konnte man eine Menge Gespräche belauschen.

Alzada zog einen der dunklen Holzhocker heran und betrachtete dessen Höhe.

»*Jefe*, auf diesen Hocker komme ich nur mit einem Fosbury-Flop …«

»Dann viel Erfolg«, sagte der Barkeeper und lächelte über das *»jefe«*.

Alzada zögerte. »Einen *cortado*, bitte.«

»Zwei«, warf Estrático hinterher und setzte sich auf den Hocker neben Alzada.

Der Barmann beäugte ihn und nickte.

»Wie läuft der Tag bisher?«, begann Alzada.

Der Barkeeper kam näher, um zwei Kaffeetassen und Untertassen unter der Bar hervorzuholen, gab aber keine Antwort. *Schon keine Lust mehr zu plaudern?*

»*Mein* Tag war jedenfalls die Hölle. Ich kann mir nicht einmal ansatzweise vorstellen, wie es ist, nur wenige Blocks entfernt von –«

Der Barkeeper stellte sich vor Alzada und lehnte sich auf den Tresen. »Falls Sie gekommen sind, um mir Informationen über eine gewisse Krisensitzung zu entlocken, fragen Sie den Falschen.«

Alzada schöpfte Hoffnung. »Also läuft sie noch?«

»Ja.« Der Barkeeper wirkte resigniert. *Du weißt, dass du darüber reden willst. Wir haben alle nichts anderes im Kopf.* »Wie schwer kann es schon sein zu beschließen, auf welche Art sie uns als Nächstes verarschen wollen?«

»Tja, wie Sie wissen, haben sie schon alles versucht. Jetzt müssen sie sich etwas Neues einfallen lassen. Kreativ werden. Das Kamasutra der Politik zurate ziehen«, sagte Alzada und schrieb mit den Fingern den Titel des imaginären Buchs in die Luft, als sähe er ihn vor sich: *»Hundert neue Arten, seine Wähler zu verarschen.«*

Der Barkeeper hustete ein raues Lachen aus. *Na bitte.*

Alzada warf einen Blick über seine Schulter zurück. Nackte Wände, dafür ein Palimpsest aus mehreren Schichten Zigarettenrauch. Sechs gedrängte quadratische Tische erzeugten ein perfektes Trommelecho: Jedes seiner Worte würde in allen vier Ecken des Raums widerhallen. Trotz des Geräuschteppichs aus diskretem Geplauder würde man ihr Gespräch an der Theke sogar noch aus den Toiletten im hinteren Teil der Bar verfolgen können. *Genau das, was ich brauche.* Die Vorschriften besagten, dass er erst schießen durfte, wenn die anderen es getan hatten. *Und wenn du es doch tust, sorg dafür, dass dich niemand sieht.* In der Bar gab es zu viele Zeugen. Er würde sie zu seinem Vorteil nutzen müssen.

Ohne ihm in die Augen zu sehen, sagte der Polizeiinspektor zu Estrático: »Haben Sie die schicken Schlitten gesehen, die draußen parken?«

»Einige von uns leben wirklich in Saus und Braus … Beneidenswert, oder?«, sagte der Hilfsinspektor.

»Ja«, klinkte sich der Barkeeper in das Gespräch ein. »Ich träume davon, mit jedem einmal zu fahren. Zumindest eine Runde um den Block. Mich reich zu fühlen, nur für einen Augenblick – wissen Sie, was ich meine?«

»Absolut.« Alzada trank einen Schluck Kaffee und überlegte. Es gab eine harmlosere Strategie, um den Fahrer zu identifizieren: Sie könnten das Auto so lange bewundern, bis er sich nicht mehr beherrschen konnte und anfing, mit seinem importierten BMW zu prahlen. Doch das allein reichte nicht – sie mussten dafür sorgen, dass sein Chef mit ins Spiel kam. Und zwar schnell. Das ging nur, wenn sie den Chauffeur in die Mangel nahmen. In einer so vollen Bar würden sie ihn provozieren müssen.

Showtime.

»Außer vielleicht mit dem X5.«

Die Reaktion kam augenblicklich. »Was ist mit dem X5?«, kam eine Stimme von hinten.

Alzada lächelte, drehte sich um und musterte die monochrome Menge. Ja, sicher, er war davon ausgegangen, dass der Chauffeur unerfahren und naiv war, aber nicht, dass er ein solcher Amateur war. *Du willst dich wegen eines Autos streiten, das nicht einmal dir gehört? Vollidiot.* Alle jungen Männer trugen eine unterschiedliche Variante des gleichen zerknitterten, schlecht sitzenden schwarzen Anzugs und die mit der Chauffeur-Uniform einhergehende steife Großspurigkeit. Alle warteten ein bisschen ungeduldiger als sonst darauf, ihre Schicht zu beenden und nach Hause zu fahren. Welcher von ihnen hatte gesprochen?

»Nichts, gar nichts«, antwortete der Inspektor lässig und wandte dem Beklagten den Rücken zu. Dann setzte er nach: »Und dann auch noch in Cremeweiß. Cremeweiß! Ich meine, was für eine wunderbare Farbe …«, er genoss jedes einzelne Wort, »… für eine *mamá.*«

Die Pupillen des Barkeepers weiteten sich. Er stellte das übliche Glas Wasser neben ihren Kaffeetassen ab und sah Alzada eindringlich an. *Schon gut, schon gut. Aber ich weiß, was ich tue.* Der Barkeeper wirkte nicht überzeugt.

Alzada wandte sich wieder den Tischen zu. Der Chauffeur hätte wissen müssen – zumindest an diesem Punkt –, dass er nicht darauf einsteigen sollte. Jemand, der ihn so offen provozierte, so unverhohlen, so unangemessen, verfolgte entweder einen Plan oder war ein Irrer. In beiden Fällen war es niemand, mit dem man sich anlegen wollte. Doch die meisten Leute heuern einen Chauffeur verständlicherweise wegen seiner Fahrkünste an, nicht aufgrund seiner Fähigkeit, anthropologische Signale zu deuten.

»Eine Mama?«, fragte Estrático. Er war bisher ziemlich

still gewesen, und Alzada hatte sich schon gefragt, ob er sich nicht weiter beteiligen würde.

Der Polizeiinspektor schwang auf seinem Hocker wieder zurück zur Bar. »Ja, Sie wissen schon: So ein Luxusgeländewagen ist *ideal*, um die Kinder zur Schule zu bringen. Und wie ich gehört habe, ist im Kofferraum jede Menge Platz für die ganzen Lebensmittel …«

»Genau das, was man braucht, um einkaufen zu fahren und sich danach mit seinen Freundinnen zum Mittagessen zu treffen«, fügte der Hilfsinspektor hinzu.

Ein Stuhl scharrte über den unechten Terrakotta-Boden. Der Mann befand sich außerhalb von Alzadas peripherem Sichtfeld, war aber eindeutig rechts von ihm, näher an Estrático. *Komm schon,* cabrón. *Du weißt, dass du es willst.*

»Und die Farbe passt großartig zu jeder Handtasche im Kleiderschrank.«

»Was hast du gesagt?«, ertönte dieselbe Stimme von hinten.

Endlich. Die Polizisten wechselten einen Blick: Sie hatten ihn. Alzada sah, wie sich ein Mann Anfang dreißig von seinem Stuhl erhob. Er wirkte zu jung für seine Geheimratsecken, trug das Haar länger und zurückgekämmt, damit es voller wirkte. Alzada, der mit einem bemerkenswerten Haarschopf gesegnet war, fühlte sich ihm automatisch überlegen. Der Anzug des Chauffeurs war auch nicht von Vorteil: Mit dem zu weiten Kragen und den zu langen Ärmeln sah er aus wie ein Amateurzauberer.

Was nun? Das Polizeihandbuch ermutigte nicht dazu, körperliche Gewalt anzuwenden, um an Informationen zu gelangen. Zumindest nicht mehr. Im Gegenteil: Die neuen Dienstvorschriften rieten ausdrücklich von testosteronbefeuerten Spielchen ab und empfahlen stattdessen, Überredungskunst anzuwenden, Verwirrung zu stiften oder falsche Versprechungen zu machen. Die neuen Methoden waren ehrlich gesagt mühselig und weniger effektiv als die alten, aber sie waren aus einem wunderbar logischen Grund aufgestellt worden: Gewalt ist unberechenbar. *Man mag wissen, wie eine Kneipenschlägerei anfängt, aber man weiß nie, wie sie ausgeht.* Der Inspektor wägte die Situation erneut ab. Estrático sah aus, als hätte er noch nie in seinem Leben ein Gewicht gestemmt; und sein eigener Körper zeigte deutliche Spuren seines fortgeschrittenen Alters. *Wo reiten wir uns da rein?* Vielleicht war es doch nicht die beste Idee gewesen. Alzada sah es klar vor sich: das Gespräch, das er später mit Galante führen würde. Denn die Chance, dass dieses Gespräch stattfinden würde, lag bei einhundert Prozent, ganz gleich wie sich die Situation weiterentwickelte.

In den Handbüchern wurde nirgendwo erwähnt, was zu tun war, wenn einem keine andere Wahl blieb. *Señora Echegaray läuft die Zeit davon.* Der Inspektor straffte die Schultern.

»Du hast mich gehört – oder bist du taub *und* dumm?«, stichelte Alzada.

»Immerhin hocke ich nicht an der Bar und schlürfe mit meinem Liebsten einen Cappuccino«, konterte der Chauffeur und deutete auf Estrático.

Das Geplauder verstummte abrupt.

Beide Polizisten sprangen von ihren Hockern herunter. Dem Inspektor war nicht bewusst gewesen, wie respekteinflößend er wirkte – selbst noch mit über sechzig –, bis er feststellte, dass der Fahrer fast unmerklich vor ihm zurückwich, den Körper zur Seite neigte.

»Wiederholst du das noch mal?«, fragte Alzada.

Der Chauffeur betrachtete einen Moment die Pistolenhalfter an der Hüfte der beiden Männer. Andererseits war wahrscheinlich jeder in der Bar bewaffnet.

»Du hast mich gehört, *maricón*«, spottete er.

Alzada war vertraut – zu vertraut – mit Berichten über Vorfälle, die in Sekundenbruchteilen geschahen. Wie oft hatte er die Leute über den Augenblick reden hören, in dem die Bestie in uns die Kontrolle übernimmt, ohne um Erlaubnis zu bitten, ohne eine zu brauchen? Darüber, wie die Zeit stehenzubleiben scheint? Darüber, wie alle Einzelbilder zu einem hochauflösenden Film verschmelzen, der sich für immer auf der Netzhaut einbrennt, eine lebhafte, glasklare, unauslöschliche Erinnerung. Jedes Mal wenn er jemanden so etwas hatte sagen hören, hatte Alzada widersprechen wollen. Er wusste, dass die Wirklichkeit deutlich verschwommener war. *Nehmen wir jedes beliebige Verbrechen. Einen einfachen Überfall. Oder etwas Komplizierteres wie eine Entführung.* Würde man die Sache richtig angehen, wäre die ganze Angelegenheit in weniger als vier Minuten vorbei. Rein und raus. *Schmerzlos.* Aber Alzada hatte es auf dem Polizeirevier unzählige Male erlebt: Zeugen lieferten langatmige Schilderungen eines Ereignisses, gerieten aber ins Stottern, sobald sie mit der Aussage einer anderen Person über dieselbe Situation konfrontiert wurden. Mit einem Mal konnten sie sich nicht mehr an die wichtigen Details erinnern, zur Verzweiflung – oder Erleichterung – der Polizisten. Wie würde der Barkeeper seine Seite der Geschichte schildern, wenn sie vorbei wäre? Woran würde sich der Chauffeur erinnern? Was würde Estrático in dem Bericht über ihren Besuch in La Favorita schreiben?

Und doch – dieses Mal geschah es tatsächlich in Sekundenbruchteilen. Erst hörte Alzada es: das unverwechselbare Geräusch von vier Fingerknöcheln, ohne jedes Zögern. Ein gut gezielter Schlag. Er spürte ihn in seinem Körper, als hätte sein eigener Arm ihn ausgeführt. Die Hüfte dreht sich, die Knöchel geben nach, die Rippen wachsen nach vorn. Die Schultern greifen an. Die Daumen klappen sich unter die Fäuste. Die Hand schießt durch die Luft. Die Bewegung wird gestoppt. Alzada ballte die Finger instinktiv zur Faust und löste sie wieder. Er öffnete die Augen.

Er sah den Chauffeur auf dem Boden liegen, die Hände schützend vors Gesicht gereckt.

Er sah Estráticos Rücken, angespannt und bereit, seinen Gegner zu bekämpfen.

Er hörte die Stimme des Hilfsinspektors, langsam und entschlossen: »Wen nennst du hier eine Schwuchtel?«

Wer ist *dieser Mann?*

Die Bar war leer. Jedem einzelnen Gast war ein triftiger Grund eingefallen, um augenblicklich das Lokal zu verlassen: ein unvorhergesehener Termin, ein dringender Anruf vom Chef, die unbegründete Furcht vor einem Strafzettel, weil man in zweiter Reihe geparkt hatte. Selbst der Mann mit der blutenden Nase hatte sich an der Theke ein paar Papierservietten zusammengeklaubt, um seine Schande zu bedecken, und war widerwillig auf den Ausgang zugesteuert. *Wir haben, was wir von dir wollten.* Dem Barkeeper war das Lächeln vergangen.

Der Inspektor ging auf Estrático zu, der sich auf einen der Tische im hinteren Bereich der Bar stützte, den Blick zu Boden gerichtet. *Schämt er sich?* »Er mag uns nicht mehr«, sagte Alzada und deutete auf den Barkeeper, um seinen Assistenten aufzumuntern, dann stellte er ein Schnapsglas mit einer sherryfarbenen Flüssigkeit vor ihm ab.

»Inspektor.« Estrático wand sich.

Alzada kramte zwei weiße Pillen aus der Tasche hervor. »Und nehmen Sie die auch.«

»Ich glaube nicht, dass ich sie brauche«, wehrte Estrático ab.

Alzada sah ihn streng an. »Es geht nicht darum, ob man sie *braucht*. Sie machen Ihren Tag nur deutlich erträglicher. Und kürzer.«

Der Hilfsinspektor presste instinktiv die Lippen zusammen.

»Estrático, jetzt stellen Sie sich nicht so –«

»Wegen gerade«, unterbrach ihn der Hilfsinspektor und räusperte sich. »Inspektor.«

»Ja?«

»Ich möchte mich aufrichtig bei Ihnen entschuldigen. Mein Verhalten war absolut unangemessen für einen Gesetzeshüter und –«

Niedlich – aber nein.

»Ich unterbreche Sie besser, bevor Sie etwas sagen, das Ihnen später leidtut«, fiel Alzada ihm ins Wort. »Erstens: Strecken Sie den Arm in die Luft. Das lindert die Schwellung. Ist nicht weiter tragisch, ich weiß, aber wir wollen ja nicht, dass die Freundin unbequeme Fragen stellt. Ich spreche aus eigener Erfahrung.« Er packte Estráticos zögernden Arm und hob ihn an. »Zweitens hätte sowieso jemand diesem Schwachkopf früher oder später die Fresse poliert, und ich bin froh, dass Sie es waren. Ein hübscher Haken. Haben Sie ihm die Nase gebrochen?«

»Ich weiß nicht, Inspektor«, sagte Estrático.

»Haben Sie ein Knacken gehört?«

Der Hilfsinspektor guckte verwirrt.

»Egal, trinken Sie den Schnaps.«

Estrático gehorchte.

Ab dem Moment, in dem man Alzada seinen neuen Assistenten vorgestellt hatte, hatte er ihn wieder loswerden wollen. Estrático bestand darauf, Regeln zu befolgen, die Alzada längst hinter sich gelassen hatte, er beharrte darauf, ein Protokoll zu befolgen, das sie mit Schreibarbeiten überflutete. Anstatt nicht am Status quo zu rütteln, stellte er eine Vielzahl unbequemer Fragen, vor denen andere Beamte zurückschreckten. Er war ein Grünschnabel. Aber eines Tages würde ein guter Polizist aus ihm werden. Alzada beschloss, ihm das nicht auf die Nase zu binden. *Dann wird er unausstehlich.*

»Ich hoffe inständig, damit nicht das Ergebnis der Ermittlung gefährdet zu haben«, beharrte Estrático. »Ich weiß nicht, was in mich gefahren ist.« *Und ob du das tust.* »Außerdem stecken wir meinetwegen jetzt bis zum Hals in der Scheiße.« *Sein erstes Schimpfwort!* Alzada hätte ihn am liebsten umarmt.

»Was passiert ist, ist passiert. Jetzt brauchen wir nur noch abzuwarten. Sie werden schon sehen.« Alzada legte dem Hilfsinspektor behutsam eine Hand auf die Schulter. »Und was Galante angeht, brauche ich Ihnen die Konsequenzen Ihrer Handlung wohl kaum zu erläutern. Aber er hat wegen der Unruhen alle Hände voll zu tun, also stecken wir höchstens knietief in der Scheiße. Außerdem werde das meiste davon ich abkriegen. Sie müssen sich nur eine Erklärung dafür überlegen, wie der Chauffeur so tollpatschig sein konnte, auszurutschen und aufs Gesicht zu fallen …«

Der Hilfsinspektor sah ihn an, den Kiefer immer noch verkrampft. »Vielleicht war ihm entgangen, dass der Barkeeper gerade mit dem Mopp den Boden gewischt hatte?« Er brach in lautes Gelächter aus. Überrascht hörte Alzada, wie Estráticos Lachen, im Gegensatz zu seiner sonst so sanften Stimme, laut und polternd durch die Bar hallte.

Estrático lachte und lachte; Alzada konnte nicht anders, als in sein Lachen einzufallen.

Plötzlich klingelte das Handy des Hilfsinspektors. Ein Blick auf den Bildschirm genügte, und er hatte seinen nüchternen Tonfall zurückerlangt: »Es ist die Wache.«

»Das ging schnell«, sagte der Inspektor lächelnd. *Der Besitzer des Wagens scheint wichtiger zu sein, als ich gedacht hatte.*

Beide versuchten, die Fassung zurückzuerlangen, wischten sich die Augen und trockneten ihre Tränen. Ein Röcheln entwich Alzadas Lunge.

»Der Chef will uns sehen«, berichtete Estrático, nachdem er aufgelegt hatte.

»Hat er gesagt, wann?«

»Pintadini meinte, er hätte gesagt: ›vor zehn Minuten‹.«

»Dann sitzen Sie hier nicht länger rum.« Alzada stürmte aus der Bar. »Er ist immer noch unser Chef! Los jetzt!«

13

1981

Samstag, 5. Dezember, 19.00 Uhr

»Wo warst du?«

Paula war Anfang dreißig, doch als Joaquín am frühen Abend schwerfällig durch die Eingangstür die Küche betrat und sie dort sah, erinnerte sie ihn unwillkürlich an seine verstorbene Mutter. Es mochte daran liegen, dass sie eine ähnliche gepunktete Schürze trug, wie Señora Alzada sie besessen hatte, oder wie sie dort auf dem niedrigen Hocker saß, den Rücken auf die gleiche Weise gekrümmt, wie er es aus seinen Kindertagen kannte: breitbeinig, eine Waschschüssel aus dunkelblauem Plastik zwischen die Knie gepresst, damit sie nicht auf die Fliesen rutschte, die Hände in die Seifenlauge getaucht, entspannt, aber darauf bedacht, nichts zu verschütten. *Ja.* Sie besaßen die gleiche unbeschwerte Art, Hausarbeiten zu verrichten, die zupackende Hingabe einer Person, die Alltagspflichten scheinbar mühelos ausführt.

»Ich habe mir Sorgen gemacht.« Paula blickte nicht von der Waschschüssel auf.

»Nicht mal ein Hallo? Für deinen Göttergatten?«, fragte er theatralisch und hasste sich fast augenblicklich selbst dafür, dem Klischee zu entsprechen, das er so lange Zeit verachtet hatte. »Willst du denn gar nicht wissen, wie mein Tag war?«

Sie hatte offenbar gehört, wie er draußen mit den Schlüsseln gekämpft hatte, würde aber nichts dazu sagen. Nein, sie war jemand, der langfristige Strategien verfolgte: Zunächst würde sie ihm die nötigen Informationen entlocken und ihm dann eine Szene machen. In routiniertem Rhythmus schrubbte Paula den Dreck vom Saum der zweiten Hose, die Joaquín gern zur Arbeit trug. Mit der Rückseite ihrer Hand, die vom warmen Wasser rot und aufgequollen war, strich sie sich bedächtig eine kastanienbraune Locke aus der Stirn. Die Erfahrung hatte ihn gelehrt zu schweigen, bis sie ihren Zug machte, und dann – erst dann – zu reagieren. In den meisten Fällen reichte das aus, um sie zu besänftigen, aber heute Abend hatte er das Gefühl, dass es nicht ausreichen würde. *Die Gefahr, eine kluge Frau zu heiraten.*

Schweigen.

»Ich habe auf der Wache angerufen«, sagte Paula schließlich.

Das hat sie nicht wirklich getan. Sie würde doch nicht … oder doch? Er musterte sie. *Nein. Hat sie nicht.* Ihr musste klar sein, welche Konsequenzen ihr Anruf gehabt hätte, vor allem wenn ihre Fragen nicht zu seiner Schilderung der Vorfälle passten. *Sie würde mich nicht in Gefahr bringen, bloß um Haltung zu zeigen. Nein, das würde sie nicht.* Trotzdem beschloss er, darauf einzusteigen: »Und? Haben dir die Jungs gesagt, dass ich nicht ans Telefon gehen konnte? Ich musste einen Fall abschließen. Ich habe mich für die Beförderung halb tot geackert, und Galante ist mittlerweile Abteilungsleiter und auf dem besten Weg, Polizeipräsident zu werden. Weißt du –«

»Spar dir das«, würgte sie ihn ab.

Joaquín kämpfte um das nötige Gleichgewicht, um sich im Stehen die Schuhe auszuziehen, was schwieriger war als gedacht, weil er gleichzeitig versuchte, seine rechte Hand vor Paula zu verstecken. Er drehte sich seitwärts, zog den linken Fuß näher an den Oberkörper und spürte, wie sich seine Krawatte enger um den Hals schloss. Je mehr er kämpfte, desto stärker erinnerte er an eine Kröte – eine stattliche Kröte mit unverschämt grünen Augen, aber trotzdem eine Kröte. *Beides gleichzeitig schaffe ich nicht.* Er ließ das Bein sinken, unterbrach seine Bemühungen vorübergehend, um sich auf das Gespräch zu konzentrieren. »Willst du wirklich wissen, wo ich war?«

»Ich weiß es nicht, Joaquín. Will ich – *muss* ich wissen, wo du dich stundenlang herumgetrieben hast? Ausgerechnet heute? Vermutlich nicht«, seufzte sie. »Aber tu mir zumindest den Gefallen und beleidige meine Intelligenz nicht.«

Paulas angespannte Stimme offenbarte, dass sie kurz davor war, die Geduld zu verlieren. Trotzdem bemühte sie sich, nicht laut zu werden. *Wegen der Nachbarn.* Sie hatte immer noch nicht verinnerlicht, dass sie jetzt in einem Haus wohnten, das gestutzte Hecken und ein kleiner Weg vom Nachbarhaus trennten. *Du kannst schreien, so laut du willst. Niemand wird dich hören.*

»Wie ich sehe, hast du getrunken«, fuhr Paula fort.

»Ich bin nicht betrunken«, antwortete Joaquín – zu schnell.

»Mir ist auch nicht entgangen, dass du versucht hast, deine Hand vor mir zu verstecken, seit du zur Tür reingekommen bist.«

»Die hier?« Er hob seine rechte Hand hoch, mit der Handfläche nach vorn. Mehrere Stunden waren vergangen, und sie war immer noch nicht auf ihre ursprüngliche Größe abgeschwollen. »Das ist nichts!« *Zu defensiv. Und zu laut, Joaquín. Zu laut.* Würden sie immer noch in dem Apartment wohnen, das sie nach ihrer Hochzeit gemietet hatten, hätte seine Stimme von den gekachelten Wänden ihrer beengten Küche widergehallt.

»Scht«, zischte Paula und funkelte ihn an, »er schläft.« Joaquín fuhr zusammen. Die Worte waren ihr so natürlich über die Lippen gekommen, als hätte sie sie seit seiner Geburt jeden Tag gesagt, als wäre es normal, dass im Zimmer nebenan ein Kleinkind schlief. Sie stand auf, ohne sich von der Waschschüssel zu entfernen. »Nichts. Ach wirklich?«

Joaquín zuckte mit den Schultern und hoffte, dass sie nicht bemerkt hatte, wie er vor Schmerz das Gesicht verzogen hatte. Er versuchte erneut, sich den Schuh auszuziehen, nahm diesmal die Fußleiste des Küchenschranks als Hebel zu Hilfe, spürte ihre Blicke auf sich. Die Farbe wich aus seinen Händen, mit denen er sich am Spülbecken festklammerte. Vor Anstrengung biss er sich auf die Lippen. Aus den Augenwinkeln konnte er nicht sehen, wie Paula trotz ihrer Verärgerung über das Spektakel schmunzeln musste. Und dann rutschte er ab. Die Schuhsohle hinterließ eine deutliche Spur auf dem cremeweißen Holzpanel.

Der Schuh befand sich immer noch an seinem Fuß. Ihr Lächeln war verschwunden.

»Joaquín!«

»Was?«

Paula trat zu ihm ans Spülbecken und deutete auf den geschwungenen schwarzen Streifen, den er auf dem Küchenschrank hinterlassen hatte. »Um das wegzukriegen, muss man ordentlich schrubben.«

»Vielleicht bin ich doch ein bisschen betrunken«, räumte er ein.

Sie rückte ihre Schürze zurecht und ließ sich wieder auf

den Hocker plumpsen. »Komm her.« Sie bedeutete ihm, seinen Fuß auf ihrem Oberschenkel abzustützen. »Komm schon.« Sie winkte ihn herbei, als sie ihn zögern sah. Vorsichtig kam er der Aufforderung nach.

Joaquín bemühte sich schwankend um Gleichgewicht. Paula stützte ihn.

»Wo warst du?«, fragte sie noch einmal, während sie die Schnürsenkel des linken Schuhs löste.

»Ich weiß nie, was du von mir hören willst.«

»Wie wär's mit der Wahrheit?«

»Ich war auf der Arbeit.« Dann setzte er mit neuer Zuversicht nach: »Was glaubst du denn, wo ich war? Natürlich war ich auf der Arbeit.«

Joaquín wusste, dass der Trick einer glaubhaften Lüge darin bestand, sie in eine größere Wahrheit einzubetten. Er hatte sich an diesem Morgen tatsächlich auf den Weg zur Arbeit gemacht. *Das* war nicht gelogen. Er lächelte bei dem Gedanken, vielleicht davongekommen zu sein.

»Du willst mir erzählen, dass du nach dem, was gestern Nacht passiert ist, die Wache betreten, dich an deinen Schreibtisch gesetzt und acht Stunden gearbeitet hast, als wäre nichts geschehen?«

»Ja.«

»An einem Samstag.«

»Ja.«

»Ich bin lange genug mit einem Polizisten verheiratet, um zu wissen, wie die *tercios* funktionieren, Joaquín. Du musst erst am Montag wieder ins Büro.«

»Wenn du so lange mit einem Polizisten verheiratet bist, weißt du, dass du keine Fragen stellen solltest«, gab Joaquín bissig zurück.

Paula zog die Augenbrauen hoch. »Wenn das deine Antwort ist, will ich es wirklich nicht wissen. Den anderen.«

Sie bedeutete ihm, ihr den rechten Fuß zu überlassen. *Warum erzählst du es ihr nicht einfach?* »So, das hätten wir«, sagte sie.

Er verlagerte das Gewicht von einem Fuß auf den anderen, unsicher, wie er ihre Stimmung einschätzen sollte. Er würde es ihr letzten Endes sowieso erzählen müssen. »Ich habe Galante geschlagen.«

Paula blickte auf.

»Er hat es herausgefordert«, insistierte er. Als bräuchte er den sonstigen Kontext nicht zu erwähnen. Als wären sie Schauspieler in einem Film, in dem die Leute tatsächlich so redeten. *Glaubst du, du bist in* Die Spur des Falken*?* Joaquín ging zum Kühlschrank, öffnete ihn und entdeckte darin einen Stapel *milanesas* – glücklicherweise ein Grundnahrungsmittel in ihrem Haus –, nahm ein Schnitzel heraus und setzte sich damit an den Küchentisch. »Setz dich zu mir, ja?«

Das tat sie.

Sie schwiegen, während er kaute.

Nach einer Weile sagte sie: »Du kannst mir nicht erzählen, dass du Galante geschlagen hast, und es dabei belassen. Ich hoffe, nicht ins Gesicht – Joaquín, sag mir, dass es kein Schlag ins Gesicht war.« Er blickte zu Boden. »Himmelherrgott, Joaquín. Wir sind die Pateneltern seines Sohns!«

»Glaubst du, ich wüsste das nicht?«, zischte er, direkt gefolgt von: »Entschuldige. Tut mir leid. Ich weiß.«

Zufrieden über seinen veränderten Tonfall sagte Paula: »Also … was genau ist passiert?«

Paula hatte an diesem Morgen Sorolla gerade in ihrem Ehebett schlafen gelegt, da hatte Joaquín verkündet: »Ich mache mich heute früher auf den Weg, um mit Galante zu sprechen, sobald er auf die Wache kommt.«

»Es tut mir leid, das zu hören«, hatte sein ehemaliger Partner gesagt, noch im Halbschlaf, vor sich eine Tasse Kaffee, und dann direkt vorgeschlagen: »Hast du überlegt, einen Antrag auf Haftprüfung zu stellen?«

»Einen Antrag auf Haftprüfung?«

»Ja. Ich dachte, du bist Jurist.«

»Hast du in fünf Jahren Diktatur«, Alzada senkte die Stimme – das Büro füllte sich allmählich –, »jemals von einem erfolgreichen Haftprüfungsantrag gehört?«

Galante schwieg. »Also gut. Sag mir, falls ich etwas tun kann, um zu helfen. Ich habe den Eindruck, du hast schon etwas im Sinn.«

Das ist der Augenblick. Die Politik mochte einen Keil zwischen sie getrieben haben: Um die Diktatur zu überleben, hatte Joaquín beschlossen, den Kopf in den sprichwörtlichen Sand zu stecken; Galante hatte den entgegengesetzten Weg gewählt, verkehrte mit den Militärs und war infolgedessen zum Abteilungsleiter aufgestiegen. Aber es war richtig gewesen, sich seinem besten Freund anzuvertrauen. Joaquín hatte tief Luft geholt und seine Bitte vorgetragen.

Horacio hatte teilnahmslos zugehört und dann gesagt: »Du weißt, dass ich alles für dich tun würde. Alles …«, wiederholte er.

»Nur das nicht«, vollendete Joaquín Galantes Satz. Später warf er sich jedes Mal, wenn er das Gespräch Revue passieren ließ, vor, dass er ihn so leicht hatte davonkommen lassen. Dass er ihm die perfekten Worte auf einem Silbertablett serviert hatte.

»Nur das nicht«, wiederholte Galante und betonte jedes einzelne Wort. »Weißt du, welche enormen Schwierigkeiten mir das bereiten würde? In was für Schwierigkeiten du gerätst, wenn du beschließt, das durchzuziehen? Woher willst du wissen, dass sie dich nicht auch verschwinden lassen? Und Paula? Bist du wirklich so naiv zu glauben, dass sie Respekt vor dir haben, bloß weil du Polizist bist? Du bist nicht unverwundbar, Joaquín!« Nach seinem anfänglichen Straucheln hatte Galantes Rede einen Rhythmus gefunden, in dem seine Ausreden mühelos dahinflossen. »Und selbst *wenn* – lass dir gesagt sein, Joaquín, es ist ein *sehr* großes ›Wenn‹ –, selbst wenn du aus der Sache lebend rauskommen solltest, wäre es mit deiner Karriere vorbei, Señor Jüngster Polizeiinspektor in der Geschichte der Policía Federal! Du kannst vergessen, jemals zum Oberinspektor oder Polizeipräsidenten aufzusteigen, oder wovon auch immer du geträumt hast. Glaubst du, das hätte keine Konsequenzen? Im günstigsten Fall beschließen sie, dich nicht zu feuern – was unwahrscheinlich ist, oder kennst du unseren Chef etwa nicht, Polizeipräsident Vukić? –, und dann hängst du an deinem Schreibtisch fest und füllst Formulare aus, acht Stunden am Tag, jeden Tag, bis zu deiner Pensionierung. Und das ist noch das bestmögliche Szenario!«

Joaquín hatte sich eine Sekunde Zeit gelassen, als würde er über Galantes Worte nachsinnen, dabei stand seine Entscheidung bereits fest: »Er ist mein Bruder, Horacio.«

»Bitte denk darüber nach, Joaco. Begeh nicht den gleichen Fehler wie er.«

Joaquín war bestürzt über diese Bemerkung. »Was willst du damit sagen …?«

»Ja, Joaquín. Ich will genau das sagen, was du denkst. Ich weiß es. Du weißt es. Herrgott noch mal, *er* wusste es auch. Er war ein *boludo*, ein echter Schwachkopf. Und er hat es drauf angelegt.«

Da hatte Joaquín die Beherrschung verloren.

»Ist es auf der Wache passiert?«

Joaquín nickte.

»Aber es hat euch niemand gesehen.«

Joaquín blickte auf seine Hand.

»Oh, Joaquín …« Mehr brauchte sie nicht zu sagen. Er würde mindestens, *mindestens* suspendiert werden. Höchstwahrscheinlich gefeuert. Einen Vorgesetzten anzugreifen? Auf der Wache? Vor mehreren Zeugen? Vukić hätte keine andere Wahl.

»Ich weiß, ich weiß.« Dann fragte er, um das Thema zu wechseln, so als sei es ihm gerade eingefallen: »Hast du mit deinem Vater gesprochen?«

Die Alzadas hatten kurz überlegt, ob sie ihn überhaupt damit behelligen sollten. Señor Aranguren war Jorge nie besonders wohlgesinnt gewesen, um es vorsichtig auszudrücken. »Wenn die Luft, die wir atmen, nicht kostenlos wäre, wenn wir dafür arbeiten müssten, würden viele Menschen auf dieser Welt gar nicht existieren«, waren seine Worte gewesen, als Joaquín sie einander vorgestellt hatte. *Subtil.* »Dein Schwager, Gott vergib mir, Paula, ist einer von ihnen.« Mit diesem Urteilsspruch hatte er den jüngeren Alzada in seiner Gegenwart zur Persona non grata erklärt.

»Aber das ist etwas anderes, nicht wahr?«, hatte sich Paula selbst gut zugeredet, während sie schon seine Nummer wählte.

Paula erwischte ihn vor seinem täglichen strammen Morgenspaziergang. »Solltest du auch mal probieren. Hält sowohl Geist als auch Körper in Form«, hatte er Joaquín einmal geraten und ihn ein bisschen fester als nötig mit dem Ellenbogen in den Bauchansatz geboxt. Paula hatte die Augen verdreht. Nachdem seine Tochter ihre Bitte stotternd vorgetragen hatte, sagte er: »Ich habe ihn schon einmal gerettet, erinnerst du dich?« Natürlich tat sie das: Jorge war bei einer Razzia in einem geheimen Unterschlupf erwischt worden, wo er gefälschte Pässe an *guerrilleros* ausgehändigt hatte, die aus dem Exil zurückkehren wollten, um die Gegenoffensive zu unterstützen. »Ich habe ihn damals gewarnt, und ich habe auch deinen Mann gewarnt. Sie wussten beide, dass es eine einmalige Sache war. Wie ich sehe, war der Schreck nicht nachhaltig genug, um ihn am Leben zu halten.«

Joaquín wusste, dass sein Schwiegervater es gut meinte, auf seine eigene verquere Weise: Er versuchte, Paula zu beschützen, und das bedeutete, sie in sicherem Abstand zu alldem zu wissen. Aber welcher Grund auch dahintersteckte, es musste schmerzlich für sie gewesen sein, diese Worte aus dem Mund ihres eigenen Vaters zu hören. Und nun schmerzten sie Joaquín. Er stellte sich vor, wie Paula das Telefon auf der Arbeitsplatte der Küche abgestellt hatte, während ihr Vater sprach, damit seine Stimme nur gedämpft zu ihr durchdrang. Eine Spur Bitterkeit schwang in ihrer Stimme mit, während sie die Worte ihres Vaters wiederholte: »Wann verstehst du endlich, dass man niemanden retten kann, der nicht gerettet werden will?«

»Du weißt ja, wie er ist …«, schloss Paula das Thema ab. Sie räusperte sich, um die Tränen in Schach zu halten, die aus ihren Augen zu rinnen drohten. »Was machen wir jetzt?«

»*Querida*, ich dachte schon, du würdest mich das nie fragen«, sagte Joaquín, erleichtert, das Thema Señor Aranguren hinter sich zu lassen. »Ich habe einen Notfallplan. Ich fürchte nur, er wird dir nicht gefallen …«

»Lass es auf einen Versuch ankommen, Joaco. Denn so, wie die Dinge stehen …«

»Vukić.«

»Was soll das heißen, ›Vukić‹? *Polizeipräsident* Vukić? Dein Chef? Der gefährlichste Mann von Buenos Aires?«

»Bei Tageslicht betrachtet ist er gar nicht so gefährlich.« Ein erbärmlicher Versuch, einen Scherz daraus zu machen. Sie hatte recht: Er hatte tatsächlich Angst vor seinem Chef. *Aus gutem Grund.* Der Polizeipräsident von Buenos Aires. Der Fürst der Finsternis. Niemand bewegte sich bei Licht oder Dunkelheit, ohne dass er davon wusste. Ohne ihn vorher um Erlaubnis zu fragen. Joaquín schluckte. »Er hat eingewilligt, später vorbeizukommen und die Angelegenheit zu besprechen.«

»Zu besprechen? Was genau zu besprechen? Moment ...«, sagte sie, als sie begriff, »du hast ihn zu uns nach Hause eingeladen?«

Joaquín rieb die Hände aneinander, um mögliche Panade-Reste der *milanesa* zu entfernen, dann legte er sie mit der Handfläche nach oben auf den Tisch, in der Hoffnung, dass sie nicht zitterten. »Was hätte ich tun sollen? Ihn bitten, das Gesetz zu brechen, an Ort und Stelle, in seinem Büro? Während er mich wegen Galante angebrüllt hat und ich versucht habe, meinen Job nicht zu verlieren? Ich weiß nicht, Paula. Ich dachte, ich warte besser bis nach dem Abendessen.«

»Wie wäre es damit gewesen, ihn gar nicht erst zu fragen? Hast du das in Betracht gezogen?«

»Er hätte es früher oder später sowieso erfahren ...«

»Natürlich hätte er das. Schließlich hat er selbst die Finger im Spiel!«

»Erstens weißt du das nicht.«

Paula verdrehte die Augen.

»Zweitens, gut. Was hätte ich denn tun sollen? Besonders viele Möglichkeiten bleiben uns nicht. Oder um es genauer zu sagen: Heute Morgen hatten wir ein paar halbwegs gangbare Optionen, und jetzt haben wir keine mehr. Außerdem rennt uns die Zeit davon.« Joaquín wurde klar, dass er versuchte, sich selbst zu überzeugen, nicht sie. »Ich habe ihm noch nichts erzählt. Ich habe ihm nur gesagt, dass ich mit ihm über eine private Angelegenheit sprechen möchte. Er hat daraufhin vorgeschlagen hierherzukommen.«

»*A ver…*« Sie hatte keine Antwort darauf. »Du hast ihn eingeladen, also musst du wissen, was du tust. Ich hoffe nur für uns alle, dir ist klar, dass dein Vorhaben Leichtsinn auf Hernán-Cortés-Niveau ist.«

Hernán Cortés war bei seinen Unternehmungen in der Neuen Welt trotz seines Leichtsinns recht erfolgreich. Als er 1519 an der Küste des heutigen Mexiko anlandete, verbrannte er seine Schiffe, als »Motivation« für seine Männer. Ohne die Möglichkeit, nach Spanien zurückzukehren, marschierten sie in den Dschungel und begannen damit die Eroberung des Aztekenreichs. Für ihn war alles gut ausgegangen. Aber Joaquín wusste, was Paula meinte. *Wir haben definitiv unsere Schiffe verbrannt.*

»Was ist, wenn du ihm von deinem Plan erzählst und er dich meldet? Oder noch schlimmer – was, wenn er dich verschwinden lässt? Oder uns alle? Was ist, wenn er herausfindet, dass der Junge bei uns ist, Joaquín? Hast du *das* bedacht? Ab dem Punkt gibt es kein Zurück mehr.«

Er schwieg. *Es gibt so oder so kein Zurück mehr.*

»Gut. Wenn er kommt«, Paula warf einen Blick auf die Küchenuhr – kurz vor acht –, »dann sicher bald.« Sie stand auf, zog sich die Schürze aus und hielt sie ihm hin. »Du kannst deine Hose selbst zu Ende waschen. Und, Joaquín, geh duschen, bevor er hier eintrifft, ja?«

Sie verließ die Küche, dann beugte sie sich noch einmal

herein und deutete auf den Schmutzstreifen am Küchenschrank: »Und sorg dafür, dass davon nichts mehr zu sehen ist, wenn Polizeipräsident Vukić kommt. Mir egal, ob du es ablecken musst.«

14

2001

Mittwoch, 19. Dezember, 14.10 Uhr

»… sobald er hier auftaucht!«

Die dröhnende Stimme des Polizeipräsidenten war sogar vom Eingang des Präsidiums zu hören. *So klingt er aus drei Stockwerken Entfernung?* Alzada erinnerte sich an Paulas Worte, nachdem er sich zum ersten Mal über den unberechenbaren Charakter seines Freundes beschwert hatte. Damals war Galante gerade zu seinem Vorgesetzten aufgestiegen, was bedeutete, dass Joaquín nicht mehr zurückbrüllen durfte, zumindest nicht auf der Wache. »Lass ihn sich aufblasen«, hatte Paula ihm geraten. »Stell dir einen Topf mit Milch auf der Herdplatte vor. Statt ihm Kontra zu geben, lässt du ihn überkochen. Egal, was er sagt, du sagst kein Wort. *Kein Wort.* Nicht einmal, um ihm zuzustimmen. Irgendwann kriegt er sich wieder ein. Und damit ist die Sache erledigt. Denk dran: ein Topf mit Milch.«

Galante hatte es vorgezogen, sich zwischen den Werbeleuten niederzulassen, deren Agentur den oberen Teil des Gebäudes belegte. Er hatte seine Vorgesetzten mit dem Argument überzeugt, es sei notwendig – nicht für ihn, den demütigen Ordnungshüter der Stadt Buenos Aires, sondern seinen Besuchern zuliebe. Um das Amt, das er bekleidete, mit Anstand und Würde zu repräsentieren. *Seine verfluchten Worte.*

Widerwillig trottete Alzada auf die Treppe zu, die das Fußvolk von der »Chefetage« trennte. Estrático folgte ihm. Sie würden nicht den Aufzug nehmen: Alzada wusste, dass der Polizeipräsident die Angewohnheit besaß, seine Untergebenen auf dem Flur abzufangen, wenn er besonders schlecht gelaunt war; sobald sich im dritten Stock die Türen des Aufzugs öffneten, trieb er sie darin in die Enge. Die Akustik in dem Metallkäfig bewirkte, dass er einem direkt ins Gehirn zu brüllen schien.

Dann wollen wir mal. Drei Treppenläufe aus Stahlbetonstufen, jeder durch einen Absatz unterbrochen. Alzada hatte eine Menge Leute diese Stufen hinunterfallen sehen. Einige davon unbeabsichtigt. Er fuhr mit der Hand so lässig über das Geländer, als bräuchte er sich nicht abzustützen. Während sie die Stufen erklommen, brach ihm der Schweiß aus. Er führte keinerlei Tätigkeiten mehr aus, die auch nur den geringsten körperlichen Einsatz erforderten. Heute hatte er während seines spontanen Besuchs im Leichenschauhaus und der Aufregung in der Bar einen lange vergessenen Adrenalinrausch gespürt, der ihn fast den Zeiten nachtrauern ließ, die vor seiner Verdammung zu dauerhafter Schreibtischarbeit lagen. Alzada drückte die Fluchttür zum dritten Stock auf. *Sollte sich der Sturzbügel nicht auf der anderen Seite befinden?*

»Wo steckt das Arschloch?« Galante würde ihn so kurz vor seiner Pensionierung doch nicht feuern, oder?

Die Tür zum Büro des Polizeipräsidenten war angelehnt. Ein Strahl Sonnenlicht stahl sich heraus und durchstach wie ein Säbel die Dunkelheit auf dem innen gelegenen Flur. Estrático überholte ihn. Bis dahin hatte sich der Hilfsinspektor hinter ihm gehalten – vermutlich aus Rücksicht, denn ihm schien der Aufstieg nicht das Geringste ausgemacht zu haben. Galante hielt nichts vom Prinzip der offenen Türen – er begab sich lieber selbst in die unteren Etagen, wann immer er seine Meinung kundtun wollte –, deshalb war es höchst unwahrscheinlich, dass Estrático schon einmal hier oben gewesen war. *Er muss eine Heidenangst haben. Wohl das erste Mal, dass man dich zu einer solchen »Besprechung« herbeizitiert, was?* Alzada beschloss, als Erster einzutreten.

»Hier bin ich, Chef«, sagte er zur Begrüßung.

Das Büro sah noch genauso stattlich aus, wie er es in Erinnerung hatte. Im Gegensatz zu den Arbeitsplätzen in den unteren Stockwerken war dieser hier picobello aufgeräumt: keine Kisten, keine Papierberge. Ein gigantischer Ebenholzschreibtisch in der Mitte des Raums. Darauf lag ungestört eine einzelne Akte; die dunkelblaue Ledereinlage des Schreibtischs hob das schüchterne Apfelgrün der Aktenmappe hervor. Fast chirurgisch. Zwei müßige Briefbeschwerer vervollständigten das Dekor: zur Linken eine faustgroße Marmorkugel, zur Rechten eine kleine Bronzestatue, die Galante seit Beginn seiner Berufslaufbahn begleitete. Ihre Form erinnerte vage an eine menschliche Gestalt – zumindest hatte sie einen Kopf, einen Torso und etwas, das als Gliedmaßen durchgehen konnte –, aber ihr fehlten menschliche Proportionen. Der Inspektor hatte nie gewagt, sich danach zu erkundigen.

»Hier bin ich, Chef«, äffte der Polizeipräsident ihn nach. »›*Hier bin ich*‹?«

Galante trug ein blütenreines, gestärktes Hemd. *Tadellos wie eh und je.*

»Und wo warst du, als du tatsächlich hier sein solltest? Hier auf dem Revier, wo du von Anfang an hättest sein sollen. Wozu verfasse ich Abteilungsrichtlinien, wenn du sie nicht befolgst?« Es war allgemein bekannt, dass Pintadini, Galantes rechte Hand Schrägstrich Schoßhund, deren Autor war. Der Polizeipräsident hätte sich unmöglich die Mühe gemacht, politisch korrekte Formulierungen wie »Abschreckungstechnik zur Aufruhrniederschlagung« zu verwenden; seine Version hätte eher gelautet: »Prügelt den Hurensöhnen die Scheiße aus dem Leib und hinterlasst keine Spuren.«

»Was, glaubst du, habe ich gemeint, als ich dir gesagt habe, du sollst dich bedeckt halten? Hast du als einziger Polizist nicht mitbekommen, dass wir wegen der Aufstände dünn besetzt sind – *sehr* dünn? Ist dir nicht klar, dass ich jeden einzelnen meiner Männer dafür brauche? Dass ich die eingehenden Notrufe so stark nach Priorität filtern musste, dass wir zurzeit nicht mehr gegen Sachbeschädigung vorgehen? Ich dachte, ich tue dir einen Gefallen, indem ich dich aus alldem raushalte. Du hättest einfach nur an deinem Schreibtisch sitzen bleiben müssen, für den Notfall«, fuhr Galante fort. »Aber nein. Nicht einmal das konntest du tun. Der *große* Polizeiinspektor Alzada«, verkündete der Polizeipräsident, als präsentierte er einen weltbekannten Zauberkünstler, »der große Polizeiinspektor Alzada ist über alles erhaben. Steht ihm gerade der Sinn danach, einer dummen kleinen Anzeige nachzugehen, die nicht einmal ein Fall ist? Dann verschwendet er lieber seine Zeit und die des Dezernats, anstatt einen der *echten* Fälle zu lösen, die sich auf seinem Schreibtisch stapeln. Hat er einen schlechten Tag und Lust auf eine Schlägerei? Dann geht er ins Stadtzentrum und rammt jemandem die Faust ins Gesicht!« Galante hieb mit beiden Händen auf den Schreibtisch, sodass die Marmorkugel auf ihrem eleganten Sockel erzitterte und hinunterzurollen drohte.

Aus den Augenwinkeln sah Alzada, wie Estrático die Hände hinter dem Rücken verbarg. »Zu meiner Verteidigung …«, setzte der Inspektor an.

»Nein, du wirst dich nicht verteidigen! Du verdienst es nicht, dich zu verteidigen, Joaquín.« Bis zum heutigen Tag war der Polizeipräsident der Einzige auf dem Revier, der ihn beim Vornamen nannte. Leiser, in vertraulicherem Tonfall und mit einem nostalgischen Lächeln auf dem feisten Gesicht fuhr er fort: »Ich halte dich für einen Mann, der sich zu benehmen weiß, besonders wenn wichtige Entscheidungen anstehen. Und ich erwarte von dir, den jüngeren Polizisten als Vorbild zu dienen.« Alzada nickte. *Deshalb hast du mir einen Babysitter aufs Auge gedrückt.* »Diese Situation mag einen Anfänger wie ihn überfordern, aber nicht dich, Joaquín. Wir haben deutlich Schlimmeres überstanden, erinnerst du dich? Und wir sind damit klargekommen.«

Der Polizeiinspektor verzog das Gesicht zu einem schmerzhaften Grinsen. *Ich erinnere mich nur allzu gut.* Im Alter von dreißig Jahren hatten Alzada und Galante bereits vier erfolgreiche und ein halbes Dutzend fehlgeschlagener Staatsstreiche miterlebt. Wie hatten sie in diesen Zeiten gelernt, Polizisten zu sein? Von dem Augenblick, in dem sie die Polizeischule verlassen hatten, waren sie zwischen zwei verfeindete Fronten geraten. Die Namen hatten sich mit der Zeit verändert, aber der Kern war gleich geblieben: Auf der einen Seite stand die Militärregierung mit ihrem harten Kurs zur Wahrung der Ordnung. Sie stuften jeden Polizeibeamten, der sich weigerte, bei ihrer schmutzigen Arbeit mitzumischen, auf einer Skala von »Schwächling« bis »Staatsfeind« ein. Auf der anderen Seite des Schützengrabens befanden sich verschiedene Varianten derselben Untergrund-Guerilla: Für sie stand die Polizei aufseiten des unterdrückerischen Regimes und hatte es somit verdient, Zielscheibe ihrer endlosen Attacken zu sein. Beide Polizeineulinge hatten diese tückischen Gewässer so geschickt durchschwommen, wie ihre begrenzte Erfahrung es ihnen erlaubt hatte. *Ich bin überhaupt nicht damit klargekommen.* Alzada hatte einen ausgeprägten Überlebensinstinkt an den Tag gelegt, den er sich zunutze gemacht hatte, um sich abseits des Geschehens zu halten. Galante war von ihnen beiden derjenige gewesen, der mit der Situation klargekommen war. Weit mehr als das, er hatte Karriere gemacht: Sein ehemaliger Partner war kometenhaft aufgestiegen, zum Polizeipräsidenten des brisantesten Polizeireviers der Stadt und direkten Verbindungsmann des Verteidigungsministeriums. Er war nur noch einen Schritt davon entfernt, Polizeichef der Policía Federal Argentina zu werden.

»Heute hätte ich meine gesamte Aufmerksamkeit auf die Revolution richten müssen, die wenige Häuserblocks von hier zu entflammen droht, und darauf, wie die Polizei als Institution reagiert, um die Bürger zu schützen. Ich will dir erzählen, was mir stattdessen passiert ist: Ich sitze in La Biela und genieße mein *revuelto gramajo*; mir bleibt eine halbe Stunde Erholung vor einer Telefonkonferenz mit Präsident De la Rúa, in der er womöglich endlich geruht, uns entweder konkrete Anweisungen oder eine Carte blanche zu erteilen, um mit der Situation umzugehen.« *Carte blanche klingt nett. Mehr wie ein Baisergebäck als ein Freibrief für willkürliche Gewalt.* »Was er hoffentlich früher oder später tun wird, denn sie fackeln gerade die Palmen im Garten vor der Casa Rosada ab. Kein hübscher Anblick.« *Er hat Angst davor, was bei Einbruch der Dunkelheit passieren wird.* »Also, um zum Ausgangspunkt zurückzukehren: Ich erhalte einen Anruf. Einen verschissenen Anruf, Joaquín.

Du solltest Gott dafür danken, dass ich allein war. Ich muss mir anhören, dass einer meiner Männer den Chauffeur des Kongressabgeordneten Pantera ins Gesicht geschlagen hat!« *Bingo.* »Weißt du nicht, wer Pantera ist, Joaquín?« Galante ließ ihm keine Zeit zu antworten. »Die richtige Antwort lautet: Es ist egal! Im Kongress sitzen zweihundertsiebenundfünfzig frisch ernannte Vollidioten, die mir scheißegal sind! *Nicht* scheißegal ist mir hingegen, wenn ich einen Anruf vom Wirtschaftsminister erhalte – vom *Minister* höchstpersönlich, Joaquín –, der sich beschwert, der Chauffeur eines Freundes verdanke einem Polizeibeamten eine gebrochene Nase. Einem Polizeibeamten!« Galante rang um Fassung. »Also frage ich dich, ohne dabei die Unschuldsvermutung verletzen zu wollen, da ich weiß, dass du ein besonnener, verantwortlicher, beherrschter Mann bist, der es *niemals* wagen würde, einen solchen Leichtsinn zu begehen. Aber nur für alle Fälle: Weißt du rein zufällig *irgendetwas* darüber?«

Der Inspektor hoffte im Stillen, dass Estrático so klug war, Blickkontakt mit der aufgebrachten Bestie zu vermeiden, die ihnen momentan am Schreibtisch gegenübersaß. Er selbst hielt den Blick fest auf die kleine Statue gerichtet. *Ist das ein Titan?*

»Hast du eine Vorstellung davon, wie mich das dastehen lässt, Joaquín? Ach, Verzeihung. Das hatte ich ganz vergessen«, sagte Galante mit gespielter Ehrerbietung, »dieser ganze Scheiß interessiert dich ja einen feuchten Kehricht. Du bist ein Freigeist. Du musst dich niemandem gegenüber verantworten. Ich meine, theoretisch musst du dich mir gegenüber verantworten, sporadisch, wie ich hinzufügen könnte, aber wir wissen beide, dass du im Grunde genommen tust, was immer dir in den Kram passt. Und das kannst du meinetwegen. Es ist unser besonderes Übereinkommen, das seit ich weiß nicht wie lange besteht.« *Seit neunzehn Jahren.* »Du sitzt unten, du löst Fälle, du hältst dich von Ärger fern. Du. Hältst. Dich. Von. Ärger. Fern. Jetzt kannst du nicht einmal mehr das? Wie schwierig kann es schon sein? *Joder*, Joaquín.« Galante hielt inne und betrachtete seinen früheren Freund. »Kein Wunder, dass du es nicht weiter geschafft hast als bis zum Inspektor.«

Sie wussten beide, dass das nicht stimmte. Doch Galante musste sich selbst eine Version der Ereignisse erzählen, die ihn nachts ruhig schlafen ließ. *Eine Lüge muss nur oft genug wiederholt werden, dann wird sie geglaubt.* Alzada schmunzelte über die Anspielung.

»Was zum Teufel gibt es da zu grinsen, Joaquín?«, fragte der Polizeipräsident. Alzada war klug genug, nichts zu entgegnen. »Ich meine, behaupten zu können, dass ich dich gut genug kenne. Ich meine es ernst. Kein *einziger* Fehler mehr. Ich werde dir nicht die Freude machen, dich zu feuern, Joaquín. Das würde dir bestens ins Konzept passen, nicht wahr? ›Alzada, der Unverstandene‹. Ich warne dich: Bring mich nicht dazu, es zu tun. Bring mich nicht dazu, denn ich werde es tun! Haben wir uns verstanden, Alzada?«

Alzada blickte auf. So hatte Galante ihn noch nie genannt.

Der Polizeipräsident wirkte mit einem Mal erschöpft; er fasste sich an die Brust, als wollte er seinen Herzschlag beruhigen. »Um die Sache abzuschließen, denn, ob du es glaubst oder nicht, ich habe noch andere Dinge zu tun: Ich werde dein Handeln den ›außergewöhnlichen Umständen, bla, bla, bla‹ zuschreiben. Ich will, dass jeglicher Mist, der noch aussteht, erledigt wird, bevor du heute das Büro verlässt. Du schreibst den Bericht –«

»Dafür habe ich Estrático«, unterbrach Alzada ihn.

»Nein. *Du* wirst ihn schreiben. Und du wirst ihn auch unterzeichnen.«

Den Bericht zu unterzeichnen war die ultimative Bestrafung: Es bedeutete, dass Alzada ihn im Nachhinein nicht beanstanden konnte. Wie konnte er gegen etwas Widerspruch einlegen, das er selbst verfasst hatte? Galante händigte Alzada die Akte aus.

»Ich habe es mir anders überlegt – ich will *zwei* Berichte. Einen über den ›Vorfall‹ in La Favorita, damit ich den Eindruck erwecken kann, zumindest noch einen *gewissen* Grad an Kontrolle über mein Revier zu haben ...«

»Ja, Chef«, antwortete Alzada.

Ein schwaches Murmeln von Estrático hinter ihm.

»Und was Sie angeht«, sagte Galante und deutete auf den Hilfsinspektor, »Ihr Verhalten würdige ich keines Kommentars. Ich habe Sie ihm zur Seite gestellt, damit Sie einen guten Einfluss auf ihn ausüben, und das ist das Ergebnis?« *Wusste ich's doch.* »Und was Señora Echegaray angeht – denn du musstest heute ja unbedingt noch ein weiteres heißes Eisen anfassen, nicht wahr?« Sie wussten beide, dass es eine unfaire Anschuldigung war: Hätte er dem Echegaray-Fall keine besondere Aufmerksamkeit geschenkt, säße er jetzt in Galantes Büro und würde sich aus dem umgekehrten Grund von ihm anschreien lassen. *Bei Kopf gewinne ich, bei Zahl verlierst du.* Als hätte er seine Gedanken gelesen, schaltete Galante einen Gang herunter: »Wissen wir, warum die Echegarays auf die Wache gekommen sind, anstatt die Angelegenheit von ihrem privaten Sicherheitspersonal verfolgen zu lassen?«

»Ich glaube, sie sind von ihnen enttäuscht.«

»Enttäuscht.«

»Ja, Señor. Sie hat so etwas durchklingen lassen.«

»Aha, verstehe. Und warum haben sie die Sache über

dich angeleiert und nicht über einen ihrer Kontakte?« War Galante eifersüchtig, dass die Echegarays nicht ihn dafür auserkoren hatten? *Wärst du schon im Büro gewesen, hättest du sie ganz für dich allein haben können.* Der Polizeipräsident runzelte die Stirn. »Wie dem auch sei, diese Leute werden keine Ruhe geben, bevor sie keine Antwort haben. Oder bis die Frau wieder auftaucht, was immer davon zuerst passiert. Also wirst du mir bis dahin alle Informationen zukommen lassen, die du über sie hast, alle Notizen von dem Gespräch mit ihnen. Das fällt nicht einmal in dein Ressort! Ich will etwas haben, das ich Flores in die Hand drücken kann, wenn er am Montag reinkommt, sofern die Frau bis dahin noch nicht wieder aufgetaucht ist.« Er wechselte in einen knappen Befehlston: »Ich will zwei kurze Berichte. Getippt. Und ich will, dass sie fertig sind, bevor du heute gehst.«

»Ist das alles, Señor?«

»Nein, Joaquín. Das ist nicht alles. Wag es ja nicht, dich einem Kongressabgeordneten zu nähern oder seinem Chauffeur oder seiner Großmutter …«

»Aber, Señor. Wir *wissen*, dass er etwas mit Señora Echegarays Verschwinden zu tun hat.«

»Ich werde so tun, als hätte ich das nicht gehört. Es ist niemand verschwunden. Haben wir uns verstanden?«

»Ja.« Alzada fröstelte plötzlich.

»Nein. Sag mir, dass du mich verstanden hast.«

Alzada setzte sich aufrecht hin. »Ich habe verstanden, Señor.«

»So und jetzt raus aus meinem Büro.« Der Polizeipräsident verschränkte die Arme vor der Brust, um zu signalisieren, dass das Gespräch für ihn beendet war. »Alle beide.«

Estrático hätte nicht schneller auf die Tür zueilen können.

»Joaquín«, sagte Galante wie nebenbei, als wäre ihm der Gedanke gerade erst gekommen, »bleib noch einen Augenblick.«

Alzada, der schon mit einem Fuß das Büro verlassen hatte, drehte sich um und tat überrascht. Er sah, wie Galante eine Schublade aufzog und eine Flasche Glenlivet und zwei Gläser daraus hervorholte.

»Es vergehen ganze Wochen, in denen wir uns nicht über den Weg laufen, und heute sehe ich dich schon zum zweiten Mal – darauf müssen wir trinken.« *Also hat er mich heute Morgen* doch *gesehen, obwohl er mir den Rücken zugewandt hatte.*

»Hast du dafür Zeit?«, fragte Alzada, unter vier Augen noch immer mit der vertraulichen Anrede. Er wusste, dass *er* keine hatte: Wenn er den Bericht schreiben musste, würde er zu spät zum Mittagessen kommen.

Galante warf einen Blick auf sein Handgelenk; er trug keine Uhr daran. »Sicher.«

Immer noch zögernd trat Alzada näher und setzte sich Galante gegenüber. »Und«, sagte Alzada, als er den ersten Schluck Scotch nahm, »glaubst du, er verkündet den Belagerungszustand?«

Galante nippte schweigend an seinem Glas. »Ich weiß es nicht, Joaquín. Ich weiß es wirklich nicht. Aber selbst wenn er es tut, sind wir uns vermutlich einig, dass der Belagerungszustand nicht die Wunderwaffe ist. Nicht mehr. Sicher, vor ein paar Tagen wäre es noch sinnvoll gewesen. Vielleicht sogar noch heute Morgen. Aber jetzt ist es zu spät. Wie sollen wir jetzt eine Ausgangssperre erlassen? Den stündlichen Berichten zufolge sind Tausende und Abertausende auf den Straßen. Die Parasiten haben die Stadt besetzt.«

Alzada schluckte. *Parasiten.* So hatte man die Systemkritiker vor fünfundzwanzig Jahren auch genannt. »Wie dem auch sei, ich hoffe, es ist bald vorbei, denn du siehst scheiße aus, Horacio. Weißt du noch, als du der Hübschere von uns beiden warst?«

Der Inspektor trug einen stolzen silbernen Haarschopf, während der Polizeipräsident komplett kahl war. Glücklicherweise, und im Gegensatz zu vielen anderen Männern mit dem gleichen Dilemma, hatte er beschlossen, sich den Kopf zu rasieren, sobald er bemerkt hatte, dass seine Stirnglatze unaufhaltsam voranschritt.

»Danke, Joaco.« Galante lächelte. »Wer solche Freunde hat ... Aber du hast recht. Ich habe seit Wochen nicht geschlafen.«

»Manche Gewohnheiten sind schwer abzulegen.«

Galante lachte halbherzig. Seit Alzada denken konnte, hatte sein ehemaliger Partner unter chronischer Schlaflosigkeit gelitten. Die zahllosen schlaflosen Stunden hatten schließlich ihren Tribut gefordert: Der Señor Comisario sollte in seinem natürlichen Habitat Prestige und Macht ausstrahlen. Stattdessen war sein Anblick herzzerreißend. Alzadas alter Freund war über seinen Schreibtisch gebückt, das Alter und die Verantwortung lasteten schwer auf seinen Schultern. Galante rieb sich die geröteten Augen und fuhr sich durch die nicht vorhandene Haarpracht. *Der Schatten eines Mannes.*

»Hör zu, wegen eben«, fuhr Galante in nüchternerem Tonfall fort, »du weißt, dass mir kaum Handlungsspielraum bleibt. Ich habe einen Anruf von zwei unterschiedlichen – zwei *sehr* hochrangigen – Beamten erhalten, die mich angewiesen haben, vor einer gewissen Situation die Augen zu verschließen. Was bleibt mir da für eine Wahl?«

»Ich verstehe.« *Ich verstehe, wieso du Polizeipräsident bist und ich der älteste Inspektor der Behörde.*

»Im Ernst. Du weißt, wie es ist.« Alzada schwieg und kratzte sich den spärlichen Bart. »Noch dazu war dein Assistent mit im Raum … Ich konnte vor ihm unmöglich eine Ausnahme machen. Es sind bloß …«, Galante suchte nach dem passenden Wort.

»… die da oben«, Alzada deutete auf die Zimmerdecke, ahmte die spöttische Geste nach, mit der sich die Polizisten in den unteren Etagen auf ihre Vorgesetzten zu beziehen pflegten. Auch der Polizeipräsident hatte früher einmal unten gesessen. Zusammen mit ihm.

»Ja«, sagte Galante und lächelte erleichtert. »Jetzt bin *ich* offenbar da oben. Schreib einfach den Echegaray-Bericht, damit ich etwas vorzuweisen habe, und pass auf dich auf, wenn du heute die Wache verlässt, *¿sí?*«

Alzada stand auf.

»Fährst du zum Mittagessen nach Hause?«, fragte Galante.

»Ich werde es versuchen …«

»In die Richtung müssten die Straßen frei sein. Grüß Paula und Sorolla von mir. Wie alt ist er jetzt – zweiundzwanzig?«

»Dreiundzwanzig.«

Galante lächelte. »Wir sollten uns irgendwann mal treffen, mit den Jungs. Vielleicht jetzt über den Sommer?«

»Ja.« Alzada spürte einen Stich in der Seite. Er wusste, dass es nie dazu kommen würde.

15

2001

Mittwoch, 19. Dezember, 14.25 Uhr

»Sie hatten recht!«, platzte Estrático heraus, sobald Alzada sein Büro betrat.

Der Inspektor bedeutete dem Hilfsinspektor zu schweigen, bis er die Tür geschlossen hatte: Er wusste, wie heimtückisch die Akustik im Flur war.

»Jetzt«, gab Alzada ihm das Zeichen, dass es sicher war zu sprechen.

»Er hat uns den Namen auf einem Silbertablett serviert!« Estráticos Angst vor einer Abmahnung war wie weggeblasen. »Jetzt müssen wir nur noch Pantera ausfindig machen und –«

»Und nichts«, unterbrach Alzada ihn unwirsch. »Wir ›müssen‹ gar nichts tun. Vielleicht waren Sie vor einigen Minuten nicht in demselben Raum wie ich. Haben Sie nicht gehört, dass Galante gesagt hat, wir sollten den Kongressabgeordneten vergessen? Nicht nur vergessen, sondern die Verbindung bewusst verschweigen? Einen sauberen Bericht vorzulegen ist das Einzige, was wir tun müssen.«

»Aber was ist mit …«

»Ich glaube, Sie verstehen mich nicht.« Alzada ließ die Akte auf seinen Schreibtisch fallen. *Scheiße.* Sein Plan war aufgegangen, so absurd er auch gewesen sein mochte. Manchmal hasste Alzada es, recht zu behalten. *Der Plan ist aufgegangen.* Nur hatte er nicht vorausgesehen, wie wichtig der »mysteriöse Mann« tatsächlich war. Jemand, der in so kurzer Zeit den Polizeipräsidenten von Buenos Aires heraufbeschwören konnte? *Das ist gar nicht gut.* Wenn Pantera ein Adressbuch besaß, das ihm ermöglichte, die Polizei fast augenblicklich davon zu überzeugen, sich aus der Sache herauszuhalten, wozu war er dann noch in der Lage? Er würde nicht zögern, seine Beziehungen spielen zu lassen, einen Staatsanwalt zu bestechen, einen Zeugen aus dem Weg zu schaffen, einen Richter zu beeinflussen. *In diesem Land gibt es Mächte, mit denen man sich besser nicht anlegt.* Es wäre vernünftig, die Sache auf sich beruhen zu lassen. »Wir schreiben diesen Bericht. Oder sollte ich sagen, *Sie* schreiben den Bericht. Egal, was Galante gesagt hat.«

»Natürlich, Señor.« Estráticos Holzstuhl in der Ecke klagte, als er wieder Platz nahm.

Woher rührte das plötzliche Bestreben des Hilfsinspektors, den Anweisungen eines Vorgesetzen zuwiderzuhandeln? Alzada wollte nicht zugeben, dass er deswegen tatsächlich stolz auf ihn war. *Keine Sorge, Estrático. Es wird noch andere Gelegenheiten geben, sich gegen das System aufzulehnen.* »Und denken Sie daran: nichts Aufwendiges. Ich will irgendwann noch zum Mittagessen nach Hause.«

»Natürlich, Señor.«

»Gut.« Alzada schmunzelte. »Wie sieht es mit dem Bericht über den Vorfall in La Favorita aus?«

Estrático stand auf und überreichte Alzada den Bericht. *Schon fertig?*

»Das ist gut«, befand Alzada, nachdem er ihn überflogen hatte. *Eine Schande um Estráticos gestochene Handschrift. Aber wenn ich das nicht abtippe, weiß der Chef sofort Bescheid. Nicht dass er ihn wirklich aufmerksam lesen würde.* »Dann machen Sie sich an den zweiten.«

Alzada sah an Estrático vorbei zum Großraumbüro hinüber. Durch die horizontalen Lamellen der Jalousien betrachtete er die verwaiste Landschaft: Alle waren gegangen. *Fast alle.* An einem Arbeitsplatz in der Ecke stand wie ein einsamer Reiher eine Schreibtischlampe, in deren Schein zwei Polizisten rauchten. Das liebliche Maschinenpistolengeräusch des Telex, das vor Nachrichten aus der Außenwelt glühte, übertönte ihre Unterhaltung. *Revolutionsresistente Technologie.* Wie spät mochte es sein? Von dort, wo er saß, hatte der Inspektor keine direkte Sicht auf den Eingang, aber er konnte sehen, wie sich der Wachmann von seinem klapprigen Posten erhob. Basilios Routine war so verlässlich wie Immanuel Kants: So wie die Einwohner von Königsberg ihre Uhr nach den täglichen Spaziergängen des Philosophen stellen konnten, bedeutete es, dass es auf den Punkt genau 14.30 Uhr war, wenn der Wachmann den Vordereingang abschloss. Die verbleibende Zeit seiner Schicht verbrachte er drinnen und starrte an die Decke; all das war Teil eines Programms, um ihre Polizeitruppe effizienter zu gestalten. Da sich ihre Wache in einem Bezirk befand, in dem es jede Menge andere Einrichtungen zur Strafverfolgung gab, hatte der Polizeipräsident beschlossen, die Nachmittage ausschließlich Verwaltungsaufgaben zu widmen. Wie in einer Bank, nur moralisch fragwürdiger. Wer vor verschlossenen Türen stand, musste sich eine andere Wache suchen. Aber diese Richtlinie auch heute zu befolgen, wo so gut wie kein Polizist im Büro war, weil fast alle auf den Straßen patrouillierten? Entweder hatte

Galante diesen nicht ganz unwesentlichen Umstand vergessen – unwahrscheinlich –, oder er wusste, dass der Belagerungszustand verkündet werden würde. *Er wartet auf die Kavallerie. Wortwörtlich.*

Alzada überlegte, mit Basilio ins nächstgelegene Café zu gehen und wieder einmal zu plaudern. Da waren sie, an einem möglichen Wendepunkt der argentinischen Geschichte angekommen, und hockten drinnen. *Manche Dinge verpasst man besser.*

»Inspektor?«, holte Estrático ihn in die Gegenwart zurück. »Ich glaube, ich habe eine Idee.«

»Sie ›glauben‹?«

»Ja, Señor.«

»Seien Sie doch so gut und verraten Sie sie mir, Estrático.«

»Sie könnte Ihnen aber nicht gefallen, Señor.« Estrático erhob sich unsicher.

»Ich beiße nicht, Estrático.«

Der Hilfsinspektor kam näher. »Heute Morgen haben Sie mich angewiesen, eine Bestandsaufnahme aller offenen Fälle unbekannter Frauenleichen im Großraum von Buenos Aires zu machen.«

Alzada erinnerte sich nur noch vage an die endlos langen To-do-Listen, mit denen er die Tage seines Assistenten spickte. Er war sicher nicht davon ausgegangen, dass Estrático eine dermaßen sinnlose Aufgabe tatsächlich umsetzen würde – noch dazu so gewissenhaft.

»Es gibt mindestens ein Dutzend Frauen, auf die Norma Echegarays Beschreibung zutreffen könnte.« Der Hilfsinspektor hielt inne. »Darunter die Frau von heute Morgen.«

Jetzt weiß ich, woher der Wind weht. »Verzeihen Sie, Estrático. Ich dachte, wir hätten die Angelegenheit bereits geklärt.«

»Ja, Inspektor.«

Alzada beobachtete, wie Estrático seinen Mut zusammennahm, um fortzufahren. »Aber das war heute Morgen, und jetzt ist jetzt.« Estrático kam einen Schritt näher. »Heute Morgen wussten wir noch nicht, dass an der Norma-Echegaray-Situation irgendetwas faul war. Ich habe mich von meinem Bauchgefühl leiten lassen, und das war nicht klug. Aber jetzt *wissen* wir es.«

»Ich wiederhole mich nur höchst ungern, aber Sie scheinen sich ausgesprochen schwer damit zu tun, die Anweisung zu verstehen, die man uns gegeben hat …«

»Ich habe sie durchaus verstanden, Señor.« Estrático räusperte sich. »Wir wissen, dass Pantera etwas damit zu tun hatte. Ich sage nicht, dass es dieselbe Frau ist. Ich sage nur, dass sie es sein *könnte* … zugunsten der Ermittlungen. Es ist die perfekte –«

Alzada zog die Augenbrauen hoch.

»Es ist eine *gangbare* Möglichkeit, um die Ermittlungen weiterzuverfolgen. Sonst kriegen wir ihn nie. Selbst wenn er tatsächlich dahintersteckt, können wir mit Sicherheit davon ausgehen, dass ein derart einflussreicher Mann größte Vorsicht hat walten lassen. Sosehr wir uns auch ins Zeug legen, wir werden es ihm niemals anlasten können. Und selbst wenn wir es schaffen, die Verbindung nachzuweisen – solange wir sie nicht finden, tot oder lebendig, können wir ihn höchstens wegen Freiheitsberaubung belangen, falls überhaupt. Das sind sechs Monate bis drei Jahre … für einen Mord. Wir brauchen eine Leiche.«

Was den letzten Teil angeht, hat er recht. Ohne Leiche würde es keine Verurteilung geben.

»Warten Sie, bis Sie hören, welch wunderschöne Übereinstimmungen es gibt.«

»Jetzt also ›wunderschön‹, ja?«

»Ja, Señor.«

Alzadas Neugier war geweckt. »Also gut, lassen Sie hören.«

»Die zeitliche Abfolge stimmt. Die Aussage des Portiers passt.« *Als ob der arme Teufel vor Gericht aussagen würde.* »Die Entfernung zwischen dem Ort, an dem sie entführt wurde, und dem Ort, an dem sie gefunden wurde, liegt in einem plausiblen Umkreis. Falls Sie einverstanden sind, *natürlich nur dann*, könnten wir sagen, dass Norma Echegaray heute Morgen in einem Müllcontainer gefunden wurde. Damit hätten wir eine unbekannte Tote weniger, einen vernünftigen Bericht, um die Echegarays zufriedenzustellen, und wir könnten gegen Pantera ermitteln.«

Nichts davon klingt vernünftig.

Alzada nahm das Foto in die Hand, das Señora Echegaray ihnen an diesem Morgen überlassen hatte. Die Ähnlichkeit war verblüffend. War es möglich, dass das Mädchen mit der goldenen Zukunft beinahe buchstäblich in der Gosse geendet war – in einem Müllcontainer hinter dem öffentlichen Leichenschauhaus? War das zu weit hergeholt? Immerhin sprachen sie über eine verfluchte Echegaray. Nein, unmöglich.

Andererseits wusste Alzada, dass das Leben oft die skurrilsten Geschichten schrieb. In seiner eigenen Familie gab es ein Beispiel dafür: Jorge, der unbeugsame *revolucionario*, hatte diesen Weg nicht von Anfang an beschritten. Im Gegenteil, er hatte einen guten Teil seiner Jugend damit zugebracht, den ausgesprochen reaktionären Heidegger zu lesen, bevor er beschloss, sein Leben – und seine Gesichtsbehaarung – nach Ches Vorbild zu formen. Joaquín war derjenige gewesen, der während der Diktatur unter Onganía als Student politisch aktiv geworden war und seine Solidarität mit den damaligen revolutionären Bewegungen in anderen lateinamerikanischen Ländern bekundet hatte. Joaquín war derjenige gewesen, der seinen jugendlichen Bruder zu einem seiner Gewerkschaftstreffen im Colegio Nacional mitgenommen hatte. Joaquín war derjenige gewesen, der Jorges Ausweis gefälscht hatte, damit dieser der Vereinigung trotz seines zarten Alters beitreten konnte. Und Joaquín hatte Jorge damals vorgeschlagen, ihn zu einer vorgeblichen Tagung über Strategien zur Gemeindeorganisation auf einen Bauernhof in der Pampa zu begleiten. Dort hatten sie gelernt, wie man schießt und, was noch wichtiger war, wie man in Deckung geht. Die Ironie der Geschichte: Genau in dem Moment, als Joaquíns politischer Eifer nachließ – ernüchtert von der Hinwendung zu willkürlicher Gewalt –, schien der jüngere Alzada seine Bestimmung gefunden zu haben. Seine Arbeit als Lehrer in den *villas*, den Elendsvierteln, festigte seine Ansicht, dass man Veränderungen nur durch besagte Gewalt herbeiführen konnte; er tauchte immer tiefer in den geheimen Ableger der Volksbewegung ein. Der Lehrer wandelte sich zum Revolutionär, der Rebell zum Gesetzeshüter.

Warum sollte es sich bei den beiden Frauen nicht um ein und dieselbe handeln?

Nein, es war ganz sicher nicht vernünftig, aber man könnte eine Übereinstimmung konstruieren. Die körperliche Ähnlichkeit, die plausible Zeitspanne … *Es muss nicht wahr sein, wir müssen es nur so* aussehen *lassen, als wäre es wahr.* Aller Wahrscheinlichkeit nach war Norma Echegaray schon tot. Was wäre denn dabei, wenn unter dem Grabstein im Familienmausoleum auf dem Cementerio de la Recoleta später eine Drogensüchtige liegen würde? Alzada runzelte die Stirn. *Es ist eine gute Lösung.* Vielleicht ein wenig zu zynisch, selbst für seinen Geschmack.

»Señor?« Der Hilfsinspektor harrte aus wie ein Hund, der auf Kommando Sitz gemacht hatte, es aber kaum abwarten konnte, wieder herumzutollen.

»Ja. Einen Augenblick.«

Dann galt es, die praktischen Aspekte des Plans zu bedenken. Die Echegarays würden mit Sicherheit ein Problem darstellen – eine der Ihren in einem Müllcontainer? Selbst wenn man das aktuelle Chaos als Entschuldigung anführte, würden sie es nicht akzeptieren. *Aber was, wenn wir ihnen eine Theorie präsentieren, die durch Beweise untermauert wird …* ein Drogenproblem. Eindeutig klischeehaft; mit Sicherheit skandalös. Aber auch *plausibel.* Und plausibel war das, was sie brauchten.

Alzada wusste, dass sie mit Bedacht vorgehen mussten: Der Fall musste hieb- und stichfest sein. Nicht nur aufgrund des hohen Bekanntheitsgrads des Opfers, sondern auch, weil ihre Schwester von Natur aus neugierig war. Sie würde Einwände erheben, wenn der Hilfsinspektor sie auf die Wache bitten würde, um ihr die Ursache für Normas sprunghaftes Verhalten und nachfolgendes Verschwinden zu erklären. Sie würde es nicht hinnehmen und dem Laborbericht blind Glauben schenken. Morgen würden, wie seit Jahrzehnten jeden Donnerstag um 15.30 Uhr, die *Madres* auf der Plaza de Mayo demonstrieren – egal, ob Armeepanzer durch die Straßen von Buenos Aires rollten und heute Nacht eine neue Ordnung geschaffen werden würde. *Sie geben nie auf.* Señora Echegaray würde einen unabhängigen toxikologischen Bericht anfordern. Sie würde den Leichnam sehen wollen. Die meisten Leute wollten das nicht; sie waren bloß froh, dass es einen Leichnam gab, den sie beerdigen konnten. Aber *sie* würde es einfordern. *Glücklicherweise gab es Möglichkeiten, auch das zu umgehen.*

Sie würden Petacchi brauchen. Es wäre nicht das erste

Mal, dass sich jemand mit einem solchen Anliegen an den Gerichtsmediziner wandte. Alzada würde ihn überreden müssen, den Bericht, den er gerade schrieb, entsprechend abzuändern, Spuren von Partydrogen im Blut zu erwähnen, um die neue Situation widerzuspiegeln, und alle weiteren notwendigen Änderungen vorzunehmen, damit die Profile übereinstimmten. »Wie kommt's?«, würde Petacchi fragen. *Gefügig, aber neugierig.* Der Inspektor würde dann etwas antworten wie: »Jemand hat auf der Wache eine Frau als vermisst gemeldet, auf die die Beschreibung genau zutrifft. Wir müssen nur ein klein wenig nachhelfen, damit es für die Familie leichter wird. Verstehen Sie, was ich damit sagen möchte?« »Ja, Señor«, würde Elías antworten. *Neugierig, aber gefügig.* Alzada würde die Sache mit einem launigen Kommentar abschließen, um die Stimmung zu heben: »Wir haben eine Übereinstimmung gefunden. Was für ein glücklicher Zufall, nicht wahr?« Der Inspektor schob sich um den Ordner auf seinem Schreibtisch herum. *Mit Glück hat das nichts zu tun.*

»Und das hieße …« Alzada wollte, dass Estrático es laut aussprach.

»Ja«, bestätigte der Hilfsinspektor. »Das hieße, wir könnten doch noch gegen Pantera ermitteln.«

Alzada musterte Estrático. *Sieh mal einer an, er kommt doch glatt vom moralischen Weg ab.* Er fragte sich, ob sein junger Kollege die volle Tragweite dieses Plans verstanden hatte. Der blaue Kugelschreiber in der rechten Hand des Hilfsinspektors würde das Schicksal zweier Frauen besiegeln. Nach einer Frau würde niemals gesucht werden; die andere galt als gefunden. Ein Mann könnte wegen eines Verbrechens verurteilt werden, das er nicht begangen hatte. *So darauf aus, für »Gerechtigkeit« zu sorgen, dass dir nicht klar ist, was gerade geschehen ist.* Ohne Vorankündigung, ohne Zeremonie, ohne Fanfaren. Nur ein winziges Detail, das eine Geschichte schlüssig werden lässt. *Damit fängt es an.*

Alzada ließ nicht locker. »Pantera würde für etwas bezahlen, was er nicht getan hat.«

»Nun … technisch gesehen, ja. Er würde für die falsche Frau ›bezahlen‹. Es würde sozusagen die Waage der Gerechtigkeit ausbalancieren.« Estrático räusperte sich. »Und ich weiß, was Sie vermutlich denken …« *Das bezweifle ich.* »So sollte Gerechtigkeit nicht klingen – kurz. Sauber. Harmonisch.«

Genau das *sollte* Gerechtigkeit sein: die vernünftige Lösung einer verfahrenen Situation.

Der Plan barg gewisse Schwachstellen. Zunächst einmal gab es Galante. *Ihm wird das nicht gefallen.* Der Polizeipräsident würde die Gunst des Ministers verlieren, aber zugleich die Anerkennung einer einflussreichen Familie gewinnen. Wo würde ihn das im Gleichgewicht der düsteren Mächte von Buenos Aires positionieren? Schwer zu sagen.

Als Nächstes Pantera. Der Mann, der doppelt unberührbar schien. Erstens genoss er als Kongressabgeordneter parlamentarische Immunität: Sie würden ihn nicht verhören oder eine Ermittlung gegen ihn einleiten können, ohne dass zuvor im Kongress darüber abgestimmt wurde – und es bestanden geringe bis gar keine Chancen, dass die Abgeordneten eine außerplanmäßige Versammlung einberufen würden, um einen der Ihren den Wölfen zum Fraß vorzuwerfen. Und als wäre dieses Hindernis nicht schon groß genug, sprachen sie von einem Mann, der nicht gezögert hatte, ein Mitglied der Familie Echegaray verschwinden zu lassen. Eine Echegaray. Hatte er nicht gewusst, wer sie war? Doch, sie hatten sich gekannt – deshalb war sie in sein Auto gestiegen. Trotzdem musste ihm klar gewesen sein, dass es Konsequenzen haben würde. Hatte er sich vollkommen über das Gesetz erhaben geglaubt, um eine solche Tat zu begehen? Vielleicht war sie nicht geplant gewesen. Doch selbst wenn es eine Kurzschlusshandlung gewesen war, war er damit ein enormes Risiko eingegangen; was konnte ihn getriggert haben? Was konnte dazu geführt haben, dass einem potenziellen Präsidentschaftskandidaten derart die Sicherung durchgebrannt war? *»Cherchez la femme«, wie man in den alten Krimis sagt.*

»Sieht er gut aus?«

»Wie bitte?«

»Sieht Pantera gut aus, Estrático? Ist der Kongressabgeordnete ein attraktiver junger Mann oder einer von diesen fünfundsiebzigjährigen Mumien, die während der Parlamentssitzungen bewusstlos in ihren Lederarmsesseln zusammensacken?«

»Er gehört zu den jüngeren Abgeordneten ... zumindest statistisch betrachtet.«

»Haben Sie keine Augen im Kopf? Jetzt rücken Sie schon raus mit der Sprache, Estrático.«

»Also, ich nehme an ... Ja, man könnte sagen, dass er gut aussieht. Aber was das angeht, bin ich nicht –«

»Danke.«

Eine Affäre. Sie hatten eine Affäre. Sie waren miteinander liiert.

Aber aus welchem Grund hätte er seine Geliebte umbringen sollen? *Ockhams Rasiermesser: Die einfachste Theorie ist die richtige.* Sie war schwanger geworden. Darauf folgte die typische griechische Tragödie; die Schande für die Familie, das Ende einer vielversprechenden Karriere, die unvermeidliche Frage: »Was machen wir jetzt?« Dann die unvermeidliche Antwort auf die unvermeidliche Frage.

»Señor?«

»Estrático, wir kommen nie zum Ziel, wenn Sie mich ständig unterbrechen.«

Wenn Pantera die Macht hat, eine Echegaray verschwinden zu lassen, was wird er dann mit uns anstellen? Zwei kleine Polizeibeamte würden sicherlich kein Hindernis darstellen. Er würde sich mit Zähnen und Klauen wehren, wie eine in die Enge getriebene Katze. Alzada bemerkte, dass seine Hände zitterten. Nicht einmal der Polizeipräsident wäre in der Lage, sie zu beschützen.

»Estrático«, sagte Alzada schließlich, »ich glaube, wir lassen die Sache besser auf sich beruhen.«

Estrático machte ein langes Gesicht. *Wo habe ich diesen enttäuschten Blick schon einmal gesehen? Ach ja: jeden Tag beim Abendessen mit Sorolla.* »Wieso kümmert dich das alles nicht?«, lautete die beständige Anklage seines Neffen. Mit Kümmern hatte das nichts zu tun, oder vielleicht war es auch genau das. *Ich mache nichts anderes, als mich zu kümmern.*

»Die Idee ist nicht schlecht, Estrático. Ganz und gar nicht … Wie dem auch sei, wir haben für heute genug getan, meinen Sie nicht auch? Ich bin sicher, sie taucht im Nu wieder auf.« Der letzte Teil war mehr an sich selbst als an den Hilfsinspektor gerichtet.

»Aber, Señor –«, wollte Estrático Einwand erheben.

»Schauen Sie«, sagte Alzada, »ich habe es mir gründlich überlegt. Meine bevorzugte Lösung ist das auch nicht, aber eine bessere haben wir nicht. Manche Dinge sind größer als wir, und diese Sache ist eine davon. Ab Montag wird es Flores' Problem sein.«

Viertel vor drei. Normalerweise hätte er Paula angerufen, wenn er um zwei Uhr noch auf der Wache war, um ihr Bescheid zu geben, dass er später zum Mittagessen käme. Er griff zum Telefon. Wieder die Mailbox. »Paula, ich bin's.

Ich bin noch auf der Wache. Ich weiß, was du denkst. Ich komme zu spät zum Essen. Galante hat mich dazu verdonnert, einen Bericht zu schreiben. Ja. Ich komme, sobald ich damit fertig bin, ja? Ist Sorolla bei dir? Bis gleich. *Chau.*« Er legte auf, erschöpft.

Estrático schrieb eifrig. Morgen würde Alzada ihm auftragen, das gesamte Büro auszumisten. Kein Wunder, dass sie in diesem Durcheinander nichts mehr fanden. Dabei war er wahrscheinlich der einzige Polizist, der keinerlei persönliche Gegenstände in seinem Büro hatte. *Für einen kleinen Schluck bleibt uns noch Zeit.* Alzada öffnete die verschließbare Schublade an seinem Schreibtisch, zog seinen Flachmann daraus hervor und hielt ihn dem Hilfsinspektor hin: »Ein Schlückchen in Ehren?«

Estrático war sichtlich hin- und hergerissen. Sein Gewissen erinnerte ihn zweifelsohne daran, dass das Trinken während der Dienstzeit verboten war, wobei die Vorschrift das übliche Glas Wein zum Mittagessen ausklammerte. Aber ein Verbot blieb ein Verbot. Und Estrático liebte Regeln. Andererseits – wollte er nicht der erste Hilfsinspektor sein, der sich zusammen mit dem unnahbaren Alzada einen Drink genehmigte?

»Es sind schon Leute gestorben, während sie einen Flachmann in die Luft gehalten haben.«

»Natürlich.« Estrático griff rasch danach und nahm einen Schluck, ohne den Rand mit den Lippen zu berühren. Sein Blick drückte weitere Überraschung aus.

Alzada schmunzelte. Von allen Alkoholsorten, die Estrático erwartet haben mochte, war Pedro Ximénez der am wenigsten wahrscheinliche. Ein intensiver Dessert-Sherry aus Südspanien, der die Geschmacksknospen mit seiner durchdringenden Sirupsüße überfiel. Der einzige Alkohol, dem Paula je frönte.

»Darf ich Sie etwas fragen, Inspektor?«

»Sie meinen *noch* etwas?«

»Ja, Señor.« Estrático lächelte und gab ihm den Flachmann zurück.

Alzada nahm einen Schluck. Er stellte sich den Kongressabgeordneten Pantera in seiner Villa vor, wo er verzweifelt versuchte, das Problem einer unbequem gewordenen Geliebten zu lösen. Er stellte sich vor, wie Norma vertrauensvoll in den Wagen einstieg, bereit, sich von seinem Chauffeur zu ihm bringen zu lassen. Er stellte sich vor, wie der Chauffeur mit sich rang, den Auftrag zu Ende zu führen. Alles Hirngespinste seiner Phantasie.

»Sie haben also einen Sohn, Inspektor?«

»Er ist nicht mein Sohn«, kam Alzadas unmittelbare Antwort.

»Oh, Verzeihung, Señor.«

»Sie brauchen sich nicht zu entschuldigen, Estrático. Es ist ein häufiges Missverständnis …«

Alzada wollte gerade zu einer ausführlichen Erklärung ansetzen, als der Nachrichtensprecher im Radio die Musik unterbrach. *Mist. Schon drei.* »Jetzt muss ich aber wirklich los«, sagte er und schloss den Flachmann wieder in der Schublade ein. »Sie wissen, was Sie zu tun haben, nicht wahr? Rufen Sie Petacchi wegen der Fotos und dem toxikologischen Bericht an und vervollständigen Sie die Akte. Wenn ich vom Mittagessen zurückkomme, können wir uns in Ruhe unterhalten, ja?«

»Natürlich, Inspektor.«

»Und legen Sie die Akte auf Flores' Schreibtisch, wenn Sie fertig sind. Ich will das Ding nie wieder sehen.«

16

2001

Mittwoch, 19. Dezember, 15.45 Uhr

Im Haus war es dunkel. Im Haus war es still. Beim Bau hatte man die in Buenos Aires vorherrschenden Temperaturen berücksichtigt. Der schmale weiße Flur und die Steinböden sollten die schwülen Hitzewellen eindämmen. Sie hatten so manche sommerliche Siesta gehalten, bei der Sorolla in einer Kissenburg direkt auf dem Marmorboden geschlafen hatte. Die Stille war seltsam. Wenn Alzada zum Mittagessen nach Hause kam, begrüßten ihn normalerweise der Duft einer köstlichen Mahlzeit, das Geräusch von Paula, die ein Lied summte, das schwer zu erkennen war, und im Hintergrund Sorolla, der die Nachrichten sah. Heute hörte er nur das Brummen des Kühlschranks. Der Inspektor verfolgte seine eigenen Schritte zurück zum Eingang, um das Licht auszuschalten. Die rot-weiß karierte Wachstischdecke war leer. Ein kalter Schauer lief ihm über den Rücken.

¿Dónde está Paula?

Alzada spürte, wie er weiche Knie bekam. Er sah auf sein Handy. Nichts. Er stützte sich mit beiden Händen auf die Arbeitsplatte. Eine angenehme Kühle unter den Handflächen. Da entdeckte er eine Nachricht in Paulas Handschrift: »Gehen jetzt zur Therapie. Wir lieben dich, P. & S.« *Heute ist* – mierda – *Mittwoch.* Jeden Mittwoch hatte Sorolla einen Termin bei Dr. Emmerich, einem renommierten Psychologen. Man könnte meinen, dass es dem dreiundzwanzigjährigen Sorolla unangenehm wäre oder er zumindest allein dorthin gehen wollte. Doch auf seine ausdrückliche Bitte hin begleiteten Paula und Joaquín ihn regelmäßig zu Fuß. *Jede einzelne Woche. Wie konnte ich das vergessen?* Es war zu einer Familientradition geworden, die einzige unumstößliche Routine in ihrem zunehmend verrückten Leben. Zunächst ein frühes Mittagessen, was er aus lauter Zerstreutheit verpasst hatte. Dann der Spaziergang zur Praxis des Psychologen. Er plauderte mit Paula, bis Sorollas Termin vorbei war, und auf dem Rückweg machten sie bei Chungo halt, um ein Eis zu essen. *Joaquín, Joaquín …* Die Tragödie einer anderen Familie hatte ihn so in Beschlag genommen, dass er seine eigene vernachlässigt hatte. Alzada sah auf die Uhr. 15.47 Uhr. Er konnte es noch schaffen. Aber was sollte er essen? An der Kühlschranktür entdeckte er eine weitere Nachricht. Wie immer war ihm Paula um einen Schritt voraus. »Die hier sind für dich.« Auf dem obersten Kühlschrankboden ein Berg *milanesas,* wie er annahm. Sorollas Leibspeise. Er nahm sich von weiter unten ein Bier heraus und entdeckte auf der Quilmes-Flasche eine weitere Nachricht: »Aber nur eins …« *Dann besser gar keins.* Ihm blieb sowieso keine Zeit dafür. Wenn er diese Minute losfuhr und gegen alle existierenden Verkehrsregeln verstieß, könnte er sie gerade noch abfangen, wenn sie dort ankämen. Doch das hieß, dass er aufs Mittagessen verzichten müsste. Entscheidungen, Entscheidungen, Entscheidungen. Mit zwei geschickten Fingern zog er ein paniertes Schnitzel unter der komplexen Topographie der Alufolie hervor. *Zurück zum Auto.*

Alzada bog um die Ecke und sah Paula und Sorolla vor der Eingangstür der Praxis stehen. Von weitem sah sein Neffe wie der junge Mann aus, den er an diesem Morgen beobachtet hatte. Er trug die gleiche Jeansjacke, ohne den Rucksack. *Vielleicht hat er ihn beim Mittagessen zu Hause gelassen.*

»Ich muss jetzt rein«, sagte Sorolla auf seine übliche kurz angebundene Art.

»Schon?«

Paula deutete teilnahmslos auf ihre Armbanduhr. »Es ist zehn nach vier.«

»*Acht* nach vier.«

»Wie du meinst, Joaquín. Acht nach vier.«

»Danke, dass ihr gewartet habt«, sagte Alzada. *Wie hatten sie es geschafft, pünktlich hierherzukommen?*

»Okay. Bis später.«

Sorolla verschwand in dem Gebäude.

»Wie ich sehe«, sagte Paula, als sie allein waren, und strich ihm über den Kragen, »hast du Semmelbrösel auf dem Anzug. Ich nehme an, dir ist aufgefallen, dass du zu spät warst, und du hast beschlossen, dass dir Zeit für eine *milanesa* bleibt?«

Alzada würde die Lage nicht noch verschlimmern, indem er ihr gestand, dass er unterwegs im Auto gegessen hatte – sie hatten vereinbart, das nie zu tun –, und nicht nur eine, sondern gleich zwei *milanesas.* Er beschloss, sich dumm zu stellen: Wie ein Teenager, der nach einer trinkfreudigen Nacht bei seiner Rückkehr vorgab, nüchtern zu sein, stand er so reglos da, wie er konnte.

Sie musterte ihn. »Oder waren es zwei?«

Alzada wusste, dass ihn leugnen nicht weiterbringen würde. »Möglich«, hickste er, als hätte er Schluckauf. Nach einem Moment setzte er nach: »Ist dir in den Sinn gekommen, dass heute nicht der beste Tag dafür ist? Es wäre nicht weiter dramatisch gewesen, wenn er mal *einen* Mittwoch verpasst hätte.«

»Nicht jeder leidet gern im Stillen ... Er braucht das.«

Als ob ich das nicht wüsste. Es war der einzige Grund für das enorme Opfer, das dieser wöchentliche Ausflug für ihre Finanzen bedeutete.

»Ich weiß, es ist viel verlangt, dass du deine Arbeit unterbrichst, um jeden Tag nach Hause zu kommen und mit uns zu Mittag zu essen.«

»Sie erlauben es mir.«

»Das meine ich nicht. Mag sein, dass eure politischen Ansichten auseinandergehen und die Stimmung zwischen euch beiden deshalb in letzter Zeit so angespannt ist, aber Sorolla hat dich trotzdem gern dabei. Er rechnet es dir hoch an, dass du das auf dich nimmst. Besonders mittwochs.«

Wer hätte das gedacht?

»Du warst auch einmal politisch aktiv. Oder lässt dich dein Gedächtnis allmählich im Stich, *viejo*?«

»Darum geht es nicht«, antwortete Alzada und fragte sich, worum es denn eigentlich ging. »Ich stecke bis zum Hals in Arbeit, und, ja, vielleicht ist mir entgangen, dass heute Mittwoch ist. Und, ja, ich hatte Hunger. Und, ja, ich habe mir eine *milanesa* für unterwegs mitgenommen – das ist kein Verbrechen«, fauchte er und schob dann, selbst erstaunt über seine heftige Reaktion, in sanfterem Tonfall nach: »Jetzt bin ich doch hier, oder nicht?«

»Ja.« Paula nahm einen langen Atemzug. »Ja, das bist du. Komm, wir gehen ein paar Schritte.«

»Gerne.«

»Joaco, bevor ich es vergesse …«, sagte sie, als sie in eine ruhige Wohnstraße einbogen. Warum war *er* nicht Psychologe geworden? Diese Leute verdienten ein Schweinegeld. *Man braucht dafür genau dieselben Fähigkeiten wie für meinen Job. Ohne die Gewalt.* Sie hätten in einem solchen Viertel wohnen können, mit baumbestandenen Straßen statt umgestürzten Autos. *Wir dürften nicht weit von der Wohnung entfernt sein, in der Norma wohnte. Wohnt.* »Orestes hat angerufen.«

»Wer?«

»Orestes.«

»Ich komme gleich drauf«, sagte er zögernd.

»Dein Hilfsinspektor?«

»Er ist nicht *mein* Hilfsinspektor.« Alzada machte eine abwehrende Handbewegung. »Er ist mir nur vorübergehend ›zugewiesen‹ worden, unter dem Vorwand, mir beim Bewältigen meines Arbeitspensums zu helfen. Aus Rücksicht auf mein ›fortgeschrittenes Alter‹, nehme ich an. Tatsache ist, dass sich *jemand*«, er deutete gen Himmel – Galantes Namen nahm er kaum noch in den Mund –, »zumindest ein bisschen schuldig fühlen muss, weil er mich nicht in Rente gehen lässt und mich obendrein noch in einen Vermisstenfall reinzieht.«

Paula machte große Augen, sagte aber nichts. *Verflucht.* Er war immer so vorsichtig gewesen, nichts durchsickern zu lassen, wenn er einem besonders grausigen Fall nachging.

»Jedenfalls«, Alzada hüstelte, »bin ich froh, ihn wieder loszuwerden, sobald sich die Situation normalisiert. Er ist keine Hilfe. Überhaupt nicht. Und was noch schlimmer ist«, kicherte er, »seine Eltern haben ihn ›Orestes‹ genannt.«

»Das ändert nichts an der Tatsache, dass er mich angerufen hat.« Paula wirkte verletzt.

»Er hat *dich* angerufen? Aber woher hat er –«

»Woher hat er *was*, Joaquín?«

»Ich kann einfach nicht glauben, dass dieser *boludo* dich angerufen hat. Ist denn gar nichts mehr heilig?« *Wieso hat er deine Telefonnummer?*

»Bist du fertig?«

»Ich weiß nicht«, grummelte Alzada. »Was wollte er denn?«

»Mit dir sprechen«, sagte sie nüchtern. »Er hat gesagt, du würdest nicht ans Telefon gehen.«

»Ich verstehe das nicht. Ich …« Alzada griff in die Innentasche seines Jacketts. »Ich … ich muss es zu Hause vergessen haben. Ich hatte es so eilig.«

»Du weißt ja, wie man sagt: ›Eile ist nur etwas für Verbrecher und schlechte *toreros*‹«, neckte Paula ihn.

Alzada runzelte die Stirn. »Hat er sonst noch etwas gesagt?«

»Er hat mich gebeten, dir auszurichten, dass sie laut dem toxikologischen Bericht, den du heute Morgen angefordert hast, sauber war. Ein Glas Wein oder zwei zum Abendessen. Moment … es gab eine kleine Abweichung: eine hohe Konzentration von CHG.«

»HCG?«

»Ja, richtig. Was ist das?«

»Humanes Choriongonadotropin«, schnaubte Alzada. *Sie war schwanger.*

»Joaquín …?«

»Oh, das ist ein Hormon. Ein ziemlich sicheres Anzeichen für eine Schwangerschaft.«

»Nicht gut für euren Fall, nehme ich an?«

»Das ist nicht das eigentliche Problem.«

Sie näherten sich den Grenzen ihres stillen Übereinkommens; normalerweise behielt er die Details seiner Arbeit für sich, und Paula war darauf bedacht, nicht über höflichen Small Talk hinaus nachzubohren. Nein. Sie würden nicht über seine Arbeit sprechen, erst recht nicht über einen solchen Fall. Es würde eine Tür aufstoßen, die sie vielleicht nie wieder schließen könnten. Eine Tür, die direkt zu dem Grund führen würde, warum Sorolla bei ihnen wohnte und warum sie gerade hier waren und darauf warteten, dass seine Therapiestunde zu Ende ging. Und gleichzeitig war er ausgelaugt. Die Granatsplitter aller Geheimnisse, die sich über vierzig Ehejahre angesammelt hatten, hatten zu viele Wunden gerissen. Gäbe es doch nur einen Weg, darüber zu sprechen, ohne ihr zerbrechliches Gleichgewicht ins Wanken zu bringen. Eine Opfergabe für den Gott der Koexistenz.

»Es geht um eine Frau, die …«, Alzada stolperte über das Wort, »verschwunden ist.«

»Verstehe. Und sie ist schwanger? Aber wenn ihr sie bisher nicht gefunden habt, wie kommt ihr dann an ihren toxikologischen Bericht?«

»Also, es ist so … Die Frau wurde zuletzt gesehen, als sie ihr Haus verlassen hat, also haben wir den Portier verhört, aber er hat nichts ausgespuckt. Nun ja – fast nichts: ein Autokennzeichen. Wir wissen, wer der Fahrer des Wagens ist, aber er ist nicht der Halter, also haben wir keine Handhabe, um die beiden miteinander in Verbindung zu bringen. Ich wüsste nicht, was wir tun könnten. Oder besser gesagt: nichts, was wir innerhalb eines Zeitrahmens unternehmen könnten, in dem der armen Frau noch geholfen werden kann. Gott weiß, wo sie sich mittlerweile befindet.«

»Das zweite Gebot, Joaquín.«

»Natürlich«, räumte Alzada ein, auch wenn er der Ansicht war, dass es unter solchen Umständen gerechtfertigt war, den Namen zu Herrn zu missbrauchen. »Was ich meinte, war, je mehr Zeit vergeht, desto schlechter stehen ihre Chancen. Und wenn sie die Sache ›professionell‹ angegangen sind, was angesichts der gesellschaftlichen Sphären, von denen wir hier sprechen, sicherlich der Fall ist –«

»Immer diese Ausdrücke, Joaco! ›Gesellschaftliche Sphären‹?«

»Sie kommt aus einer sehr, sehr, *sehr* wohlhabenden Familie. Ihnen gehört halb Buenos Aires.«

»Und woher stammt dann der toxikologische Bericht?«

Alzada zögerte.

»Komm schon!« Sie stupste ihn an. »Ich weiß, dass wir normalerweise nicht darüber sprechen, aber jetzt bin ich neugierig.«

Was soll's … »Von einer Leiche, die heute Morgen gefunden wurde. Das meinte ich, als ich gesagt habe, dass ich bis zum Hals in Arbeit stecke. Aber wie dem auch sei«, Alzada atmete tief durch, »wir können die Ermittlungen wegen der verschwundenen Frau nicht weiterverfolgen: ohne Leiche kein Verbrechen.«

»Das erinnert mich an Videla, als man ihn während der Pressekonferenz auf die Verschwundenen angesprochen hat – wie hat er das erklärt? Erinnerst du dich? ›Die verschwundene Person ist eine *Unbekannte.* Sie hat keine Identität. Sie *ist* nicht: weder tot noch lebendig.‹«

»Zitierst du gerade Diktator Videla? Im Ernst?«,

»Ja.« Sie klang resigniert. Manchmal fragte sich Alzada, woher sie die Geduld aufbrachte, die eine Vollzeitstelle als Señora de Alzada erforderte.

»Du hast recht«, räumte er ein, »und Videla hatte auch recht. Es ist genau das: eine Unbekannte … Wie kann man bloß auf Grundlage von Indizienbeweisen eine Verurteilung wegen Mordes erwirken? Ohne einen Leichnam ist es so gut wie unmöglich, eine derartige Anklage zu beweisen. Genau aus diesem Grund wohnt Videla in einem schicken Apartment in Recoleta, anstatt in einer Gefängniszelle zu verrotten.«

»Verstehe. Aber das war genau mein Punkt: In der Mathematik werden Unbekannte mit dem Dreisatz ermittelt. Erinnerst du dich noch aus der Schule daran?«

»Die Sache mit ›nach x auflösen‹?«

»Die Sache mit ›nach x auflösen‹«, bestätigte sie und betonte dabei jedes einzelne Wort. »Du brauchst eine Leiche, um die Ermittlungen weiterzuverfolgen, also suchst du dir eine Leiche als Platzhalter. Und dann löst du nach x auf.«

»Weißt du, dass du nicht die Erste bist, die mir das heute vorschlägt?«

»Sag nicht, Orestes ist am Ende doch kein so schlechter Polizist …« Paula knuffte ihn. »Abgesehen davon, und glaub nicht, ich will damit sagen, dass ein Mann für etwas bezahlen sollte, was er nicht getan hat, aber vielleicht … Ist es nicht an der Zeit, dass die Leute für ihre Taten zur Rechenschaft gezogen werden? Sieh dich um: Die Revolution ist da!« Sie gestikulierte ausladend, hatte sich für diese Ankündigung die ruhigste Straße in ganz Buenos Aires ausgesucht.

Alzada lächelte.

»Du weißt, was ich meine.«

»Wie ich sehe, hat Sorolla dich überzeugt.«

»Möglich«, sagte Paula verlegen. »Ich meine, mit der Gewalt bin ich nicht einverstanden. Aber ist es nicht allmählich Zeit, dass sich die Dinge ändern?« Sie hielt inne. »Immerhin versuchen sie, etwas zu bewirken.«

»Obwohl sie von Anfang an wissen, dass die Sache zum Scheitern verurteilt ist …«

»Ich weiß nicht, Joaquín. Tust du denn immer nur Dinge, von denen du weißt, dass sie funktionieren?«

Alzada nahm einen tiefen Atemzug. *So wie die Lage aussieht …*

»Was noch wichtiger ist: Sehen sie sich ähnlich?«

»Wer?«

»Bleib am Ball, *viejo*! Sehen sich die tote Frau und die Verschwundene ähnlich?«

Alle Menschen sehen sich erstaunlich ähnlich, wenn sie erst einmal tot sind. »Ja.«

»Und was hält dich dann zurück? Galante wird dich nicht feuern.«

»Irgendwann schon«, lachte Alzada.

»Nicht heute. Es wird ihm möglicherweise nicht gefallen, aber du weißt, dass er dir letztlich Rückendeckung gibt.«

Alzada machte ein ernstes Gesicht. »Es ist riskant. Jemand, der schon einen Menschen ermordet hat –«

»Mutmaßlich.«

»Mutmaßlich jemanden ermordet hat, noch dazu eine Echegaray …«

Paula zeigte bei der Erwähnung des Familiennamens keine Reaktion.

»… was könnte er uns antun?«

»Zunächst einmal«, Paula hielt inne, »gehört Orestes jetzt zu diesem ›Uns‹ dazu?«

Alzada ignorierte ihre scherzhafte Bemerkung. »Estrático will das Risiko nur eingehen, weil er niemanden hat.«

»Das weißt du nicht.« Sie war plötzlich ernst. »Wie auch immer, findet jemanden, der in der Hierarchie weiter oben steht als der mysteriöse Mann und der euch Schutz gewährt. Ohne Paten keine Taufe. Wenn ihr die Echegarays auf eurer Seite habt, seid ihr in Sicherheit. Alter Geldadel bietet den größten Schutz.«

»Du musst es ja wissen …«

Paula lächelte.

Ungewollt waren sie beim früheren Haus der Familie Aranguren angelangt. Alzada legte den Kopf in den Nacken, um die volle Pracht der *casa chorizo* zu bewundern, wo er während seiner Jugend jeden Sonntag verbracht hatte, um die junge – und zum Verzweifeln unentschlossene – Paula Aranguren zu umwerben. Das Steinhaus aus dem frühen 20. Jahrhundert war dem französischen Klassikstil nachempfunden. Zwei symmetrische Fenster an der Fassade umrahmten zwei ionische Steinsäulen, die wiederum eine zentrale Holztür umrahmten. Die Fenster konnten fast für Türen gehalten werden, da sie nur rund dreißig Zentimeter oberhalb des Bodens endeten. Ästhetisch betrachtet bestand der einzige Unterschied zwischen der Eingangstür und den Fenstern in den schmiedeeisernen Geländern davor, die nur zur Zierde dienten und sie wie zwei lachhafte Balkone aussehen ließen, unter denen winzige Jasminsträucher wuchsen. Die Glühbirne der Lampe rechts von der Tür über der Klingel war durchgebrannt. Offenbar waren die neuen Besitzer dem Haus weniger zugetan, als es die früheren gewesen waren. Alzada wandte den Blick vom Haus ab und sah seiner Frau in die Augen.

»Falls sich die Lage heute zuspitzt, schluckst du deinen Stolz hinunter, fährst mit Sorolla zur bewachten Wohnsiedlung deines Vaters und wartest dort auf mich, ja?«

Paula schwieg.

»Weißt du noch, wie du Sorolla beigebracht hast, den Saft aus den Jasminblüten zu saugen? Er hat stundenlang unter diesen Sträuchern gesessen.« Es war ihre Art, ihm zuzustimmen, auch wenn ihr die Vorstellung nicht behagte.

»Ja«, sagte Alzada, zu besorgt für eine längere Antwort.

Es schien eine Ewigkeit her zu sein, dass Sorolla ein kleiner Junge gewesen war.

»Also, was diese Frau angeht …«

Er lächelte. *Paula hätte von uns beiden die Polizeiinspektorin werden sollen.* Alzada schob auf der Suche nach seinem Handy die Hand in seine Jackentasche und griff ins Leere. Schon wieder. »Borgst du mir bitte kurz dein Handy?«

Bevor Paula nachfragen konnte, wählte er schon. »Estrático? Ja, ich habe es zu Hause vergessen. Ja. Ich weiß. Zu früh, um es zu bestätigen. Okay. Hören Sie zu. Ich habe es mir überlegt. Mir ist da eine Idee gekommen … Haben Sie die Fotos? Gut. Haben Sie den Bericht schon auf Flores' Schreibtisch hinterlassen? Großartig. Schnappen Sie sich die ganze Akte und treffen Sie mich vor Norma Echegarays Wohnung. Bestellen Sie ihre Familie dorthin … Sagen wir, in …«, Alzada warf einen Blick auf seine Uhr. »Können Sie in einer Dreiviertelstunde dort sein? Ja. Beim Haus von Señora Echegaray. Sagen wir besser, in einer Stunde. Bei dem Verkehr heute … Und kommen Sie nicht zu spät.«

Alzada gab ihr das Handy zurück.

»Das sagt der Richtige. ›Kommen Sie nicht zu spät.‹«

»Was?«

»Du bist in deinem ganzen Leben noch nie pünktlich gewesen.«

»Nochmals, es tut mir leid wegen vorhin. Mein Tag ist ziemlich aufreibend.« Er hielt inne, um zu sehen, ob er überzeugend genug gewesen war. »Also …«

»Du musst los«, brachte sie den Satz für ihn zu Ende.

»Es tut mir wirklich leid.«

»Nun geh schon«, sagte sie resigniert.

Ein Lächeln erschien zwischen Alzadas Bartstoppeln.

»Aber du rasierst dir dieses schreckliche Ding da ab.«

»Ihr geht danach zurück nach Hause, ja?«

»Ja.«

»Beide.«

»Ja, Joaco.«

Er drückte ihr einen flüchtigen Kuss auf die Wange, sagte: »Du bist die Beste«, und lief los, in Richtung Castex 2640.

»Und ob ich das bin!«, rief sie ihm hinterher. »Und ob ich das bin«, sagte sie noch einmal leise zu sich selbst.

17

1981

Samstag, 5. Dezember, 21.25 Uhr

Draußen war es dunkel. Joaquín stand an die Fliegengittertür der Küche gelehnt, die zum Garten hinausging. »Du bist mir ständig im Weg«, hatte Paula eines Tages gesagt und beschlossen, dass er nicht in der Küche sitzen durfte, während sie kochte. Sie hatte recht: Er nutzte jede Gelegenheit, um sich ein Stück *entraña* zu stibitzen. Oder *empanada.* Oder *torta.* Oder *milanesa.* Sie einigten sich schließlich auf den Türrahmen als Grenze. Von dort aus konnten sie sich immer noch unterhalten, und Joaquín konnte immer noch rauchen. Nachdem sie monatelang zusammen geraucht hatten, hatte Paula ungefähr ab der Hälfte ihrer Zeit als Paar Rauchen als widerliche Angewohnheit gebrandmarkt und damit aufgehört, aber zu diesem Zeitpunkt war es bereits zu spät gewesen, um ihre Liebe füreinander rückgängig zu machen. Also erlaubte sie es ihm – zähneknirschend.

»Kannst du sie jetzt bitte ausmachen?«, fragte sie aus der Küche. »Es ist schon deine dritte am Stück.«

Joaquín nahm die Zigarette in die linke Hand, um auf die Uhr zu sehen, machte eine halbherzige Geste in Richtung Aschenbecher, ignorierte ihre Bitte aber letztlich. »Ich weiß nicht, ob es die beste Idee ist, die wir je hatten, oder die schlechteste.«

»Die *du* hattest«, stellte sie klar, immer noch sichtlich verärgert über den Schmutzstreifen auf dem Küchenschrank, den er nicht vollständig hatte beseitigen können. Sie deutete in die Dunkelheit hinaus, wo sich das Dröhnen eines Autos näherte. »Bald wissen wir es.«

Beim Anblick seines Vorgesetzten schnippte Joaquín die Zigarette reflexartig in den Blumentopf, der zu diesem Zweck neben dem Eingang stand. Er straffte die Schultern, fuhr sich mit den Fingern glättend durch das frisch geduschte Haar, fragte sich, ob er noch nach Alkohol roch, und stand sehr aufrecht im Hauseingang, um über jeden Zweifel erhaben zu sein. »Guten Abend, Polizeipräsident.«

»Guten Abend, Polizeipräsident Vukić«, sagte Paula.

»Bitte nennen Sie mich Fernando«, war das Erste, was der Polizeipräsident sagte.

Als er die Eingangsschwelle zur Küche überschritt, zog er seinen breitkrempigen Hut und reichte Paula fast ehrfürchtig die Hand. *Der Wolf im Schafspelz.* Mit der gleichen galanten Geste war er imstande, die Knochen einer Hand in sieben kleine Stücke zu zerbrechen. Joaquín hatte es mit eigenen Augen gesehen.

»Möchten Sie einen Kaffee, Polizeipräsident – ich meine, Fernando?«, bot Paula an, als Vukić auf den Stuhl am Kopfende des Tisches zuschritt. Er hatte den einzigen Platz gewählt, der sich in gleicher Entfernung zwischen dem Hauseingang und der Tür zum Wohnzimmer befand und von dem er Joaquín stets im Blick behalten konnte.

Bevor Vukić Zeit blieb, sich zu setzen, platzte Joaquín heraus: »Man hat meinen Bruder verschwinden lassen.«

Noch im Stehen wandte sich Vukić Paula zu, die den schmucken achteckigen Bialetti in der Hand hielt. Als er sah, wie der Espressokocher in ihren Händen zitterte, lächelte er. »Stimmt das?«

»Ja, zusammen mit seiner Frau«, bestätigte sie. Ihre bislang feste Stimme war nun brüchig.

Joaquíns Blick ruhte auf dem Polizeipräsidenten. Vukić öffnete nacheinander die Knöpfe seines Jacketts und nahm am Tisch Platz, als hätte er nicht gehört, was sie gerade gesagt hatten. Der junge Polizeiinspektor musterte seinen Chef und prägte sich jedes Detail ein, wie bei einem Verdächtigen. *So wie ich es gelernt habe. Von ihm.* Anstatt mit der derzeitigen Mode zu gehen – seltsame geometrische Muster in Beige, Ocker, Burgunderrot und Dunkelgrün –, blieb der Polizeipräsident eine Bastion klassischer Kleidung: Es wirkte fast absurd, wie er in seinem tadellosen, wenn auch leicht zerknitterten marineblauen Dreiteiler in ihrer bescheidenen Küche saß, für die Paula einen warmen Beigeton ausgewählt hatte. *Woher kommt er zu dieser Uhrzeit, noch dazu so angezogen? Oder wo will er noch hin?* »Er lebt nicht mehr mit seiner Frau zusammen, oder?«, hatte Paula ihn einmal gefragt. »Woher weißt du das?«, hatte Joaquín geantwortet, beunruhigt, der Polizeipräsident könnte sich ihr gegenüber unangemessen verhalten haben. »Er hat es niemandem erzählt.« Sogar er selbst wusste es nur, weil er zu den Untergebenen zählte, die sein größtes Vertrauen genossen, und ihm einmal Unterlagen nach Hause gebracht hatte. »Sein Anzug«, hatte sie nüchtern geantwortet. Und als Joaquín sie daraufhin verwirrt angesehen hatte, nachgesetzt: »Es ist keine Frau im Haus, die seine Anzüge bügelt.« *Sie wäre eindeutig die bessere Detektivin geworden.*

Joaquín bemerkte, dass Vukić mit seinem goldenen

Siegelring – natürlich mit Familienwappen – sanft auf den Tisch pochte. Auf seiner chronisch gerunzelten Stirn zeichnete sich subtil ein Gedankenprozess ab. Haie, so wusste Joaquín, überleben nur, wenn sie nicht aufhören zu schwimmen – nicht wegen der einzigartigen Anordnung ihrer Kiemen, sondern weil sie weder Gallenblase noch Schwimmblase besitzen, die für Auftrieb sorgen. Er fragte sich, ob Vukić eine Gallenblase hatte. Mit ziemlicher Sicherheit hatte er einen Plan.

Paulas Stimme neben dem Herd holte ihn zurück. »Du weißt, dass ich es nicht mag, wenn deine Wortwahl sofort Schuldzuweisungen beinhaltet.«

»Was meinst du?« Joaquíns Blick war immer noch starr auf Vukić gerichtet.

»›Verschwinden lassen‹, Dummkopf. Erst mal ist er einfach verschwunden«, fing der Polizeipräsident die Frage ab. Ein gewaltiges Lachen ging von seinem Bauch aus. Er unterbrach den Blickkontakt zu Joaquín und drehte sich um: »Und ja, gern, Paula. Ein Kaffee wäre wunderbar.«

Zu Vukić' Überraschung brachte sie nicht nur die Kaffeekanne herüber, sondern setzte sich zu ihnen an den Tisch. Joaquín wusste, dass sich der Polizeipräsident in der Gegenwart von Männern wohler fühlte. Und dann zündete sich Paula, zu Joaquíns Überraschung, eine Zigarette an. Amüsiert schob Vukić ihr den Aschenbecher hin, den sie für ihn hingestellt hatte.

»Das erklärt zumindest, warum du heute Morgen so gereizt warst …«

Joaquín senkte den Blick, machte dann aber direkt dort weiter, wo er aufgehört hatte, in dem gleichzeitigen Bemühen, das Thema Galante zu umschiffen und nicht den Mut zu verlieren: »Ich habe Sie hergebeten, weil wir keine Ahnung haben, was wir tun sollen. Wir wissen nicht, wo wir suchen sollen. Wir wissen nicht, wen wir fragen sollen. Ich …«

Paula legte die Hand auf Joaquíns Arm, als es ihm die Kehle zuschnürte.

»Sie lügen mich an, nicht wahr?« Vukić lächelte. Beide Alzadas schauten verwirrt. »Sie hätten nicht ausgerechnet *mich* angerufen. Und zu sich nach Hause eingeladen – das ist ein enormes Risiko.« Joaquín schluckte schwer und hoffte, sein Chef würde es nicht bemerken. »Also nehme ich an, dass Sie durchaus einen Plan haben. Und ich nehme weiterhin an – bitte korrigieren Sie mich, wenn ich falschliege –, dass ich nicht der Erste war, an den Sie sich gewandt haben.« Vukić legte eine Pause ein und wartete auf eine Bestätigung.

Joaquín schüttelte den Kopf.

Vukić fuhr fort: »Bitte sagen Sie mir, dass Sie nicht die *Madres* um Hilfe gebeten haben.«

»Nein«, sagte Joaquín.

»Gut. Sie stehen unter ständiger Bewachung. Ein Anruf bei ihnen – ein Treffen – hätte Sie automatisch zur Witwe gemacht«, sagte er an Paula gewandt und dann zu Joaquín: »Was ist mit ihren Kumpanen?«

»Was soll mit ihnen sein?«

»Alzada …«

»Ich glaube nicht, dass Jorge …«, protestierte Joaquín.

»Stand er mit ihnen in Kontakt?«

»Nein«, sagte der Inspektor.

»So viel zu den revolutionären Grundsätzen.« Vukić hustete ohne eine Spur von Herablassung. »Sie gehen vermutlich davon aus, dass man sie innerhalb der ersten vierundzwanzig Stunden zum Singen bringt, und sind damit beschäftigt, ihren Aufenthaltsort zu wechseln. Gut. Nachdem wir die einleitenden Worte hinter uns haben, sprechen wir über den Plan. Sie haben mich nicht herbestellt, bloß um mir mitzuteilen, dass Sie ein Problem haben. Oder eine Idee. Nein. Ich bin zwar nicht über die Einzelheiten im Bilde, aber so viel konnte ich aus Ihrem heutigen Verhalten schließen.« Joaquín berührte reflexartig seine Hand, die ihm immer noch wehtat. »Sie haben mich hergebeten, weil Sie etwas sehr Bestimmtes vorhaben. Und dabei brauchen Sie meine Hilfe.«

Joaquín blickte zu Boden. Die Bewunderung für seinen Vorgesetzten war so lange von dem Wissen um dessen finstere Machenschaften überschattet gewesen. »Wenn ich einmal Polizeipräsident bin, werde ich die Dinge anders machen«, hatte sich Alzada einst geschworen. Einst. Das schien eine Ewigkeit her zu sein. Jetzt war jetzt.

»Recht so. Schauen Sie nach unten. Sehen Sie nach, ob Sie genug Eier in der Hose haben, um mich zu fragen – Verzeihung, Señora.« Paula wirkte unbeeindruckt. »Deswegen bin ich doch hier, oder?«

Joaquín zögerte. Er hatte darüber nachgedacht, seitdem Galante abgelehnt hatte, ihm zu helfen, aber allein das zuzugeben reichte aus, um seine Karriere zu gefährden – im günstigsten Fall – und sein Leben – im ungünstigsten. Joaquín schluckte. Mit einem Mal erschien ihm die Aussicht, den Rest seiner Dienstjahre bei der Polizei in einem muffigen Untergeschoss mit dem Zählen von Patronenkugeln zuzubringen, wie eine gerechte und annehmbare Strafe für seine Kühnheit.

»Also los, Joaquín, fragen Sie mich«, insistierte Vukić.

Hatte er Alzada gerade zum ersten Mal in fünfzehn Jahren beim Vornamen genannt? Der Polizeipräsident beugte sich vor, einen gierigen Ausdruck auf dem Gesicht. *Deshalb hat er meinen Vornamen benutzt.* Vukić hatte recht. Der Polizeipräsident war seiner Bitte nachgekommen. Er saß in seiner Küche. War es für Bedenken nicht ein bisschen zu spät? *Ich muss es nur noch laut aussprechen.*

»Ich will dorthin.«

Joaquín wappnete sich für die Reaktion. Er beobachtete Vukić, der gemächlich eine weitere Zigarette aus der Packung zog und dann vergnügt lächelte. »Na bitte! Sehen Sie? So schlimm war es doch gar nicht, oder?« Er nahm einen tiefen Zug. »Okay. Jetzt, wo die Sache offen auf dem Tisch liegt, können wir endlich zum interessanten Teil übergehen.«

Zum interessanten Teil. Natürlich hat er von Anfang an Bescheid gewusst. Allzu viele Gründe gab es schließlich nicht, warum ihn einer seiner Untergebenen mit einem problematischen Bruder diskret um ein Treffen bitten würde, nachdem er einen Kollegen geschlagen hatte – auf der Polizeiwache, an seinem freien Tag. Vukić hatte *gewusst,* worum Joaquín ihn bitten würde. Und trotzdem war er hier, saß in seiner Küche, ein breites Lächeln auf dem Gesicht. Warum?

»Ich weiß, Sie werden wahrscheinlich Millionen Mal auf diesen Abend zurückblicken«, riss der Polizeipräsident Joaquín aus seinen Gedanken. »Aber dieser Tag liegt in weiter Ferne. Für Sie und für mich. Hören Sie auf zu träumen. Hören Sie auf zu grübeln. Was mich angeht, so bereue ich lieber etwas, das ich getan habe, als etwas, das ich unterlassen habe. Also kommen wir zur Sache.« Vukić machte eine fast unmerkliche Geste Richtung Paula. *Er will, dass ich sie wegschicke.* Im Alzada-Haushalt würde er sich mit der momentanen Sitzordnung begnügen müssen.

»Gut. Fangen wir von vorn an. Wir brauchen mindestens einen weiteren Mann. Und ich schätze, Sie werden etwas gegen den einzuwenden haben, der mir vorschwebt … Lassen Sie mich erst zu Ende reden, bevor Sie mir widersprechen.« Vukić sah Joaquín eindringlich an: »Kennen Sie den jungen Mann, der auf der Wache arbeitet – er ist kein Polizist –, ich meine den Arzt, der nachmittags aushilft –«

»Nein«, fiel Alzada ihm ins Wort. Das hätte er auf dem Revier niemals gewagt. Er wusste sehr genau, von wem der Polizeipräsident sprach. *Nur über meine Leiche!*

»Um wen geht es?«, fragte Paula. Joaquín wusste, dass sie in Wahrheit fragen wollte: »Hast du ihn bei einer der seltenen Gelegenheiten, bei denen du beim Abendessen über deine Arbeit plauderst, schon einmal erwähnt?«

»Nein«, wiederholte Joaquín, teils als Antwort an sie gerichtet, teils, um Vukić' Vorschlag abzulehnen. Er rauchte seine Zigarette zu Ende und verschränkte die Arme vor der Brust.

»Er ist …«, versuchte Vukić zu erklären, »gut, Sie haben recht. Er ist … verschroben.«

Wie ein Kind, das glaubt, sein Missfallen nicht deutlich genug ausgedrückt zu haben, schnitt Joaquín eine Grimasse und grummelte.

»Joaquín, wir haben deine Missbilligung zur Kenntnis genommen«, sagte Paula nüchtern, vom albernen Benehmen ihres Manns gänzlich unbeeindruckt. Dann wandte sie sich an Vukić: »Taugt er denn etwas, Fernando?« *Fernando!*

»Das tut er«, sagte Vukić. »Er heißt Elías. Er ist schlau. Er ist tüchtig. Er wird wissen, wo sie sind. Und was noch wichtiger ist: Er wird schweigen wie ein Grab.«

»Wieso bist du dir da so sicher?«, fragte sie.

»Ihm …« Vukić suchte nach dem passenden Wort. »Ihm ist … das System nicht fremd.«

»Er ist ein Kollaborateur!«, fuhr Joaquín dazwischen.

Paula warf ihm einen giftigen Blick zu.

»Technisch gesehen nicht«, sagte Vukić. »Seine Arbeit besteht darin … Er sorgt dafür …«, selbst dem Polizeipräsidenten war nicht ganz wohl dabei, die Situation zu erläutern, »er sorgt dafür, dass sie am Leben bleiben.«

Hätte Joaquín zu seiner Frau hinübergesehen, hätte er beobachten könnten, wie sie die Information in sich aufnahm; ihr Lächeln verhärtete sich, ihre Atemzüge wurden kürzer. Stattdessen sprang er auf und warf dem Polizeipräsidenten entgegen: »Er sorgt dafür, dass sie am Leben bleiben, damit sie sie weiter foltern können! Wir wollen ja nicht, dass sie krepieren, bevor wir feststellen, dass sie unschuldig sind!«

»Was soll ich sagen, Alzada? Womit würden Sie sich besser fühlen?« Vukić erhob sich ebenfalls, richtete sich zu seiner vollen Größe auf und blickte auf Joaquín hinab. »Dass er ein Experte ist, was Schmerzen angeht? Das ist er! Dass er weiß, wie viele Schläge jemand aushält, bevor er ohnmächtig wird? Das tut er! Wie viele Tage ein Mensch ohne Nahrung und Wasser überlebt? Wie hoch die Voltzahl sein muss, um jemandem höllische Schmerzen zuzufügen, ohne ihm dabei das Gehirn zu verbrutzeln? Weil er sonst keine weiteren Fragen mehr beantworten kann? Weitere Namen ausspucken? Er kennt sich mit alldem aus und mit noch viel mehr Dingen, die Sie sich nicht ausmalen wollen. Das ist sein *Job*! Nicht jeder kann Sokrates sein und den verfluchten Schierlingsbecher trinken, Alzada! Einige von uns müssen in der echten Welt leben!«

Vukić kam wieder zu Atem und wirkte einen Moment erschreckt, die Stimme erhoben zu haben. Er sah sich in der Küche um und setzte sich wieder. Alzada tat es ihm gleich.

Dann fuhr der Polizeipräsident in sanfterem Ton fort: »Was wollen Sie hören? Wären Sie zufrieden, wenn ich

Ihnen erzähle, dass er … dass er in seinem tiefsten Inneren ein guter Mensch ist? Dass sich unter seiner rauen Schale ein weicher –«

»Er hat keine raue Schale«, spöttelte Alzada.

»Nein, hat er nicht.« Vukić lächelte und beugte sich vor. »Hören Sie mir zu. Er ist findig. Er ist bereitwillig. Er kennt die Besonderheiten der Gefangenenlager. Er verfügt über medizinisches Wissen.«

Joaquín senkte den Blick und starrte auf den Kaffeesatz am Boden seiner Tasse. Hätte ihm jemand erzählt, dass er sich einmal in einer solchen Situation befinden würde, er hätte ihn ausgelacht. Er schwenkte die Tasse, bewegte den Kaffeesatz darin hin und her. Das hier war nicht echt. Es war nicht real. Noch war Zeit, das Ruder herumzureißen. Konnte man das Schicksal austricksen?

»Meine Mutter hätte für Sie daraus gelesen«, sagte Vukić und deutete mit einem Nicken auf Alzadas Kaffeetasse. »Eine balkanische Tradition. Ich kann es Ihnen aber auch so sagen: Man kommt im Leben nicht besonders weit, wenn man sich ausschließlich unter Heiligen bewegt, Alzada. Ich sage nicht, dass Sie sein bester Freund werden sollen. Aber ganz ehrlich: Er ist wahrscheinlich Ihre beste Option, wenn Sie Ihren Bruder und seine Frau aus welcher Hölle auch immer herausholen wollen.«

»Das sehe ich auch so«, sagte Paula. Und damit war die Sache beschlossen.

Als hätte ihm Paulas Kommentar ihre Anwesenheit in Erinnerung gerufen, fragte Vukić: »Nicht einmal der *todopoderoso* wollte helfen? Ich hätte ihn als jemanden eingeschätzt, der weiß, wen er anrufen muss, um die richtigen Hebel in Bewegung zu setzen …« Er beobachtete Paula aus den Augenwinkeln.

Der »allmächtige« Aranguren, Paulas Vater, war schon

vor einiger Zeit in den Ruhestand getreten, doch die Beziehungen in Buenos Aires' besseren Kreisen hatten Bestand. Der Vorteil, einer Dynastie anzugehören, in einer Stadt, in der der richtige Familienname immer noch etwas wert war. Die Tatsache, dass sie miteinander nicht auf gutem Fuß standen, war nicht öffentlich bekannt, und Paula würde sich vor Vukić nichts anmerken lassen. Joaquín machte sich deswegen keine Sorgen; sie besaß ein gespenstisches Geschick dafür, ihre Gefühle zu kaschieren. Nur jemand, der viele Jahre mit ihr verheiratet war, hätte den Kummer in ihrem Lächeln erkennen können, als sie aufstand und beim Verlassen der Küche sagte: »Und bitte nicht wieder laut werden. Ich möchte nicht, dass der Junge aufwacht.«

Scheiße.

Paula blieb abrupt stehen, drehte sich um und sah Joaquín an, die Angst stand ihr ins Gesicht geschrieben.

Mit welchen Worten hatte Vukić den Polizeineulingen in seinem Team erläutert, wie man bei einem Verhör gute Ergebnisse erzielt? »Angst verströmt einen Geruch«, hatte er gesagt und jedes Wort genossen. »Einen ganz charakteristischen. Und keinen, den Sie selbst jemals aussenden wollen. Sie müssen ihn einfach nur …«, er hatte die Nase gereckt, als durchschnüffelte er die Luft, »wittern. Und dann herausfinden, was die Person dazu bringt, ihn zu verströmen.« Ein kalter Schauer überzog Joaquíns Rücken. *Kann er ihn jetzt gerade an mir riechen?*

»Welcher Junge?«, fragte Vukić ohne Hast. Es war schlimmer, als hätte er geschrien.

Jetzt konnte Joaquín seinen Chef so sehen, wie er wirklich war. Als denjenigen, vor dem ihn seine Frau so oft gewarnt hatte, was er sich aber nicht hatte eingestehen wollen: ein Mann, der kein echter Gentleman war. Ein

Gangster mit einer goldenen Taschenuhr aus dem 19. Jahrhundert. Geduldig, sadistisch, opportunistisch. Trotzdem ein Gangster. *Warum verhaftet er mich nicht? Es würde seine Karriere beflügeln.*

»Erzählen wir es ihm …«, sagte Alzada und sah Paula wieder in die Augen. *Als hätten wir eine andere Wahl.* »Mein Bruder und seine Frau haben einen kleinen Sohn. Er war bei ihnen in der Wohnung, als sie kamen. Aus irgendeinem Grund haben sie ihn übersehen.«

»Was soll das heißen: ›Sie haben ihn übersehen‹?«, fragte Vukić gleichbleibend gelassen. Er schien sich fast zu amüsieren.

»Ich glaube, er hat den Lärm gehört – ich *weiß*, er hat den Lärm gehört –, und sein erster Impuls bestand darin, sich zu verstecken. Als wir in der Wohnung ankamen, kauerte er unter seinem Bett«, erklärte Joaquín.

Augenblicklich erhob sich Vukić vom Tisch. »Kann ich ihn sehen?«, fragte er Paula. *Woher weiß er, dass er* sie *fragen muss?*

Falls sie noch verängstigt war, so ließ sie es sich nicht anmerken. »Hier entlang.«

Während sie zu dritt zum Schlafzimmer gingen, fragte sich Alzada, ob es bei Vukić dieselbe Reaktion auslösen würde wie bei ihm, als er seinen Neffen zum ersten Mal gesehen hatte: Als sie ihm Sorolla im Hospital Británico in die Arme gelegt hatten, war Joaquín überrascht gewesen, wie leicht er war und wie viel Wärme er ausstrahlte. Es hatte sich angefühlt, als hielte er eine winzige, warme, rosige Kartoffel im Arm, eingewickelt in ein Leinentuch mit einem hellblauen Kreuz. *Um die Eltern daran zu erinnern, wem das Baby wirklich gehört.* Als Jorge Rodolfo und Adela ihm gesagt hatten, dass sie ihn nach seinem Onkel benennen wollten, hatte Joaquín tagelang geweint.

Aber nein. Vukić beugte sich kurz vor, warf einen flüchtigen Blick auf das schlafende Bündel zwischen den vielen Kissen in ihrem Bett und drehte sich wieder um. Auf dem Weg nach draußen ging er an Alzada vorbei und sagte: »Ich wollte bloß sehen, für wen wir das tun.«

Zurück in der Küche, schien es der Polizeipräsident mit einem Mal eilig zu haben. »Gut, dann ist die Sache beschlossen«, sagte er, als er sich das Jackett zuknöpfte. »Keine Klagen. Und keine Kurzschlusshandlungen wie heute Morgen. Wenn Sie bis in alle Ewigkeit Schreibtischarbeiten verrichten wollen, hätten Sie mich nur zu fragen brauchen, Alzada. Jetzt bleibt mir keine andere Wahl, als Sie zu suspendieren, und falls Galante eine Beschwerde einreicht …«

Der Inspektor nickte ergeben.

»Ich werde Petacchi anrufen.« Vukić betrachtete mit hochgezogenen Augenbrauen Joaquín, der in stiller Resignation verharrte. »Er wird herausfinden, wo sie sind«, fuhr er fort, »und er wird uns dorthin bringen – noch heute Nacht. Wir haben schon genug Zeit verloren.«

Joaquín starrte zu Boden. »Ja, Señor.«

»Eins noch: Die Sache wird teuer«, fügte Vukić hinzu. »Der Mann ist untadelig, aber ein Söldner.«

Paula ergriff das Wort: »Wir haben etwas Geld gespart.«

»Und was ist mit Ihnen?«, stellte Alzada die Frage, die ihm schon den ganzen Abend auf der Zunge brannte.

»Mit mir?«, fragte Vukić, als könnte er keiner Fliege etwas zuleide tun.

»Ja, mit Ihnen.« *Was willst du als Gegenleistung?*

»Darüber sprechen wir später. Im Moment haben wir andere Sorgen. Ich hole Sie in zwei Stunden ab.«

»Ja, Señor.«

»Und kleiden Sie sich entsprechend.«

»Ja, Señor«, sagte Joaquín, ohne zu wissen, was er meinte.

Vukić nahm seinen Hut von der Arbeitsplatte, deutete eine Verneigung vor Paula an und verschwand.

18

1981

Samstag, 5. Dezember, 23.10 Uhr

Wie ein Hund, der seinen Stammplatz bewacht, lehnte Joaquín am Rahmen der Küchentür. Er hatte gelesen, dass dies bei einem Erdbeben der sicherste Ort sein sollte. »Erdbeben«, so hatte ihre Mutter Jorge Rodolfo als Kind genannt. Eines Tages hatte sie ihn, von seinem ständigen Unfug zur Verzweiflung getrieben, wieder einmal angefleht, stillzusitzen. *»¡Eres un terremoto!«*, hatte die mittlerweile verstorbene Señora Alzada gerufen, halb in der Hoffnung, dass er sich irgendwann ändern würde, halb resigniert, weil er es wohl nie tun würde. *Terremoto.* Aus dem Lateinischen *terra*, Erde, und *motus*, Bewegung. Der Name war wie geschaffen für ihn. Es schien, als hätte der jüngere Alzada-Bruder seit seiner Geburt jeden Tag damit zugebracht, seinem Spitznamen alle Ehre zu machen. Er war laut, leidenschaftlich und wild. Bei der Tauffeier eines Cousins war er vom Hausdach in einen Brunnen gesprungen, mitsamt seinem Sonntagsstaat. Joaquín lächelte. Jorge hatte es auf Schritt und Tritt darauf angelegt, die Erde zum Beben zu bringen, und dann ungeduldig – und mit einer gewissen morbiden Neugier – auf die Konsequenzen gewartet.

Alles, was Joaquín je gewollt hatte, war, zu fliehen und in Deckung zu gehen. Und er war geflohen, noch dazu sehr erfolgreich – aus der verwahrlosten Wohnung über den Bahngleisen, in der sie aufgewachsen waren, zusammengepfercht wie in einer Sardinenbüchse. Er hatte vor dem Jurastudium fliehen wollen, das ihn nicht wirklich interessiert hatte. Er war vor allem geflohen, was auf der Polizeiwache geschehen war. »Die Kunst, einen Zeugen zu verhören, ist ebendas: eine Kunst«, hallten in seinem Geist Professor Iraolas Worte nach. Wie ein Gigant hatte der Gelehrte hinter einem Pult gestanden, das kaum seine Oberschenkel verdeckte. »Ein guter Anwalt stellt nur Fragen, deren Antworten er bereits kennt.« Der junge Alzada hatte sich vorgestellt, wie derbe, mit allen Wassern gewaschene Kriminelle auf dem Zeugenstand unter dem bloßen Druck seiner beeindruckenden Erscheinung ein Geständnis ablegten. Joaquín hatte schlicht keine Antworten gebraucht.

»Du hast gar nichts gegessen«, hörte er Paulas Stimme aus der Küche.

Manchmal fragte er sich, wieso er eine Frau mit einem derart starken Hang zu alltäglichen Dingen geheiratet hatte: Ihr Hauptlebensziel schien darin zu bestehen, ihn warm zu halten und zu beköstigen. Joaquín steckte den Kopf zur Tür hinein und sah, wie sie die Lasagne mit Alufolie bedeckte.

»Du hast dir gar keinen Nachschlag genommen«, beharrte sie. Wenn sie nervös war, kochte sie. Wenn er nervös war, aß er. *Deshalb habe ich eine Frau mit einem Hang zu alltäglichen Dingen geheiratet.*

»Viele Gesundheitsexperten würden dazu raten, weniger als ein Kilo Lasagne zu Abend zu essen …«

»Das mag zutreffen … für andere Leute«, sagte Paula.

Ohne sie anzusehen, wusste er, dass sie lächelte, konnte

es hören. Sie wollten nicht reden. Sie wollten nicht streiten. Sie wollten nicht in dieser Situation sein, doch sie steckten mittendrin. Jetzt würde es bis zu Vukić' Ankunft nicht mehr lange dauern, mit Petacchi im Schlepptau. *Ich wünschte, Jorge hätte etwas weniger Wagemut besessen und ich mehr.* Hatte er gerade in der Vergangenheit von seinem Bruder gesprochen? Lief das so ab? Hatte er vorzeitig angefangen zu trauern?

Da hörte Alzada glücklicherweise das herannahende Dröhnen von Vukić' malträtiertem Wagen. Er schnippte die Zigarette in den Blumentopf, rückte seine Krawatte zurecht und lehnte sich in die Küche hinein, um sich zu verabschieden. Paula war nicht mehr da. *Besser so.*

Alzada zog die Autotür hinter sich zu und drehte sich auf dem Beifahrersitz um, nahm Elías Petacchi in Augenschein. Jemanden wie ihn hätte der Inspektor auf der Wache keines weiteren Blickes gewürdigt, er war bloß ein kleiner Punkt auf seinem Radar. Noch dazu kein besonders bedeutsamer. Petacchi hatte – zu ihrer beider Vorteil – gelernt, dass er einem ganz bestimmten Inspektor besser nicht auf die Nerven ging. Er hielt sich von Alzada fern. Das war das Ausmaß ihrer Beziehung gewesen. Bisher.

Petacchi saß auf der Rückbank und schien sich unbehaglich zu fühlen. Die Haltung des jungen Arztes wirkte verkrampft und unbequem, seine unnatürlich gespreizten Beine stießen an die Vordersitze. Seine dunklen, unsteten Augen registrierten Alzadas Bewegungen bis ins kleinste Detail, während dieser ihn musterte. Eine markante, edle Nase, zu der das stoppelige Kinn nicht recht passte. Dünnes, dunkles Haar – dunkel wie seine Augen –, gescheitelt wie ein geöffneter Bühnenvorhang, das ihm sanft gewellt bis zu den Schultern reichte, wo es auf eine Lederjacke und einen senffarbenen Pullover traf. Darunter ein perfekt gestärkter Hemdkragen, eine Muschelhalskette. *Ein halber Mann.*

Petacchi wand sich unter Alzadas prüfendem Blick auf seinem Sitz. *Nicht gewohnt, so unter die Lupe genommen zu werden, was?* Ein Verräter wie er profitierte davon, keine Aufmerksamkeit zu erregen, tat alles, um ungesehen zu bleiben. Trotzdem nahm der Arzt Haltung an, sagte: »Guten Abend, Inspektor«, und streckte Alzada versuchsweise die knochige Hand hin.

»Verraten Sie mir eins«, sagte Alzada und ignorierte seine Geste, »haben Sie schon einmal überlegt, Ihre Mähne mit Gel zu bändigen? Oder sich vielleicht einen vernünftigen Haarschnitt zuzulegen, um der Würde der Institution, für die Sie arbeiten, gerecht zu werden?«

»Alzada«, sagte Vukić mahnend.

Obwohl sich das Büro des Polizeipräsidenten in einem anderen Stockwerk befand, geschah auf seinem Revier nichts ohne sein Wissen. Ihm war durchaus bewusst, dass Petacchi bei mindestens der Hälfte der Belegschaft ausgesprochen unbeliebt war: Seine allseits bekannte abendliche Kollaboration bescherte ihm sowohl Befürworter als auch Kritiker. Trotzdem mussten sich alle eingestehen, dass sie lieber auf engem Raum mit einem ehrlosen Arzt als mit einem Linken zusammenarbeiteten. *Zumindest weiß ich bei ihm, auf welcher Seite ich stehe.* Alzada ergriff seine ausgestreckte Hand. Bei der Berührung drängte sich ihm das Bild einer Kralle auf. Der Inspektor verzog das Gesicht zu einem breiten Lächeln. *Wenn du sie nicht überzeugen kannst, verwirre sie.* Petacchi reagierte mit einer konfusen Grimasse.

Für Spielchen blieb keine Zeit. Vukić trat aufs Gas und verwies sie auf ihre Plätze. Er interpretierte Ampelsignale als Vorschläge und Kreuzungen als Schikane. Er fuhr den wenigen Autos, denen sie auf der kürzlich eröffneten Autopista 25 de Mayo begegneten, so nah auf, dass sie auf eine andere Fahrspur auswichen. Er richtete den Großteil seiner Aufmerksamkeit darauf, eine kleine Metalldose mit Lakritz aus einer der zahlreichen Taschen seines tadellosen Dreiteilers zu kramen, den er schon vorhin getragen hatte. Dann bot er ihnen nachdrücklich etwas an. Sie erreichten ihr Ziel nach einem Drittel der erwarteten Zeit. Alzada war übel.

In der Ferne erhob sich der ESMA-Komplex. Es war weniger der Anblick der Gebäude auf dem Gelände als vielmehr das plötzliche Gefühl von Leere, das ihnen verriet, dass sie angekommen waren. Auf der Avenida General Paz gab es noch vereinzelte Straßenbeleuchtung, dann und wann einen flackernden Schimmer aus den umliegenden Wohnhäusern. Dahinter und über mehrere Straßenzüge zu ihrer Rechten endete das Licht abrupt, und es begann ein pechschwarzer Raum, der sich bis zum Ufer des Río de la Plata erstreckte.

»Petacchi, Sie sagen, wo es langgeht …«, sagte Vukić.

Petacchi stammelte etwas Unverständliches.

»Also?«, drängte Vukić ihn, als sie sich der Ecke des Geländes näherten. Alzada wusste, dass es Aufmerksamkeit erregen würde, das Auto so kurz davor anzuhalten, selbst wenn es erlaubt war. Das Gleiche galt, falls sie daran vorbeifuhren und dahinter wenden mussten.

Petacchi räusperte sich und antwortete mechanisch: »Ich würde vorschlagen, rechts auf die Avenida del Libertador abzubiegen und durch den Haupteingang zu fahren. Er liegt am Ende des Blocks, an der Ecke Avenida Comodoro Rivadavia. Die ist stärker befahren. Wenn jemand um diese Zeit dort hineinfährt, ist es nichts Ungewöhnliches.« Kalter Schweiß rann Alzada den Rücken hinunter, als er die Worte des Arztes in sich aufnahm. *Nichts Ungewöhnliches.*

Während sie an der südlichen Begrenzung entlangfuhren, blickte der Inspektor am Polizeipräsidenten vorbei, um die gigantischen Ausmaße der Anlage zu erfassen. Alzada war früher schon einmal hier vorbeigefahren, allerdings nicht mehr, seitdem sie umfunktioniert worden war. Ursprünglich hatte sich in dem Gebäudekomplex die Mechanikerschule der Marine befunden. Aufgrund ihrer weitläufigen Quartiere, der effizienten Aufteilung und der ausgezeichneten Lage – in bequemer Nähe und doch weit genug vom Stadtzentrum entfernt – wurde sie während der Militärdiktatur berühmt-berüchtigt: Vor ihnen befand sich das größte Gefangenenlager Argentiniens.

Ein Friedhof wäre weniger furchterregend gewesen. Die einzige Beleuchtung bildeten die per Bewegungssensor aktivierten Flutlichter entlang der Umzäunung, und es war eine imposante Anlage: Hinter einer übersichtlichen Esplanade, gesäumt von perfekt gepflegten Rasenflächen, lenkten Dutzende Zypressen, Zedern und Korallenbäume in voller Blüte den Blick von den eigentlichen Gebäuden ab. Sie fuhren an den »Cuatro Columnas« vorbei, dem Hauptportal, dessen klassische Säulenkolonnade einen kläglichen Schatten auf den Vorhof warf. *Wie Gefängnisgitter.* Alzada vermutete, dass es drinnen keine Gefängnisgitter gab.

»Hier«, sagte Petacchi.

Sie bogen links ab und standen vor dem Eingang zur ESMA. Alzada wurde mit dem stillen, ausufernden Monster hinter den Toren konfrontiert. Der Komplex umfasste mindestens acht oder neun Gebäude auf einer Fläche von schätzungsweise fünfunddreißig Morgen, alle weiß gestrichen und mit roten Ziegeldächern. Hielten sie in jedem davon Leute gefangen?

Der Arzt tippte Vukić auf die Schulter, als der Polizeipräsident auf eine Begrenzung zuhielt, die einer Bahnschranke glich, aber von bewaffneten Wachmännern flankiert wurde. »Fahren Sie nicht langsamer, wenn Sie ihnen zuwinken.« *Wie oft kommt er hierher?*

Die Schranke öffnete sich ohne Widerstand.

Petacchi deutete nach links. »Das Gebäude, das wir suchen, liegt am Ende dieses Wegs.«

Vukić fuhr bewusst langsam. Zu ihrer Linken eine Reihe Platanen. Zu ihrer Rechten eine Backsteinmauer. Das Knirschen ihrer Reifen auf dem Kies bildete die einzige akustische Untermalung.

Alzada duckte sich instinktiv, als sie an einem Wachturm vorbeifuhren: zwei übereinandergestapelte fassförmige Gebilde aus Stahlbeton mit jeweils einem horizontalen Spalt, aus dem zwei neugierige Nasen herausragten. Niemand war zu Fuß unterwegs. Vukić fuhr in gleichmäßigem Tempo und hielt auf das letzte Gebäude vor dem Zaun zu.

»Hier machen wir es umgekehrt: Wir nehmen den Hintereingang«, wies Petacchi den Polizeipräsidenten so ruhig an, als wollten sie sich in ein Kino schleichen.

Vukić fuhr an der geschwungenen Auffahrt vorbei und bog in eine Seitenstraße ein, in noch tiefere Dunkelheit. Sie gelangten zu zwei symmetrischen Hinterhöfen, die die Rückseite des Gebäudes zu einem Dreizack formten. Jedes der zahllosen Fenster schien aus verschiedenen Winkeln auf sie herabzustarren. Alzada wusste, dass sich dort oben mit großer Wahrscheinlichkeit keine Häftlinge befanden: In dieser Höhe wären sie für die Außenwelt zu sichtbar. Nicht dass jemand es gewagt hätte, dem Gelände nahe genug zu kommen, um sie zu erkennen. *Und man will ihnen ja nicht die Möglichkeit bieten, der Sache durch einen Sprung in die Tiefe ein schnelles Ende zu bereiten.*

Hierher werden sie also gebracht. Dieser Ort, dieses hässliche, martialische Bauwerk war die Antwort auf all die beharrlichen Fragen, die auf der Wache gestellt wurden, auf all die nutzlosen archivierten Haftprüfungsanträge, auf das verzweifelte Anflehen jedes noch so flüchtigen Bekannten, auf all die eingeforderten Gefallen, um an ein Fitzelchen Information zu gelangen. »Ehrlich, Joaco. Wie kannst du nur so naiv sein?«, hörte Alzada seinen Bruder fragen. »Wenn sich die *Madres* jeden Donnerstag vor dem Regierungssitz des Präsidenten versammeln, ihren Sprechchor anstimmen und fordern, dass man ihnen sagt, wo ihre Kinder sind, geht es nicht wirklich darum, zu erfahren, *wo* sie sind. O nein. Sie *wissen* es. Sie wissen, dass sie nicht zurückkommen werden.«

»Alzada, möchten Sie uns vielleicht begleiten?«

Der Inspektor bemerkte, dass Vukić und Petacchi, Letzterer mit einer tadellosen schwarzen Ledertasche, aus dem Auto gestiegen waren. Der Polizeipräsident stand ein paar Schritte vor ihm und deutete auf den Eingang des Gebäudes. Joaquín war plötzlich kalt. Er machte die beiden Knöpfe seiner Anzugjacke zu – als würde das einen Unterschied machen –, schloss zu seinem Chef auf und blickte zurück zur Auffahrt. Vukić' silberner Audi parkte auf dem Kies zwischen Transportern ohne Beschriftungen und Nummernschilder, die kreuz und quer zurückgelassen worden waren wie Batterien in einer Schublade.

Überschreiten wir den Rubikon.

Der Nebeneingang, den Petacchi für sie ausgewählt hatte, führte durch eine einzelne Tür in eine höhlenartige Haupthalle. Sofort malte sich Alzada aus, wie es hier früher zugegangen war, geschäftig und laut, Offiziere waren aus den Schlafsälen die Treppen hinuntergestürmt, um bloß nicht zu spät zum Exerzieren zu erscheinen. Jemand hatte beschlossen, die Halle mittels blasser Strahler zu erleuchten, die von unten auf die abgestufte Decke gerichtet waren, womit vermutlich ein eleganter Effekt erzielt werden sollte. Tatsächlich erinnerte es an ein heruntergekommenes Hotel aus den 1920ern. *Trostlos.* In der Mitte der Halle ein einzelner teilnahmsloser Schreibtisch, an dem ein müder Soldat saß, neben einer kleinen Lampe, die eine Thermoskanne, einen Aktenordner und einen überquellenden Aschenbecher in Licht tauchte.

Mit schneidigem Schritt führte Vukić ihre Truppe an, als würde er das Meer teilen; Alzada und Petacchi folgten ihm dicht auf den Fersen, waren sich des Widerhalls ihrer Schritte auf dem polierten Steinboden unangenehm bewusst.

»Guten Abend. Wir kommen, um die Alzadas zu verhören«, bellte der Polizeipräsident den Soldaten von oben herab an.

Joaquín spürte einen Kloß im Hals. *Die Alzadas.* Das könnten ebenso gut Paula und er sein. Hier drinnen. *Hier drinnen.* Wenn sie andere Entscheidungen getroffen hätten. Wenn sie weniger Glück gehabt hätten. *Wenn unser Besuch hier heute Abend nicht so abläuft wie erhofft.*

Der Soldat blickte nicht von seinem Schreibtisch auf. »Namen.«

Vukić gab Alzada zu seiner Linken ein Zeichen.

»Jorge Rodolfo und Adela«, sagte Alzada wie zur Entschuldigung.

»Sie sind nicht hier«, antwortete der Soldat, ohne einen Blick in den Ordner zu werfen.

Alzada sah sich um: links, rechts, vor und hinter ihm Türen. *Gott weiß, wohin die führen.* Wie sollten sie hier jemals wieder lebend rauskommen?

Vukić wandte sich Petacchi zu, der gleichzeitig die Schultern und Augenbrauen hochzog. Der Polizeipräsident presste enttäuscht die Lippen zusammen und beschloss, sich wieder auf den kleinen Mann am Schreibtisch zu konzentrieren.

»Gefreiter …«, Vukić beugte sich näher vor, um das Namensschild des Soldaten zu entziffern, »Montalvo?«

»*Ober*gefreiter Montalvo«, korrigierte ihn Montalvo. *Immer noch ein Nichts und Niemand.*

»Montalvo«, wiederholte Vukić. Er sprach es langsam aus, als durchsuchte er sein Gedächtnis nach einem vertrauten Gesicht. *Er deutet an, dass er sich an den Namen erinnern wird, wenn er später seinen Bericht erstellt.*

Der Soldat nickte unbeeindruckt.

»Es tut mir leid, *Ober*gefreiter Montalvo«, sagte Vukić und schien es – zumindest für den Bruchteil einer Sekunde – wirklich so zu meinen. »Es tut mir aufrichtig leid. Vielleicht haben Sie mich nicht verstanden, als ich Sie das erste Mal gefragt habe. Ein durchaus verständlicher Fehler. Nicht weiter schlimm.« *Seine ganz besondere Strategie.* Alzada hatte sich unzählige Male gefragt, warum ihm die Standpauke jedes anderen Vorgesetzten lieber war als eine Standpauke von Vukić. Der gängige Ansatz der Maßregelung bestand darin, seinen Untergeordneten aus voller Kehle anzuschreien, ihm dabei manchmal sogar ins Gesicht zu spucken, ihn vorübergehend ertauben zu lassen, um ihm Gehorsam ins Gehirn zu fräsen. Nein. Vukić fuhr andere Geschütze auf. Er bevorzugte die gelassene, gemächliche Entfaltung eines vernünftigen Arguments. Er wusste, dass ein konstant aufgeschobener Wutausbruch weitaus schlimmer war als Geschrei: Er nahm sich genüsslich Zeit, um dafür zu sorgen, dass man sich wie der unfähige Schwachkopf fühlte, der man war. Schon jetzt sah Alzada, dass Vukić' Ton den gewünschten Effekt erzielte. Während der Obergefreite aufmerksam seiner Rede lauschte, setzte er sich aufrecht hin und schluckte, sein Adamsapfel pochte sichtbar gegen den Knoten der schwarzen Krawatte. Ihm war klar geworden, dass er einen Fehler begangen hatte. Vukić hatte seine ungeteilte Aufmerksamkeit.

»Mag sein, dass Sie müde sind. Mag sein, dass Sie es leid sind, an diesem beschissenen Schreibtisch zu sitzen. Ihr Matetee ist vermutlich kalt geworden«, der Polizeipräsident deutete auf die Thermoskanne, »deshalb waren Sie bei unserer Ankunft möglicherweise nicht auf dem Höhepunkt Ihrer geistigen Leistungsfähigkeit. Hören Sie jetzt gut zu: Wir …«, Vukić hielt inne und deutete auf Petacchi und Alzada, beide zuckten bei der unerwarteten Bezugnahme unwillkürlich zusammen, »wir gehören nicht zu den Leuten, zu denen Sie sagen: ›Ich weiß nicht, wovon Sie reden‹, oder …«, er suchte nach dem genauen Wortlaut, mit dem der Soldat sie abgewiesen hatte.

Zu Alzadas Überraschung brachte Montalvo den Satz selbst zu Ende: »Sie sind nicht hier.« Idiot.

»›Sie sind nicht hier.‹ Ja, danke.« Vukić war ein Zauberkünstler in seinem Element. »Wir sind nicht die Art von Leuten. Verstehen Sie, worauf ich hinauswill?« *Nickt Montalvo etwa zustimmend?* »Sie werden jetzt Folgendes tun, Obergefreiter: Sie werden Ihren hübschen kleinen Ordner hier öffnen.« Vukić tippte mit dem Finger darauf. Tack. Ein Mal reichte. »Sie suchen die Alzadas raus – Jorge Rodolfo und Adela –, und Sie sagen mir, wo genau sie sich befinden.«

Montalvo wartete, bis Vukić seine Hand zurückgezogen

hatte, bevor er den Aktenordner aufschlug und hektisch die Seiten durchblätterte. Namen, Namen, Namen. So viele Namen, alle in blauer Tinte geschrieben.

»Sie sind gestern eingetroffen«, sagte der Obergefreite mit einem Mal beflissen. *»Eingetroffen.« Was für eine hübsche Art, es auszudrücken.* Es klang, als hätten sie in einem Luxushotel an der französischen Riviera eingecheckt.

»O ja«, Montalvo blickte langsam auf, beließ eine Hand auf der Seite, damit er die Stelle nicht verlor, »ich weiß *genau*, wo sie sind.«

Alzada überlief ein kalter Schauder angesichts dieser plötzlichen Erkenntnis. *Wie viele Leute betreten und verlassen das Gebäude jeden Tag? Und unter all jenen erinnert er sich an die Alzadas?* Das konnte kein gutes Zeichen sein.

»*Also …*«, fuhr der Soldat fort, »die Frau haben wir nach allen Regeln der Kunst verhört …« Er fuhr sich mit der Zunge über die Zähne. Ein boshaftes Lächeln erschien auf seinem Gesicht. Als er bemerkte, dass sein Kommentar nicht die erhoffte Reaktion auslöste, hörte Montalvo auf zu grinsen und setzte sachlich nach: »Er ist noch hier.«

Er ist noch hier. Gut. Er ist noch hier.

Montalvo hatte den zweiten Teil der Anweisung nicht vergessen und erhob sich umgehend von seinem Stuhl. Die Gummirollen ließen ihn ruckartig über den Boden gleiten. »Bitte folgen Sie mir«, sagte er und verschwand schnellen Schrittes in einem unbeleuchteten Seitengang.

19

2001

Mittwoch, 19. Dezember, 17.20 Uhr

Kreischend kam der Fahrstuhl im vierten Stock zum Stehen. Estrático trat auf den mit Teppich ausgelegten Treppenabsatz hinaus.

»Da sind Sie ja, Señor«, sagte der Hilfsinspektor erleichtert. *Er dachte, er müsste das allein erledigen.*

»Also gut, machen wir eine Mordermittlung daraus. Ihr Gedächtnis ist noch frisch, was das angeht, ja? Sie haben das auf der Polizeischule gelernt?«

Estrático nickte unentschlossen.

Alzada brauchte dafür seinen vollen Einsatz: Es würde für diese Leute unangenehm genug sein, in ihrem Haus zwei Polizisten zu haben, die ihnen berichteten, dass eine geliebte Person verstorben war. Zumindest würden sie sich in Gegenwart eines der Ihren wohler fühlen.

»Sie erklären ihnen vorab, was auf den Fotos zu sehen ist. Sie legen die Bilder mit der Vorderseite nach unten auf den Tisch und schieben eines nach dem anderen zu ihnen hinüber. Als Erstes das von dem Kopfschuss. Wenn sie sich dafür gewappnet fühlen, können sie das Foto selbst umdrehen, ja?«

»Was ist mit der Tätowierung, Señor?«

»Vielleicht hat sie sich tätowieren lassen, ohne ihrer engstirnigen Schwester davon zu erzählen. Haben Sie noch nie etwas vor Ihrer Familie geheim gehalten?«

Estrático räusperte sich.

»Wo wir gerade von Familie sprechen – glauben Sie bloß nicht, ich hätte für eine Sekunde vergessen, dass Sie meine Frau angerufen haben.«

»Es tut mir leid, Inspektor«, sagte Estrático zerknirscht und starrte auf seine Schuhe. »Sie sind nicht ans Telefon gegangen. Ich hatte Paulas Nummer ... da dachte ich, ich versuche es bei ihr. Ich hoffe, Sie fühlen sich deswegen nicht angegriffen.«

»Angegriffen? Ja, Estrático, da haben Sie mich erwischt. Ich bin eifersüchtig wegen des Gesprächs, das Sie hinter meinem Rücken mit meiner Frau geführt haben ... Wären Sie schon länger als zwanzig Minuten bei der Polizei, wüssten Sie, dass Ehefrauen und der Berufsalltag eines Polizisten nicht zusammenpassen. Wenn Sie eines Tages selbst verheiratet sind, kriegen Sie von mir den kompletten Vortrag.« Der Hilfsinspektor grinste albern. »Bis dahin halten Sie sich von meiner Frau fern. Und unterstehen Sie sich, sie ›Paula‹ zu nennen. Für Sie ist sie immer noch ›Señora Aranguren‹. Oder ›Señora de Alzada‹, falls Sie ihren Nachnamen nicht kannten.«

»Natürlich, Señor. Aber um noch einmal auf die Tätowierung zurückzukommen ... Was ich meinte, war: Was ist, wenn die Übereinstimmung nicht groß genug ist?«

»Ich weiß, was Sie meinten, Estrático«, sagte Alzada spöttisch. »Sie wird nicht so genau hinsehen, glauben Sie mir. Niemand tut das. Alles, was wir brauchen, um den Fall voranzutreiben, ist ein Haftbefehl, und um den zu bekommen, genügt der leiseste Verdacht. Außerdem ist noch nie jemand gestorben, weil er sich ein Foto angeguckt hat.«

Estrático verzog das Gesicht.

»Und um Ihre Frage zu beantworten: Haben Sie je gehört, dass ein Polizist bestraft wurde, weil er einer falschen Spur nachgegangen ist? Nein! Eher das Gegenteil ist der Fall. Wenn es sich also wirklich nicht um die junge Frau handelt – Ruhe bewahren, eine knappe Entschuldigung, wir machen kehrt und verlassen das Haus, verstanden?«

Wenn wir danebenliegen, wird man uns den Kopf abreißen und vierteilen. Dafür wird Galante höchstpersönlich sorgen. Aber es bringt nichts, ihn deswegen nervös zu machen. Der Inspektor klopfte Estrático ein wenig fester als beabsichtigt auf die Schulter; der Schlag hallte von den kalten Steinwänden um sie herum wider.

Beschämt drückte Alzada auf die Klingel.

Der Hilfsinspektor strich sich das gelockte Haar zurück. »Jetzt zeigen Sie mir, was Sie draufhaben, Estrático.«

Das Gebäude sah genauso aus, wie Estrático es beschrieben hatte.

Señora Echegaray öffnete ihnen die Tür. Sie schien sich in der Wohnung ihrer Schwester wie zu Hause zu fühlen, während sie die Polizisten durch den Flur ins Wohnzimmer geleitete. *Sie verbringt wohl eine Menge Zeit hier.* Sie bot Alzada an, auf einem gefährlich niedrigen Designerstuhl Platz zu nehmen, von dem er garantiert nicht wieder hochkommen würde, aber er war zu höflich, um abzulehnen. Estrático setzte sich auf einen Aluminiumhocker, der zu beiden Seiten von einem Hirschgeweih eingerahmt war. Señora Echegaray musterte sie von ihrem Platz auf einem mausgrauen Sofa, über dem sich ein Aquarellgemälde vom Amazonas von einer Zimmerecke bis zum Fenster erstreckte, das Aussicht auf die Avenida Presidente Figueroa Alcorta bot.

Wo ist der Ingenieur? Vermutlich glaubten sie, dies sei ein Höflichkeitsbesuch, um ihnen den aktuellen Stand der Ermittlungen mitzuteilen und ihnen vielleicht sogar eine gute Nachricht zu überbringen.

»Er ist mit Freunden unterwegs«, sagte sie, als hätte sie seine Gedanken erraten. »Möchten Sie einen Whisky?«

»Nein danke, Señora.« Estrático schüttelte den Kopf.

Alzada betrachtete die komplexe alte Regalstruktur, die einen winzigen Fernseher umrahmte, zwei Orchideen vor dem anderen Fenster und das Klavier an der Wand dem Sofa gegenüber.

»Fangen wir an«, wandte sich Alzada an Estrático, der prompt reagierte.

»Señora ...« Der Hilfsinspektor legte den Ordner mit den Fotos auf den niedrigen Glastisch, der die beiden Männer von Señora Echegaray trennte, »wir haben Neuigkeiten.«

Sie beugte sich vor.

Noch ist es nicht zu spät. Wir können uns eine Entschuldigung aus den Fingern saugen und wieder gehen.

»Wir befürchten, wir könnten sie gefunden haben«, wand sich Estrático um die Wörter herum.

»Befürchten?«

Alzada spürte, wie sein Magen aufbegehrte.

»Lassen Sie mich erst noch ein paar Dinge –«

»Keine Vorrede nötig.« Sie wandte den Blick nicht von dem Ordner ab.

Estrático streckte die Hand danach aus.

Alzada stand auf und deutete in eine unbestimmte Richtung. »Dürfte ich mal kurz – die Toilette?«

»Ja.« Ihre Stimme dünn wie ein Bindfaden. »Am Ende des Flurs links.«

Alzada sah, wie Estrático ihn mit Blicken anflehte, ihn nicht allein zu lassen. Doch er musste umgehend handeln, wenn er sich nicht auf dem edlen handgeknüpften Kelim zu seinen Füßen übergeben wollte. Der Hilfsinspektor musste die Dringlichkeit gespürt haben: Sein Blick wandelte sich zu Resignation, dann Einsicht.

Alzada nickte Estrático aufmunternd zu und verschwand.

Wie viele Leichen hatte er während seiner Berufslaufbahn gesehen? Hunderte. *Es wird nie besser.* In Alzadas Kopf schwoll ein pochender Schmerz an. Er stützte sich mit beiden Händen an den verputzten Wänden im Flur ab und bewegte sich langsam vorwärts, dann stürzte er ins Bad und verriegelte die Tür. Er würgte erfolglos. Hoffentlich war das Geräusch nicht bis ins Wohnzimmer zu hören.

Was ihm von seiner ersten Leiche am stärksten in Erinnerung geblieben war, war ihr Geruch: wie das Terrarium aus ihren Kindertagen, wenn sich Jorge nicht mit der erforderlichen Sorgfalt um seine Schildkröten gekümmert hatte. Alzada stützte sich mit beiden Händen auf das Waschbecken und ließ den Kopf hängen. Warum war er damals für diesen Einsatz ausgewählt worden? Der Fundort hatte mindestens zehn Kilometer von seinem Bezirk entfernt gelegen. Vukić hatte ihn höchstpersönlich mit dieser Aufgabe betraut. »Sie übernehmen das – und warten Sie nicht auf Galante.« Als er im Schwemmland am Mündungsdelta des Río de la Plata ankam, verriet ihm die Furcht in den Augen der Fischer, dass auch sie zum ersten Mal eine Leiche gesehen hatten. Die beiden waren etwas jünger als er und zogen mehrere Bündel hinter dem Schilfgras hervor, legten sie in einer Reihe am Ufer ab; das Gras unter ihren Füßen war von Stiefeln platt getreten, vom Schlamm zusammengeklumpt.

»*Buenas noches, chicos.*«

Sie hatten aufgeblickt, mit einer Mischung aus Misstrauen und Erleichterung.

Alzada war näher herangetreten.

Vier Leichen. Die Hände hinter dem Rücken gekreuzt und mit Kupferdraht gefesselt. Die Schlüsselbeine gebrochen, um sie in diese Position zu bringen. Die Füße zusammengebunden. Nach ihrem aufgedunsenen Zustand zu urteilen hatten sie ein paar Tage im Wasser getrieben, bevor sie an Land geschwemmt wurden. Und diese Blutergüsse? *Als wären sie aus großer Höhe herabgefallen.* Aber von wo?

Der aufgewecktere Fischer schien sich die gleiche Frage zu stellen: Er sah nach oben. Alzada dachte an die zehn biblischen Plagen. Ein Unwetter mit Hagel und Feuer. Was würde als Nächstes vom Himmel fallen?

»Wie Bojen, Señor.«

Sie nannten ihn »Señor«. Sie hatten Angst, die lokale Polizei zu verständigen. Vermutlich hatten sie beobachtet, wie die Polizisten in der Bar Karten gespielt und hierüber Witze gemacht hatten. Auch vor ihm hatten sie Angst.

»Was meinen Sie mit Bojen?«

»Als ich sie gefunden habe, trieben sie dort herum, hatten sich im Schilf verfangen.«

»Dort draußen?« Alzada deutete auf das Wasser und fragte sich, wie sich irgendjemand in der völligen Finsternis zurechtfinden konnte.

»Ja, Señor. Als ich heute Morgen die Netze ausgelegt habe.«

»Gut … Laden Sie sie direkt vor dem Leichenschauhaus ab. Und erzählen Sie niemandem davon, ja?« Alzada sah beiden eindringlich in die Augen. »Niemandem.«

»Ist das eine Drohung?« *Kein* »Señor« mehr.

Ihre Reaktion verblüffte Alzada. »Es ist eine Empfehlung.« *Eine Empfehlung, die ich selbst befolgen muss.*

Über dem Delta begann die Sonne aufzugehen.

Alzada hatte die Lippen aufeinandergepresst, genau wie er es jetzt tat. Er benetzte sich ein letztes Mal das Gesicht mit kaltem Wasser und trocknete es mit einem pfirsichfarbenen Handtuch ab. Dann hängte er es ordentlich zusammengefaltet zurück auf den Handtuchhalter.

Ein letzter Blick in den Spiegel.

»No puede ser. No puede ser. No puede ser.«

Als Alzada das Wohnzimmer betrat, sagte Señora Echegaray nichts anderes.

»Das kann nicht sein. Das kann nicht sein. Das kann nicht sein.«

»Es tut mir aufrichtig leid, Señora«, stieg Alzada erneut in das Gespräch ein. Ihre Reaktion verriet ihm, was in der Zwischenzeit passiert war.

Estrático fehlten die Worte.

Sie ist es tatsächlich. Wir haben das nur getan, um an einen Haftbefehl zu kommen, und jetzt stellt sich heraus, dass wir ins Schwarze getroffen haben.

Alzada schaltete auf Autopilot. »Danke für Ihre Mitarbeit, Señora. Wir werden jetzt aufbrechen, damit Sie die erforderlichen Maßnahmen treffen können … Natürlich arbeiten wir weiterhin an dem Fall und halten Sie auf dem Laufenden. Wir finden selbst hinaus.«

Señora Echegaray erlangte erstaunlich schnell die Fassung zurück; sie stand auf, strich sich das Kleid glatt und geleitete sie zum Ausgang. Erst als sie die Tür öffnete, geriet ihr tapferes Auftreten kurz ins Wanken: Mit einem Mal hielt sie Alzadas Hand in ihrer. »Bitte geben Sie mir Bescheid, wenn ich irgendetwas tun kann.«

Sie ist es tatsächlich.
Sie ist es tatsächlich.
Sie ist es tatsächlich.

Als sie aus dem Aufzug zurückblickten, bemerkte Alzada Kratzspuren auf dem Holzboden am Eingang zur Wohnung. Als hätte jemand die Möbel umgeräumt.

20

1981

Samstag, 5. Dezember, 23.50 Uhr

Sie stiegen hintereinander die Treppe hinauf: Montalvo ging voran, dicht gefolgt von Vukić. Alzada und Petacchi bildeten die Nachhut. Ihre Schritte hallten dumpf. Der Polizeiinspektor blickte nach unten: Sie liefen über Korkplatten. *Ein behelfsmäßiger Zugang? Vielleicht zu einem der neueren Funktionsbereiche des Gebäudes …* Alzada erschauderte.

Drei Etagen weiter oben gelangten sie an einen weiteren Schreibtisch, der unbesetzt war. *Eine ziemliche Waghalsigkeit: kein Wachmann. Nein, keine Waghalsigkeit: Straffreiheit.*

»Vorsicht mit der Decke«, riet Montalvo, duckte sich leicht und lief selbstsicher in die Dunkelheit hinein.

Alzada streckte die Hand nach oben aus und ertastete einen schräg verlaufenden Balken. Sie waren auf dem Dachboden. *Sie sperren sie also doch in den oberen Etagen ein.* Er hätte schwören können, dass sie gerade einen L-förmigen Durchgang passierten, aber in dem Dämmerlicht war es nur schemenhaft zu erkennen.

Sie blieben stehen. An einer beliebigen Stelle, wie es zunächst schien. Doch als sich Alzadas Augen an das fahle Licht gewöhnten, das durch ein schmales horizontales Fenster weiter hinten hereinsickerte, erkannte er die Umrisse einer Tür. Dann noch eine. Und noch eine. Plötzlich wurde ihm klar, dass sie auf einem langgezogenen Flur standen, von dem zu beiden Seiten Türen abgingen. Wie viele Stockwerke gab es in diesem Gebäude? Und wie viele solcher Flure? Wie viele Alzadas hinter jeder Tür?

»Diese hier«, sagte Montalvo und blieb breitbeinig vor einer Wellblechtür stehen.

»Danke, Obergefreiter Montalvo«, sagte Vukić resolut.

Der Soldat zögerte kurz, dann fragte er an Petacchi gewandt: »Kenne ich Sie nicht irgendwoher?«

Der Arzt erstarrte. Hatte er wirklich geglaubt, dass man ihn nicht erkennen würde? *Aus diesem Grund bist du überhaupt hier.* Doch dann wurde Alzada klar, dass Petacchis Überraschung nicht daher rührte, dass man ihn wiedererkannt hatte, sondern dass es erst jetzt passiert war. Dem Inspektor erschien der Zeitpunkt wiederum durchaus einleuchtend: Seit dem Moment, als sie das Gebäude betreten hatten, musste Montalvo versucht haben, Petacchis Gesicht einzuordnen, hatte den Gedanken dann aber beiseitegeschoben, um sich auf sein Gespräch mit Vukić zu konzentrieren. Während sie die Treppen hinaufgestiegen waren, hatte es ihn irgendwann nicht länger beschäftigt. Doch jetzt, wo sie vor dieser Tür standen, fragte sich der Soldat, ob es die richtige Entscheidung gewesen war, sie hierherzubringen. Hatte er einen Fehler gemacht? Würde er in Schwierigkeiten geraten? Alzada beobachtete Montalvo und sah, wie sich der Zweifel in ihm regte. Der Soldat zupfte nervös an seinem Kragen. *Für Bedenken ist es ein bisschen spät.*

Vukić war zu derselben Schlussfolgerung gelangt. »Wir

kommen gleich wieder runter«, versuchte er die Zweifel des Soldaten zu zerstreuen.

Montalvo stand offenbar immer noch unter dem Bann des Polizeipräsidenten. Er drehte sich um und begann die Treppe hinunterzusteigen. Hastig.

Sobald er außer Sicht war, zog Vukić mit einem Ruck die Tür auf. *Sie ist nicht einmal verschlossen.* Alzada bekreuzigte sich.

Aus der Ferne ein Wimmern.

Der Raum war dunkel. Ein Stück Stoff hing vor dem Fenster. Das einzige Licht fiel durch einen Spalt hoch oben an einer der Wände herein. Auf einer vergammelten Matratze lag ein Mann auf dem Rücken, halb in eine Decke gewickelt, eine Kapuze über dem Kopf.

Beim Geräusch ihrer Schritte in der Zelle zuckte das menschliche Wrack zusammen; vermutlich wäre er vor ihnen zurückgewichen, wenn sein geschundener Körper mehr als ein schwaches Zittern zustande gebracht hätte. Oder wenn in der Zelle für eine solche Bewegung Platz gewesen wäre.

Die drei Männer blieben mit dem Rücken zur Tür auf der Stelle stehen, um nicht auf ihn draufzutreten.

»Elías«, sagte Vukić und bedeutete Petacchi, näher zu treten.

In einer geschmeidigen Bewegung kniete sich der junge Arzt neben die Pritsche und schritt rasch zur Tat. Zuerst stellte er die Ledertasche auf dem Boden ab. Dann zog er ihm die Kapuze vom Kopf.

Jorge. Es war Jorge. Das erkannte Alzada selbst in der Dunkelheit.

Petacchi holte einen Beutel mit medizinischem Besteck aus der Innentasche seines Mantels hervor und legte die Instrumente auf der Matratze aus. *Clever. Er hat die Tasche als Attrappe genutzt, falls jemand sie konfisziert.* Der Arzt wirkte vom Zustand seines Patienten unbeeindruckt. Während Alzada ihm zusah, fragte er sich, wie viele Menschen er innerhalb der Mauern dieses Gefangenenlagers behandelt hatte. Und wie viele in anderen.

Joaquín trat näher an seinen gemarterten Bruder heran, während Petacchi mit einem Stethoskop hantierte und die durchnässten Stofffetzen entfernte, die an Jorges Haut klebten und in einem früheren Leben einmal ein Schlafanzug gewesen sein mochten. Obwohl Petacchi seine Bewegungen äußerst sanft ausführte, verzog Jorge bei jeder vor Schmerz das Gesicht. Aus dem Stand erkannte Joaquín zwei lange, schmale Blutergüsse auf dem Oberkörper seines Bruders. In der Form des Gegenstands, den sie benutzt hatten. *Ein Lederriemen? Vielleicht ein Stock? Wahrscheinlich bei seiner Ankunft. Auf jeden Fall schon vor einer Weile.* Die Blutergüsse hatten sich dunkel verfärbt. Auf Jorges Brust entdeckte Joaquín die unverkennbaren Spuren der *picana*: Der elektrische Viehtreibstock hatte Jorge eine dritte und vierte Brustwarze gebrannt. Zwei offene Wunden, wie überdimensionale Spinnenbisse. *Noch frisch.*

Joaquín hörte, wie sein Bruder etwas murmelte. »Was?«, fragte er.

Das Murmeln wurde nicht lauter.

Erst als er neben Petacchi vor Jorge Rodolfo in die Knie ging, wurde er aus dem Hauchen seines Bruders schlau: Er rief nach seiner Frau.

Joaquín zögerte einen Moment. Doch als sich seine Augen allmählich an die Dunkelheit gewöhnten, begriff er, dass Jorges Flehen keiner Antwort bedurfte. Wenn Anatomie der Wissenschaftszweig der Biologie ist, der die Strukturen lebender Organismen erforscht, war dies eine Lektion in Anti-Anatomie: Es gab keine Struktur mehr. Das einzige Argument, das dafürsprach, Jorge als lebendigen Organismus zu klassifizieren, war das unregelmäßige Zittern seines geschwollenen, dunkel verfärbten Abdomens. Seine Gliedmaßen waren in unmöglichen Winkeln verdreht. Die Form seines Oberkörpers hatte nichts Natürliches mehr. *Was ist das für ein Geräusch?*, hätte Alzada beinahe laut gefragt, als ihm klar wurde, dass es der rasselnde Atem seines Bruders war.

Da hob Jorge den Kopf. »Joaco.«

»Ich bin hier«, sagte Alzada und näherte sich seinem Gesicht. Aus einer Verletzung an Jorges Schläfe rann Blut auf seine geschlossenen Augen. Seine markante Nase war gebrochen. »Ich bin hier«, wiederholte Alzada und strich ihm über die fiebrige Stirn.

»Ich habe nichts ...« Jedes Wort war eine Qual. Jorge öffnete die Augen: Das Weiß darin war nicht länger weiß. »Ich habe nichts gesagt. *Nada.*«

»Schscht«, versuchte Alzada ihn zu beruhigen. Er wusste, dass Menschen nach einer solchen Folter Dinge gestanden, die sie getan hatten – und Dinge, die sie nicht getan hatten.

»Ich habe ihnen nichts gesagt. Ich schwöre es«, beharrte Jorge.

Joaquín ergriff die Hand seines Bruders. *Feucht.* Er senkte den Blick: Man hätte meinen können, Jorge trüge dunkelvioletten Nagellack. Joaquín führte Jorges Hand näher an seine Augen. Das schwache Licht bestätigte seine Befürchtung: Sie hatten ihm gewissenhaft die Fingernägel ausgerissen.

»Adela«, sagte Jorge.

Um nicht wieder die Hand zu betrachten – alles, nur nicht die Hand –, sah sich Joaquín in der Zelle um. Vukić stand an der Tür Wache. Sein Gesichtsausdruck verriet Alzada, dass er unruhig wurde. *Wir halten uns zu lange hier auf.* Petacchi führte seine leicht abgewandelte Routineuntersuchung fort. Er hatte Jorges Puls gemessen und versucht, den jüngeren Alzada vorsichtig anzuheben, um seine Rippen zu schienen. Doch so, wie die Dinge standen – das erkannte Joaquín auch ohne Medizinstudium –, müssten sie vermutlich seinen ganzen Körper stabilisieren. *Wie gründlich sie ihn zugerichtet haben, in gerade einmal vierundzwanzig Stunden. Beeindruckend.* Alzada war von seiner eigenen Anerkennung angewidert.

»Ich habe Adela gehört«, quetschte Jorge durch kaum geöffnete Lippen hervor.

Joaquín ertrug seinen Anblick nicht. An der Wand eingeritztes Gekrakel. Daten. Namen. Erst zwei Jahre zuvor hatte die argentinische Regierung einem Besuch der Interamerikanischen Menschenrechtskommission zugestimmt. Sie hatten dieses Gelände mit großem Pomp und Getöse besichtigt. Hatten diese Wände damals noch nicht so ausgesehen? Joaquín beschloss, sich stattdessen auf den Fußboden zu konzentrieren. Die gleichen Terrakotta-Fliesen wie die, die sie in Jorge Rodolfos Küche verlegt hatten. War das möglich, oder spielte ihm sein Verstand einen Streich? Feuchtigkeit – oder etwas anderes – hatte neben der Matratze einen eigenwilligen Fleck hinterlassen. Es war einer dieser typischen Kleckse, die durch das jahrelange Daraufstarren die Form eines bestimmten Gegenstands annehmen. Auch dieser besaß Potenzial. Hätte Alzada diesen Fleck auf der unregelmäßigen Oberfläche ihrer Arbeitsplatte entdeckt, auf dem Massivholz ihres Küchentischs oder in der geschlängelten Struktur des Marmors im Badezimmer, hätte er darin einen Schraubenzieher erkennen können oder vielleicht die schlanke Wade einer Giraffe.

Möglicherweise eine Geige. Joaquín wusste, dass man von Anfang an die richtige Entscheidung treffen musste. Wenn man etwas erst einmal erkannt hatte, konnte man es nicht mehr unvoreingenommen betrachten.

»Hier können wir nicht viel tun«, verkündete Petacchi.

Akribisch wischte er alle Instrumente sauber und steckte sie zurück an ihren ursprünglichen Ort in dem Beutel. *Hatte er mit »hier« gemeint, dass sie hier in der ESMA nicht viel für ihn tun konnten und dass Jorge Rodolfo die notwendige Behandlung in einem Krankenhaus bekommen würde?*

Petacchi richtete sich auf. »Er hat sehr hohes Fieber. Und ich möchte Ihnen nicht verschweigen, dass mehrere seiner lebensnotwendigen Organe nicht mehr … da sind, wo sie hingehören.«

Während er ihn so gelassen reden hörte, verspürte Alzada den Impuls, sein selbstgefälliges Gesicht gegen die Wand zu schlagen. Dann begriff er: Er sprach Jorge zuliebe so ruhig. Joaquín betrachtete seinen Bruder. Es gab tatsächlich wenig, was man tun konnte. Es wäre ein Wunder, wenn er die Nacht überlebte.

Vukić verstand. »Gehen wir.«

»Aber sollten wir nicht zunächst den Plan besprechen, bevor wir einfach so losmarschieren?«

»*Dabei* kann ich Ihnen nicht helfen«, sagte Petacchi bestimmt. »Ich bin heute Nacht zum ersten Mal hier oben. Normalerweise untersuche ich sie auf der Krankenstation. Im Untergeschoss.«

»Bitte nicht ins Untergeschoss …«, röchelte Jorge hinter ihnen.

»Also …«, sagte Vukić gedehnt. *So verkündet er schlechte Nachrichten.* »Es mag Sie vielleicht überraschen, Joaquín, aber der Plan sieht wie folgt aus: Wir verlassen das Gebäude durch den Eingang.«

»Den gleichen wie vorher?«, fragte Alzada.

Vukić nickte.

Soll das ein Witz sein? Alzada hielt inne, um sich ein Bild von ihrer Lage zu machen. Er straffte die Schultern, lockerte die Arme und sah sich um. Was er sah, gefiel ihm nicht.

Zunächst war da sein Bruder. Waren das an seinen Füßen Brandblasen? *Gezielt platziert.* Joaquín unterdrückte einen Brechreiz. Er würde keine einzige Zigarette mehr rauchen. Diese nackten, übel zugerichteten Füße gehörten niemandem, der um sein Leben rennen konnte. *Kann er überhaupt gehen?* Petacchi hatte recht gehabt: Sie würden Jorge Rodolfo tragen müssen.

Als Nächstes war da der Arzt. Petacchi würde ihnen mit dem schweren Gewicht wahrscheinlich nicht helfen können. *Fünf, vielleicht zehn Meter.* Danach – wer weiß. Und er würde eindeutig keine Abschreckung darstellen, gegenüber dem, was sie außerhalb der Zelle erwarten mochte. Denn Joaquín war klar, dass das wirkliche Problem erst beginnen würde, sobald sie diese klapprige Tür geöffnet hätten. Zu glauben, sie könnten jeglichen Widerstand vonseiten der Wachen umgehen – oder überwinden –, wäre, gelinde gesagt, vermessen. Vukić würde in dieser Hinsicht keine große Hilfe darstellen. *Der Mann mag respekteinflößend und überzeugend sein, aber er ist nicht mehr der Jüngste.* Bloß war es für diese Überlegungen zu spät. Sie mussten sich in Bewegung setzen. Augenblicklich. Wie hieß es noch gleich? »Der Grat zwischen Tapferkeit und Dummheit ist so schmal, dass einem erst klar wird, dass man ihn überschritten hat, wenn man bereits tot ist.« *Bald werden wir es wissen.*

Ein Stöhnen. Petacchi versuchte, Jorge Rodolfo auf der Pritsche aufzusetzen. *Wir schaffen das nie.*

»Wir marschieren aus dem Gebäude hinaus? Einfach so?«, fragte Joaquín ein letztes Mal.

Vukić nickte zuversichtlich.

Für Alzada war das ausreichend.

»Ich kann meinen Bruder alleine tragen, danke.« Joaquín schob Petacchi mühelos beiseite und kniete vor der Pritsche nieder wie vor einem Altar. Behutsam schob er Jorge die Arme unter den Nacken und die Beine und hob ihn an.

»Adela«, hauchte sein Bruder.

Alzada und Vukić tauschten einen Blick. *Los geht's.*

21

2001

Mittwoch, 19. Dezember, 18.55 Uhr

»Gut, gehen wir die Sache an. Suchen Sie mir ein Formular raus, um einen Haftbefehl zu beantragen«, wies Alzada Estrático an, der hinter ihm sein Büro betrat.

»Hallo, Joaquín.«

»Was zum –«

Alzada schaltete das Licht ein. Auf seinem Stuhl saß Polizeipräsident Galante.

»Oh, gut, Sie sind es. Sie haben mich zu Tode erschreckt, Horacio. Was zum Teufel machen Sie hier?«

»Was zum Teufel *ich* hier mache?« Galante wirkte alt und abgekämpft. Was nur ein paar Stunden mit seiner körperlichen Erscheinung angerichtet hatten: Seine herabhängenden Schultern und geröteten Augen waren die sichtbaren Folgen einer durchgehenden Nachtwache. »Die Stadt ist im Chaos versunken. Bisher gibt es ein Dutzend Tote, und das ist erst der Anfang. Also habe ich beschlossen, gnädig zu sein, und bin hier heruntergekommen, um euch beiden den Rest des Tages freizugeben …«

Alzada trat näher und nahm ihm gegenüber am Schreibtisch Platz.

»Habe ich gesagt, dass du dich setzen kannst?«

Kaum dass er die Sitzfläche berührt hatte, sprang Alzada wieder auf. »Ich bin noch einmal zurückgekommen, um einen Haftbefehl gegen Pantera zu beantragen.«

»Wie bitte?« Galante war trotz des Größenunterschieds, der sich durch ihre momentane Position ergab, eine imposante Erscheinung.

»Ganz richtig, Chef. Ich habe Beweise.«

»Beweise? Was für Beweise? Dass sie zu jemandem ins Auto gestiegen ist und dass das Auto ihm gehört? Jetzt komm schon, Joaquín. Kein Richter der Welt wird diesen Haftbefehl unterschreiben. Du weißt ebenso gut wie ich, dass eine Verurteilung wegen Mordes ohne eine Leiche unmöglich ist.«

»Wir *haben* eine Leiche.«

»Ihr habt eine Leiche«, wiederholte Galante.

»Ja, Señor. Die Echegarays haben einen Leichnam identifiziert.«

»Willst du mich verarschen?«

»Nein, Señor.« Alzada räusperte sich. »Sie haben einen Leichnam identifiziert ... Die Tote aus dem Leichenschauhaus von heute Morgen. Ich habe ihnen die Fotos gezeigt, und sie haben die Übereinstimmung bestätigt –«

»Du hast *was* getan? Hast du den Verstand verloren? Du hast eine Übereinstimmung konstruiert? Zwischen einer Echegaray und einer Drogensüchtigen aus einem Müllcontainer? Du weißt ja nicht mehr, was du tust, Joaquín! Und ich sage dir noch etwas, darüber solltest du dir verflucht noch mal im Klaren sein: Du hast ein Schweineglück. Was wäre passiert, wenn sie sie nicht identifiziert hätten, Joaquín? Was wäre passiert, wenn sie es nicht gewesen wäre? Unsere Karriere wäre beendet! Was zur Hölle hast du dir dabei gedacht?«

»Ich dachte, ich tue meinen Job, Chef.«

»Verarschen kann ich mich selbst. Und glaub bloß nicht, mir wäre nicht klar, was du damit losgetreten hast: Jetzt muss ich auch noch einen Mord aufklären!« Der Polizeipräsident hieb mit der Hand auf den Tisch. »Aber das war von Anfang an dein Plan, habe ich recht? Mir Daumenschrauben anzulegen, damit du gegen Pantera vorgehen kannst!«

»Señor, darf ich …« *Glaubst du wirklich, das ist der geeignete Moment, um ihn zu unterbrechen?*

»Nein, darfst du nicht!« Galante deutete auf Estrático: »Und Sie …« Der Polizeipräsident verstummte. Er holte dreimal tief Luft und rückte sich die Krawatte zurecht. »Also … was hat es mit alldem auf sich? Woher kommt dieser neue, kämpferische Alzada? Mir war der alte ehrlich gesagt lieber – hat mir eine Menge Ärger erspart. Was zum Henker ist in dich gefahren?«

Alzada brummelte etwas.

»Als du heute Morgen zum ersten Mal davon angefangen hast, konnte ich noch nicht ahnen, wie sehr du dich darin verbeißen würdest. Aber jetzt bin ich selbst schuld, nicht wahr? Ich hätte wissen müssen, dass du nicht in der Lage bist, mit diesem Fall umzugehen. Bei deiner Vorgeschichte …«

»Meiner *Vorgeschichte*?«

Galante ignorierte ihn. »Und was jetzt – hattest du vor, Pantera einen Besuch abzustatten?«

»Ich bin gekommen, um einen Haftbefehl zu beantragen.«

»Ach richtig«, Galante legte eine Pause ein. »Einen Haftbefehl. Hattest du ja gesagt.«

»Es war ein Auftragsmord, Horacio.«

»Ein Auftragsmord«, wiederholte Galante ungläubig.

»Du willst mir erzählen, man hat jemanden auf Norma Echegaray angesetzt.«

»Genau das will ich sagen, ja.«

»Du weißt, daraus wird nichts, selbst wenn es eine Leiche gibt, selbst wenn es sich um eine Echegaray handelt; das geht vor Gericht nicht durch. Vergeltung gehört nicht zu unserem Tagesgeschäft, jedenfalls nicht *mehr* …« Die Andeutung eines Lächelns überzog sein Gesicht. »*Aber*: Die Echegarays können immer noch beschließen, die Angelegenheit privat zu regeln … Du kannst ihnen gegenüber so etwas andeuten, wenn du ihnen die Sache erklärst. Ja, du. Ich fasse diesen Scheiß nicht einmal mit der Kneif…«

Splitterndes Glas.

Fast klang es, als hätte ein tollpatschiger Kellner ein Tablett mit Getränken fallen lassen. *Fast.* Alzada hatte das Geräusch schon viele Male gehört. Es war eine andere Art Cocktail.

Alzada erkannte ihn an der darauf folgenden Stille. Das anfängliche Bersten von Glas hätte auch etwas anderes sein können. Ein Ziegelstein, der ein benachbartes Schaufenster zerschmetterte. Doch das beständige Raunen der Menschenmenge draußen war schlagartig leiser geworden. Erst jetzt bemerkte Alzada, dass es verstummt war.

Als er zum ersten Mal die Explosion eines Molotowcocktails miterlebt hatte, hatte Joaquín auf die gleiche Weise reagiert: mit verstörter Faszination. *Es war ein hübscher Anblick.* Seine privilegierte Position hatte ihm damals ermöglicht, die Flugbahn der Flasche zu verfolgen, ab dem Augenblick, in dem sie von einem Arm schwungvoll in die Luft geschleudert wurde und einen Bogen in der Luft beschrieb, bis sie an einem Müllcontainer zerschellte. Joaquín hatte sich in die Riege derjenigen eingereiht, die betört die Flammen beobachteten. Deshalb wusste Alzada in diesem Moment, ohne es zu sehen, dass die Leute vor der Polizeiwache aus Vorsicht ein Stück zurückgewichen waren, aber nicht zu weit: Sie konnten sich nicht von dem Spektakel lösen. Sie standen reglos da. Ehrfürchtig. Blickten gebannt auf das Feuer, das sich an der Fassade ausbreitete.

Alzada stürzte zur Eingangstür. Als er an den beiden Polizisten vorbeikam, die noch in ihrer Kabine saßen, machten beide Anstalten aufzustehen, die Zigaretten in der Hand.

»Brauchen Sie Hilfe, Chef?«, bot einer an.

Alzada wollte ihnen zurufen, sie sollten ihm folgen, aber er wusste, wenn er mitten im Lauf etwas sagte, würde ihm sein bereits schwacher Atem ganz ausgehen, und er wollte sich nicht den letzten Hauch von Respekt verspielen, den sie ihm offenbar noch entgegenbrachten. Ohne zu antworten, rannte Alzada an ihnen vorbei.

Als der Molotowcocktail geworfen wurde, war der Wachmann gerade dabei gewesen, abzuschließen. Neunzehn Uhr. Basilio hatte den Schlüsselbund von außen stecken lassen und beschlossen, seine gesamte Aufmerksamkeit darauf zu richten, das Schauspiel zu bewundern. *Er ist so faul, dass er lieber durch den brennenden Vorderausgang geht, als einmal durch die Wache zu laufen und den Hinterausgang zu nehmen. Und so was nennt sich privater Sicherheitsdienst.* Der Inspektor hämmerte mit der Handfläche gegen die Glasscheibe, bis sich Basilio zu ihm umwandte. Alzada sah, wie die Hand des Wachmanns zitterte, während er die Schlüssel im Schloss herumdrehte.

Der Inspektor eilte nach draußen und fand sich im Mittelpunkt der Aufmerksamkeit wieder. Wie er vorausgesagt hatte, hatte ein Teil der Menschenmenge ihren Marsch zur Casa Rosada unterbrochen und war zum Publikum geworden. Sie hatten sich – natürlich in sicherem Abstand – in einem perfekten Halbkreis um den Haupteingang der Wache versammelt. Alzada stand in dem leeren Raum dazwischen, die Arme in die Hüften gestemmt, ein erschöpfter Orchesterdirigent. *¡Qué calor!* Es war kein Grad kühler geworden, obwohl bald die Nacht hereinbrechen würde.

»Was machen Sie noch hier?«

»Es gibt einen Feuerlöscher …«, setzte Basilio an.

»Gehen Sie nach Hause«, wies Alzada ihn ab.

»Soll ich nicht –«

»Ich kriege das schon hin«, antwortete der Inspektor, ein bisschen zu schnell. *Nein, kriege ich nicht.* Er wusste nicht einmal, ob er den Feuerlöscher in der Wache ausfindig machen würde, und erst recht nicht, ob er vernünftig damit umgehen könnte.

Alzada sah sich um. Der Abstand zwischen ihnen beiden und der Schar aus Schaulustigen verringerte sich zusehends; nach der ersten Verblüffung über die Explosion rückten sie immer näher.

»Geben Sie mir Ihre Jacke«, forderte der Inspektor Basilio auf.

Der Wachmann guckte verwirrt.

»Damit lassen Sie sich besser nicht erwischen.« Alzada deutete auf den Aufnäher, der unter einer Falte am Ärmel des Wachmanns herausragte. »Seguridad«. Und darunter: »Policía Federal«.

Alzadas Kommentar war gut gemeint gewesen, hatte aber den gegenteiligen Effekt erzielt: Jetzt wirkte Basilio verängstigt. Der Inspektor versuchte, die Sache herunterzuspielen: »*A ver*, bei dem Wetter brauchen Sie die Jacke doch nicht, oder?«

Der Wachmann zögerte.

»Jetzt kommen Sie schon«, beharrte Alzada. »Und geben Sie mir die Schlüssel. Ich schließe ab.«

Basilio übergab ihm beides, nickte zweifelnd zum Dank, murmelte ein hastiges *»Buenas noches, inspector«* und verschwand in der Menschenmenge.

Wo waren wir stehengeblieben? Alzada wandte sich instinktiv der Hitzequelle zu, besann sich aber und drehte sich wieder um: Nicht gerade klug, der Menge den Rücken zuzuwenden.

Wer auch immer dahintersteckte, hatte den perfekten Zeitpunkt an diesem Tag ausgewählt, um den Molotowcocktail zu werfen. In der Abenddämmerung wirkte das Feuer beeindruckend. Die Glasscherben auf dem Boden hatten jegliche Erinnerung an ihr früheres Dasein als Rotweinflasche getilgt. Darüber, auf Alzadas Augenhöhe, riss der Putz aus dem 19. Jahrhundert in den Flammen, schon zeichneten sich die ersten schwarzen Brandspuren auf der barocken, pastellgelben Fassade ab. Der Inspektor machte die genaue Stelle aus, wo die Flasche aufgeschlagen war. *Gott sei Dank können Amateure so schlecht zielen.* Nur dreißig Zentimeter höher, und das Geschoss wäre direkt durch das Fenster geflogen und in der Polizeiwache gelandet.

Glücklicherweise würde sich das Feuer nicht viel weiter ausbreiten und auch nicht mehr lange brennen. Das war der Haken an selbstgebastelten Sprengsätzen: Zunächst hatten sie wahrscheinlich nicht die richtige brennbare Substanz verwendet und die Flasche stattdessen mit Reinigungsalkohol oder gar Rum gefüllt. Einer der wenigen Vorteile der aktuell hohen Benzinpreise. Und so, wie es aussah, hatten sie zudem vergessen, der Mischung ein Verdickungsmittel beizufügen, bevor sie ein Stück Stoff als Docht hineingeschoben hatten. Das Ethanol begann zu verdunsten. Sofern das Feuer nicht auf eine andere Oberfläche übergriff, würde es bald von selbst ausgehen. Trotzdem war Alzada klar, dass er zumindest ein gewisses Bemühen an den Tag legen sollte, den Brand zu löschen. *Wo zum Henker steckt Estrático?*

Als hätte er ihn magisch heraufbeschworen, erschien der Hilfsinspektor, einen Feuerlöscher in der Hand. Alzada begann, die Momente zu schätzen, in denen Estrático wie aus dem Nichts auftauchte. Er entriss ihm die Metallflasche; von einem Mann, der ganz offensichtlich zur Maniküre ging, konnte man nicht erwarten, die Dinge in die Hand zu nehmen.

Alzada kämpfte damit, den Sicherungsstift herauszuziehen, dann betätigte er die Drucktaste gerade weit genug, um sicherzugehen, dass sie sich bewegte. *Ich schätze, so ist es richtig?* Er betrachtete die Flammen, die aus dem Gemäuer herauszuwachsen schienen, und bedauerte beinahe, sie löschen zu müssen. Er richtete die Spritzdüse auf das schwindende Feuer und brüllte Estrático zu, aus dem Weg zu gehen.

Der Hilfsinspektor positionierte sich zwischen ihm und den Menschenmassen, damit Alzada ihnen unbesorgt den Rücken zuwenden und sein Manöver durchführen konnte. *Guter Junge.*

Alzada drückte wieder auf den Knopf, diesmal so fest, dass die Farbe aus seinen Händen wich. Aus der Spritzdüse schoss Schaum in der Farbe von Hühnerbrühe heraus und verschlang die Flammen vollständig. *Das Ding ist höllisch schwer,* joder. Er schwenkte den Feuerlöscher von einer Seite zur anderen. *Bei Paul Newman in* Flammendes Inferno *sah das leichter aus.*

Alzada stellte den Feuerlöscher ab und achtete darauf, nicht in den Schaum zu treten. *Mir die Schuhe zu ruinieren hat mir gerade noch gefehlt.* Er lehnte sich an die Eingangstür und betrachtete den enttäuschten Mob. *Der Übeltäter muss hier noch irgendwo sein.* Der Polizeiinspektor wusste, dass dies ein fester Bestandteil der Psyche eines Pyromanen war: Der Stolz auf seine Tat war zu groß, um sich nach dem Werfen des Molotowcocktails einfach aus dem Staub zu machen. Auch wenn er damit seinen eigenen Interessen zuwiderhandelte, würde er das Bedürfnis verspüren, dazubleiben und zuzuschauen.

Estrático stellte sich neben ihn. »Sehen Sie ihn, Inspektor?«

»Leise, Estrático.«

Anders als bei sonstigen Protestmärschen bestand diese Menschenmenge nicht nur aus den üblichen Demonstranten. Hier waren Argentinier jeder Gesellschaftsschicht vertreten. *Wir können die Großmütter als Verdächtige ausschließen.* Alzadas Blick streifte die Schaulustigen. *Da bist du ja.* Die Person, die am stärksten von dem Schauspiel gefesselt war. Ein junger Mann. Die Aufmerksamkeit etwas zu sehr darauf gerichtet, wie die Polizisten reagieren würden. Von Kopf bis Fuß dunkel gekleidet, das Gesicht mit einem Halstuch vermummt. *Bestimmt sind noch weitere hier, sie sind immer als Gruppe unterwegs.* Nicht dass es einen Unterschied gemacht hätte: Selbst wenn Alzada auf ihn losginge, wäre er längst verschwunden, wenn der Inspektor dort ankam, wo er gestanden hatte. Am Ende der Straße waren umgestürzte Autos in Lagerfeuer verwandelt worden. *Wie soll ich nach Hause kommen?*

Da kam Galante aus dem Gebäude. *Wurde aber auch Zeit.* In seinem Dreiteiler nahm der Polizeipräsident feierlich die Fassade in Augenschein, dann den Feuerlöscher, dann

Alzada und nickte beifällig. *Der Anschlag wird Folgen haben.*

»Wir werden nicht stolz auf den heutigen Tag sein«, seufzte Galante.

»Meinen Sie –«

»Joaquín …«, der Polizeipräsident hielt inne, als versuchte er geduldig, es einfacher zu formulieren, auch wenn Alzada nur wollte, dass er laut aussprach, was beiden klar war. »Das hier rechtfertigt – nein, das hier *erfordert*, dass ich den Feuerbefehl erteile.«

»Gummigeschosse?«, fragte Alzada.

»Vorerst schon.«

»Señor?«, fragte eine Stimme aus der Wache und brachte die drei dazu, sich zum Eingang umzuwenden. *Pintadini ist immer noch hier? Das heißt, Galante stellt sich auf eine lange Nacht ein.*

»Einen Augenblick, Pinta.«

»Señor«, wiederholte Pintadini, diesmal so ernst, dass Galante ihn herbeiwinkte.

»Ist es offiziell?«, fragte er.

»Noch nicht. Aber er will eine Ansprache an die Nation halten. Jetzt gleich.« Pintadini lächelte spöttisch. »Was vermutlich heißt: in etwa einer Stunde.«

Wenn De la Rúa den Belagerungszustand ausruft, können wir die Fahndung nach Pantera vergessen.

Galante schloss für einen Moment die Augen. »Das ist alles für heute.«

»Ich kann dableiben«, platzte Alzada heraus, von seiner eigenen Initiative überrumpelt. Warum hatte er das angeboten? Was gab es hier noch für ihn zu tun? Noch war die Nacht nicht hereingebrochen, die immer das Schlimmste in den Menschen zum Vorschein brachte, und sie warfen jetzt schon Molotowcocktails auf Polizeistationen. Was kam als Nächstes? Definitiv nichts, womit sechs erschöpfte Polizisten es aufnehmen konnten. Nein. Der Präsident trat nicht im Staatsfernsehen auf, um ihnen eine gute Nacht zu wünschen. *Er sendet das Militär aus.*

»Ich auch«, erbot sich Estrático ebenfalls.

»Nein. Wir schließen die Wache«, beschloss Galante. »Pinta kann mich unterwegs beim Hauptrevier absetzen. Wo hast du geparkt, Joaquín?«

Alzada überlegte einen Moment. »Nur ein Stück weit von diesem Chaos entfernt. Ich habe den Wagen vor der Wohnung der Echegarays stehenlassen.«

»Also ein Fußmarsch von zwanzig Minuten?«

»Ja, Señor.« Alzada nickte. *Heute werde ich mindestens eine halbe Stunde bis dorthin brauchen.* »Aber von da aus kann ich direkt auf die Carretera Panamericana fahren.«

Galante schien erleichtert. »Sei vorsichtig. Entlang der *villas* sind Barrikaden errichtet worden.« Dann wandte er sich an Estrático. »Und Sie?«

»Ich bin zu Fuß gekommen.«

»Okay. Lassen Sie beide Ihre Polizeimarken hier. Einen Bericht über zwei gelynchte Polizisten brauche ich wirklich nicht.« *Brauche.* Alzada schluckte. »Gute Nacht, Joaquín.«

Als sich Alzada zum Gehen wandte, hielt Galante ihn am Arm fest, als wäre es ihm gerade erst wieder eingefallen: »Und ich will nie wieder einen Ton wegen der Echegaray-Geschichte hören, verstanden? Du lässt die Angelegenheit ruhen, ja?«

Alzada nickte.

Sanfter setzte Galante nach: »Es ist Zeit für dich, nach Hause zu gehen.«

22

1981

Sonntag, 6. Dezember, 00.05 Uhr

Vukić öffnete die Attrappe einer Tür und trat auf den Flur hinaus, dicht gefolgt von Alzada, der seinen Bruder trug, Petacchi bildete das Schlusslicht. Sie waren nur wenige Meter vorangekommen, als sich Jorge Rodolfos Beine aus Alzadas Umklammerung lösten und auf dem Boden aufschlugen. *Wir sind noch nicht einmal oben an der Treppe angelangt.* Der Polizeipräsident drehte sich um, um zu sehen, woher das Geräusch gekommen war, und packte Jorge, ohne einen Augenblick zu zögern, unter der rechten Schulter. Auf die beiden Polizisten gestützt, berührten seine Füße kaum die Stufen, während sie die Treppe hinunterstiegen.

Im Erdgeschoss angekommen, blickte Alzada auf und stellte fest, dass Montalvo seinen Schreibtisch verlassen hatte und ihr Unternehmen bequem vom Ende der Halle aus beobachtete. *Wie lange steht er schon da?* Der Inspektor war so darauf konzentriert gewesen, seinen Bruder nicht fallen zu lassen, dass er seine anderen Sinne vernachlässigt hatte.

Alarmiert über seine Anwesenheit trat Vukić sofort vor

und ging auf ihn zu, überließ es Alzada, Jorges komplettes Gewicht zu stemmen. Von weitem hätte man sie für zwei Freunde halten können, die zu viel getrunken hatten und sich gegenseitig stützten, auf den Nachtbus warteten, der sie nach Hause bringen würde. Doch aus der Nähe hätte man festgestellt, dass etwas an dem Bild ganz und gar nicht stimmte: Einer lehnte sich zu sehr auf den anderen.

»Wir nehmen ihn mit«, verkündete der Polizeipräsident.

»Halt, halt, halt.« Montalvo sprach mit fester Stimme; seine Körperhaltung hingegen war lasch, fast entspannt. *Er weiß, dass wir ihm auf Gedeih und Verderb ausgeliefert sind.* »Einen Gefangenen zu besuchen … okay. Warum nicht.« *Von wegen: Dir ist klar geworden, dass es ein Fehler war, uns reinzulassen, und jetzt versuchst du, ihn auszubügeln.* »Es entspricht nicht der Norm. Ich würde sogar so weit gehen zu sagen, dass es nicht im Entferntesten der Norm entspricht. Aber wir sind Kollegen … da kann man schon mal eine Ausnahme machen.«

Alzada hoffte, dass Montalvo seinen Einwand möglichst rasch vorbringen würde. Er wusste nicht, wie lange er Jorge ohne Vukić' Hilfe noch stützen konnte.

Montalvo fuhr fort: »Aber jetzt wollen Sie ihn mitnehmen? Das ist eine *völlig* andere Situation. Wie kommen Sie auf die Idee, Sie könnten hier einfach mit ihm rausspazieren? Es ist nicht nur ein starker Verstoß gegen das Protokoll«, er hustete gekünstelt, »sondern tritt zudem unsere Bemühungen mit Füßen …« *Darum geht es also.* »… in diesem Land für Sicherheit zu sorgen.« *Von deinem Schreibtisch aus.* »Haben Sie auch nur die leiseste Ahnung, welchen organisatorischen Aufwand es erfordert, einen solchen Parasiten aufzuspüren?« Alzada schluckte. Er hatte Jorge selbst mit vielen wenig schmeichelhaften Bezeichnungen bedacht; »Parasit« war keine davon gewesen. »Wissen Sie, welche Anstrengungen unternommen werden, um diese Aufrührer ausfindig zu machen? Was für eine erhebliche Arbeit es ist, sie sorgsam aus der Gesellschaft zu entfernen?« *Sorgsam*, ja sicher. »Und jetzt wollen Sie den hier mitnehmen – und was dann? Dann lassen Sie ihn auf der Straße frei? Der zündet morgen die nächste Bombe!«

Alzada versuchte sich vorzustellen, welche Möglichkeiten Vukić durch den Kopf gingen: Er war sicher, dass der Polizeipräsident Montalvos Rede als Vorlage für seinen nächsten Schachzug nutzen würde. Alzadas erste Wahl hätte darin bestanden, zum Gegenangriff überzugehen. Der Schwachkopf wäre wahrscheinlich so überrascht, dass jemand es wagte, ihm die Stirn zu bieten, dass er sich im schlimmsten Fall beruhigt und ihnen im besten Fall seinen Segen gegeben hätte. Doch was, wenn eine Konfrontation den gegenteiligen Effekt erzielte und ihn erst recht gegen sie aufbrachte? Die Sekunden dehnten sich aus wie Minuten. *Schweigen ist die bessere Option.* Und tatsächlich erzielte die ausbleibende Reaktion allmählich den gewünschten Effekt: Die Redegewandtheit des Soldaten verpuffte.

»Eindeutig ein Verstoß gegen das Protokoll«, wiederholte Montalvo, dann verstummte er endlich. »Rühren Sie sich nicht vom Fleck.«

Er verschwand in einem kleinen Nebeneingang.

»*A ver, ¿qué está pasando aquí?* Was ist hier los?«, donnerte eine Stimme durch die Halle.

Der Kommandant kam gemessenen Schrittes auf sie zu, als würde sich die Welt erst zu drehen beginnen, wenn er bei ihnen ankäme. Alzada hatte seinen Rang nur geschätzt. *Schwer zu sagen in seinem Kampfanzug.* Doch wenn der

Bauchumfang eines Mannes historisch als unfehlbarer Indikator für seinen hierarchischen Status galt, so musste dieser hier mindestens General sein. Besagte Wampe hüpfte auf und ab, während sich der Kommandant ihnen entschlossen näherte, die Hände in die Hüften gestemmt. Montalvo war hinter ihm nahezu unsichtbar geworden.

Alzada wich einen Schritt zurück; Vukić trat einen Schritt vor.

An seinem ersten Tag als Polizist hatte Alzada, wie viele andere auch, den Fehler begangen, den Polizeipräsidenten als einfältigen Schlägertypen abzustempeln. Es hatte eine Weile gedauert, bis er bemerkt hatte, dass Vukić einen echten Killerinstinkt besaß: Er war in der Lage, innerhalb weniger Sekunden effektive Strategien zu ersinnen, wie ein geborener Krieger. Dadurch war sein Vorgesetzter in seiner Achtung gestiegen. Natürlich könnte man argumentieren, dass ein einfacher Polizist genauso reagiert haben könnte, dem Urbedürfnis folgend, seinen Gegner zu taxieren und sich umgekehrt von ihm einschätzen zu lassen: Aus der Nähe betrachtet war der Polizeipräsident eine imposante Erscheinung, was den Kommandanten möglicherweise abschrecken würde. Doch das allein reichte Vukić nicht. *Er hat in seiner Jugend geboxt.* So wie ein Boxer einem Schlag ausweicht, indem er sich entgegen der Intuition nach vorne beugt, statt nach hinten, hatte der Polizeipräsident offensichtlich kalkuliert, dass er dem Kommandanten den Zugriff auf Jorge verwehrte, indem er in seinen persönlichen Bereich vordrang. Er würde sich an ihm vorbeiwinden müssen. Außerdem hatte Vukić, indem er vorgetreten war, einen toten Winkel geschaffen. Die Alzadas befanden sich jetzt außerhalb des Sichtfelds des Kommandanten. *Aus den Augen, aus dem Sinn.*

»Die da. Sie sagen, sie wollen Alzada mitnehmen«, hörten sie Montalvos Stimme hinter dem Rücken seines Vorgesetzten.

Joaquín war nicht ansatzweise so groß wie Vukić, aber über die Schulter des Polizeipräsidenten hinweg erhaschte er einen Blick auf eine gebräunte breite Stirn, in die die Zeit die ersten Falten gefurcht hatte. Das schwarze Haar so perfekt zurückgestriegelt, als wäre es mit einer Schablone gekämmt.

»Guten Abend, *caballeros.*« *»Zivilisten«, denkt er wohl. Ich kann seine Verachtung von hier aus wittern.* Der Kommandant sprach ohne jede Hast. Er würde nirgendwohin gehen. Und sie auch nicht. »Ich bin Kommandant DeCervatelli.«

»Guten Abend, Kommandant«, antwortete Vukić respektvoll.

»Man hat mich beim Schlafen gestört.« *Das ist gelogen.* »Nur damit ich eine besonders wichtige Regel der ESMA darlegen kann. Denn obwohl sie ziemlich offensichtlich ist, muss sie wohl erst noch verstanden werden.« Er sah sie der Reihe nach an – *wo steckt Petacchi?* – und ließ den Blick auf Vukić ruhen, als sei er ein Kind, das Zeit brauchte, um die Tragweite seines Vergehens zu begreifen. »Häftlinge *kommen* in die ESMA.« Er genoss jedes Wort: »Sie *verlassen* sie nicht.«

Alzada schluckte.

DeCervatelli sah nicht wie ein Monster aus. Im Gegenteil, er wirkte wie ein anständiger Mann – jemand, der klare Prioritäten setzte, in der Militärakademie ein straffes Regiment führte und Ansehen genoss. Jemand, der seine Arbeit gut machte. Alzada wurde klar, dass er wie jemand aussah, mit dem er ein Bier trinken und in manchen Dingen der gleichen Ansicht sein könnte. Jorge Rodolfo wog mit jeder Sekunde mehr.

»Das ist ein besonderer Fall –«, setzte Vukić an.

»*Jeder* Fall ist etwas Besonderes«, fiel ihm der Kommandant ins Wort.

»Kommandant, gestatten Sie.« Ohne sich beirren zu lassen, beugte sich Vukić vor und flüsterte ihm etwas ins Ohr. Alzada hoffte, dass das Echo der Halle zu seinen Gunsten arbeiten würde, aber er schnappte nur ein paar Wortfetzen auf. Hatte er gerade »einen noch größeren Fisch« gehört? *Wir sind geliefert.*

Jorge Rodolfo war eindeutig derselben Ansicht, denn wie ein Betrunkener stieß er im ungünstigsten Moment ein wenig zu laut aus: »Ich habe ihnen nichts –«

Wo tut es am meisten weh? Alzada verstärkte den Griff um die Rippen seines Bruders. Jorge zuckte zusammen und schwieg.

Das Geräusch erregte DeCervatellis Aufmerksamkeit; er schob sich seitlich an Vukić vorbei, um einen Blick auf das Bündel Fleisch in Joaquíns Armen zu werfen. Alzada erschauderte.

»Und nur für den Fall, dass es nicht deutlich geworden sein sollte«, lenkte Vukić die Aufmerksamkeit zurück auf sich, »möchte ich noch einmal ausdrücklich betonen, dass wir natürlich ungemein dankbar für die Arbeit sind, die Sie für unser Land leisten.«

Der Kommandant zog den Kopf wieder zurück und schwoll vor Stolz an. *Gott sei Dank.*

»Wir möchten mit unserem Besuch auf keinen Fall den Eindruck erwecken, wir würden die Anstrengungen unterschätzen, die Sie unternommen haben – unternehmen –, um unsere Sicherheit zu gewährleisten.«

»Also«, sagte DeCervatelli. Er fuhr sich mit der linken Hand über den Schnurrbart. *Er ist beeindruckt.*

»Also?«, forderte Vukić das Schicksal heraus.

»Genau darüber haben wir uns neulich noch unterhalten. Wir kollaborieren liebend gern mit unseren Mitstreitern. Bedauerlicherweise teilen nicht alle Ihre Einstellung. Erst kürzlich hat mir jemand die Ohren wegen eines ›*preso político*‹ vollgeheult. Können Sie sich das vorstellen? In Argentinien gibt es keine politischen Gefangenen, nur gewöhnliche Kriminelle! Wären doch nur mehr Polizeibeamte so beflissen wie Sie ... *Y bueno* ...«, sagte er langsamer. *Jetzt kommt sein Urteilsspruch.* »Wenn Sie glauben, dass er Ihnen *irgendwie* von Nutzen sein kann, so wie für uns, mein Freund«, der Kommandant legte Vukić kameradschaftlich die Hand auf die Schulter, »gehört er ganz Ihnen.«

Vukić stieß als Antwort auf das Lächeln des Kommandanten ein nervöses Lachen aus.

»Wir haben ohnehin genug von ihnen für den ...«, DeCervatelli hielt effektvoll mitten im Satz inne, »*Transfer* nächsten Dienstag.«

Aus den Augenwinkeln sah Alzada, wie Montalvo zwischen einem zufriedenen Grinsen und einer missbilligenden Grimasse schwankte. *Gott sei Dank gibt es eine militärische Hierarchie.*

»Ja. Das ist mein letztes Wort in dieser Angelegenheit. Nehmen Sie ihn mit«, ordnete der Kommandant an. Nach seiner anfänglichen Verärgerung schien ihn die Situation jetzt beinahe zu belustigen. *Er will zu demjenigen zurückkehren, den er gerade bearbeitet hat.* »Jedenfalls hat er alles ausgespuckt, was er wusste: ein paar Namen und eine Adresse, und als wir die Wohnung durchsucht haben, waren sie schon verschwunden. Also viel Glück, meine Herren.«

DeCervatelli wandte sich der Tür zu, durch die er eingetreten war. Montalvo begab sich widerwillig zurück auf seinen Posten. War das Alzadas Stichwort, um sich auf den Ausgang zuzubewegen? Sollte er vielleicht abwarten, ob Vukić ihm vorausging? *Warum rührt er sich nicht?* Da blieb der Kommandant ruckartig stehen und drehte sich noch einmal zu ihnen um. *Darum.*

»Eine Sache noch«, seine Stimme war weiterhin ruhig und gelassen. »Wenn Sie mit ihm fertig sind …«, DeCervatelli hob mahnend den rechten Zeigefinger, »wissen Sie, was Sie zu tun haben.«

Vukić nickte pflichtbewusst. Joaquín lief ein Schauder über den Rücken.

»Ich will nicht, dass er am Ufer des Río de la Plata angeschwemmt wird.« Die Junta schien nie sonderlich besorgt gewesen zu sein, wenn an der Wasseroberfläche des Flusses Leichen aufgetaucht waren, auch unbequeme Fragen hatten sie nicht weiter beunruhigt; wenn überhaupt, war es ihr leicht unangenehm, sich vor einem internationalen Publikum verantworten zu müssen, doch dieses besaß, wie sie wussten, nur ein Kurzzeitgedächtnis. »In dem Fall haben *Sie* nämlich ein Problem. Wie lautet Ihr Name?«

»Comisario Fernando Alejandro Vukić«, erteilte der Polizeipräsident ihm Auskunft. »Policía Federal.«

In dem Augenblick wurde Alzada klar, dass er sich die ganze Nacht über kein einziges Mal vorgestellt hatte. Was hätte er geantwortet, wenn ihn jemand nach seinem Namen gefragt hätte?

»*Bien.*« Die direkte Antwort schien den Kommandanten zufriedenzustellen. »Keine halben Sachen. Haben wir uns verstanden?«

Ohne auf eine Bestätigung zu warten, machte er auf dem Absatz kehrt und verschwand.

Vukić strebte von dem Soldaten weg auf den Ausgang zu. Alzada konnte ihn schlecht bitten, umzukehren und ihm mit Jorge Rodolfo zu helfen; er wollte keine weitere Aufmerksamkeit erregen. Es waren fünfundzwanzig, vielleicht dreißig Meter bis zu der Tür, durch die sie das Gebäude betreten hatten. Jetzt oder nie. *Ahora.*

Alzada hievte Jorge mit beiden Armen hoch und betete, dass er ihm nicht entglitt. Der Körper seines Bruders war schmierig, er war klatschnass. *Womit ist er durchtränkt?* Alzada spürte, wie Jorge an ihm herunterrutschte. Es fiel ihm zunehmend schwer, ihn fester zu packen, ohne ihm wehzutun.

Zwanzig Meter.

Dieser Gestank. Zuerst hatte er ihn den miserablen Hygieneverhältnissen des Zentrums zugeschrieben. Doch als er sich jetzt in dem Bemühen vorbeugte, Jorge Rodolfo festzuhalten, wurde ihm klar, wo er herrührte. *Er ist nur einen Tag hier gewesen!* Die ganze Zeit über hatte Alzada das Leichenschauhaus für die unangenehmste Erfahrung seines Lebens gehalten. Er zwang sich, an etwas Wohlriechendes zu denken, doch ihm fiel nichts ein. Dann versuchte er, an einen anderen Gestank zu denken, an einen, der nicht gleichzeitig stechend, faulig und ranzig roch. Ein Gestank, der nicht von dem Versuch herrührte, ein menschliches Wesen bei lebendigem Leib verwesen zu lassen. Alzada versuchte, seinen Brechreiz zu unterdrücken.

Fünfzehn.

Seine Schritte begannen auf dem Steinboden zu schmatzen. Flüssigkeit hatte seine linke Körperhälfte durchtränkt und troff ihm auf die Schuhe. Gott allein wusste, welche Farbe die Flecken hatten, die sie hinterließen. Er spürte, wie sich Jorge an ihm festklammerte, und es verlieh ihm

Hoffnung. *Vamos, Joaquín.* Nur noch ein paar Schritte. Sie mussten nur noch ein paar Schritte schaffen.

Zehn.

Vukić lief ihm voraus, kam Petacchi hinterher? Alzada musste an Lots Frau denken, die zu einer Salzsäule erstarrt war, weil sie zurückgeblickt hatte. Der Arzt musste sich selbst zu helfen wissen.

Fünf Meter.

Joaquín sah, wie Vukić die Tür aufzog und sie ihm aufhielt. Das war alles, was er brauchte. Er schöpfte Kraft, wo keine war. Er schob sich an ihm vorbei und in die Nacht hinaus.

23

2001

Mittwoch, 19. Dezember, 19.40 Uhr

Irgendetwas stimmte nicht.

Es war nicht ungewöhnlich, dass Alzada später von der Arbeit nach Hause kam. Nicht dass er der engagierteste Polizist auf der Wache gewesen wäre, beileibe nicht, aber wegen der Erledigungen, die er auf dem Rückweg machte, und des Verkehrs von Buenos Aires kehrte er oft erst nach Einbruch der Dunkelheit heim. Trotz seines notorischen Zuspätkommens war er stets darauf bedacht, rechtzeitig zu den Abendnachrichten um einundzwanzig Uhr einzutreffen. Heute war es vergleichsweise früh. Joaquín sah auf seine Uhr. Zwanzig vor acht.

Es war auch nicht ungewöhnlich, dass er Paula und Sorolla gemeinsam auf dem Sofa vor dem Fernseher antraf; nachdem sie ein Leben lang ausschließlich und mit religiösem Eifer die Nachrichten gesehen hatte, hatte ihr Neffe sie kürzlich mit den Freuden der TV-Serien bekannt gemacht. Angeführt von ihrem persönlichen Virgil hatte sie mit ihm eine neue Welt entdeckt. Beide verfolgten mehrere amerikanische Serien und hatten mehrmals versucht, Joaquín zum Mitgucken zu überreden. Eines Tages hatte er schließlich eingewilligt und ein paar Minuten lang in eine Serie über ein amerikanisches Bestattungsunternehmen hineingeguckt. Doch Joaquín konnte auf diese Art makaberer Unterhaltung gut verzichten und las lieber in seinem neuen Commissario-Montalbano-Krimi.

Die Stille war ungewöhnlich. Wenn Paula und Sorolla zusammen fernsahen, hörte er immer, wie sie lachten, das Geschehen kommentierten, erstaunt nach Luft schnappten, Insiderwitze machten, und das Klingeln der Mikrowelle, wenn das Popcorn fertig war. Als sich Joaquín jetzt die Jacke und Krawatte auszog und sie in der Küche über einen Stuhl hängte, kam kein Geräusch aus dem Wohnzimmer. Er steckte den Kopf hinein. Paula und Sorolla saßen beide reglos auf dem Sofa und starrten auf den Fernseher. Die regenbogenfarbenen vertikalen Streifen zeigten an, dass er kein Signal empfing. Joaquín ging auf das Sofa zu. *Habe ich es verpasst?*

Das konnte nicht sein. In dem Augenblick, als er ins Auto gestiegen war, hatte Alzada das Radio eingeschaltet, obwohl er normalerweise lieber bei Stille fuhr und obwohl es bedeutete, dass er sich gleichzeitig auf die Unruhe auf den Straßen und auf die Übertragung konzentrieren musste, die jeden Augenblick von einer offiziellen Ansage unterbrochen werden konnte. Doch der Inspektor war Galantes Voraussagen zum Trotz auf keine Barrikaden getroffen und auch nicht auf selbstgebastelte Nagelsperren, die ihn stärker beunruhigten, weil sie bei Dunkelheit unmöglich zu erkennen waren. Alzada wusste, dass an mehreren Stellen dieser Schnellstraße mit Nägeln gespickte Stahlrohre ausgelegt worden waren, um mit Lebensmittel beladene Lastwagen abzufangen. Er war fast enttäuscht, dass er nur auf vereinzelte Gruppen getroffen war – größtenteils Teenager –, die am Rand der Carretera Panamericana Autoreifen verbrannt hatten. *Ist das die Revolution? Ich habe an einem normalen Dienstag Schlimmeres erlebt.*

Es muss jeden Moment losgehen.

Joaquín stellte sich hinter Paula, die Oberschenkel an die cremefarbene Rückseite des Sofas gelehnt. *Haben sie überhaupt bemerkt, wie ich reingekommen bin?* Plötzlich füllte die argentinische Flagge den Bildschirm aus. Die anthropomorphe Sonne auf dem weißen Streifen in der Mitte wirkte irgendetwas zwischen gelangweilt und angespannt, die Stirn gerunzelt, die Lippen zusammengekniffen, die Mundwinkel gekräuselt. Die Stimme des Nachrichtensprechers verkündete, der Präsident werde gleich eine Ansprache an die Nation halten, kündigte ihn ehrerbietig als »Doctor Fernando de la Rúa« an, gemäß der argentinischen Tradition, den Absolventen eines rechtswissenschaftlichen Studiums einen Doktortitel zu verleihen. *Genau, was das Land braucht: noch einen Rechtsanwalt.* »Und das sagst ausgerechnet du, *Doctor* Alzada«, hätte ihn Paula geneckt, wenn er seine Gedanken laut ausgesprochen hätte.

De la Rúa erschien auf dem Bildschirm. Sein Gesicht, das aufgrund seiner wiederholten Medienpräsenz – insbesondere während der letzten Wochen – vertraut wirkte, besaß immer noch dieselbe auffällige Ausstrahlung. Es mochte an seinen raupenförmigen schwarzen Augenbrauen liegen, die einen starken Kontrast zu seinem vollständig weißen Haar bildeten. Oder vielleicht an seinem durchdringenden Professorenblick. Oder an seiner Nase, von der Form eines Stalaktiten, dem ein letzter Tropfen fehlte, um mit der darunterliegenden kalkhaltigen Formation zu verschmelzen; sie war beinahe ebenso auffällig wie seine Gelehrtenohren. Der Präsident begann mit einem knappen *»Compatriotas«* und verkündete in der

Folge seine Nachricht. *Er hat keine Zeit zu verlieren. An seiner Stelle hätte ich die Stadt längst verlassen.* De la Rúa erwähnte die kriminellen Gruppierungen, die, wie er sagte, die »schwierige Stunde« des argentinischen Volkes ausnutzten und für »gewalttätige Zwischenfälle« sorgten.

Jemand musste ihm geraten haben, mitten in der Rede seine runde Brille mit Metallgestell aufzusetzen, um von der Tatsache abzulenken, dass er erklärte, die besagten Unruhen ließen ihm keine andere Wahl, als den Belagerungszustand zu verhängen, »um die Sicherheit der gesamten Bevölkerung zu garantieren«. Diese Maßnahme könne sicherlich »schon sehr bald« wieder aufgehoben werden, fügte er hinzu. Die Brille funktionierte: Sie kaschierte seine Augenringe und zog die Trennlinie zwischen einem machthungrigen Wahnsinnigen und einem gemäßigten Technokraten, dem scheinbar nur das Gemeinwohl am Herzen lag. Im Hintergrund die barocken Goldranken der Casa Rosada.

In gerade einmal vier Minuten beraubte De la Rúa das Volk all seiner bürgerlichen und politischen Rechte. Joaquín bemerkte, wie er mit dem linken Fuß auf den Boden klopfte. Wäre Paula nicht in die Rede vertieft gewesen, hätte sie ihm mit Sicherheit gesagt, er solle damit aufhören. *Wir leben in einem demokratischen Rechtsstaat.* Und trotzdem würde sich De la Rúa während der kommenden dreißig Tage nicht an das Grundgesetz halten müssen. *Es ist ja nicht so, als wäre ein Belagerungszustand in diesem Land jemals völlig schiefgelaufen …* Joaquín rechnete damit, dass Sorolla jeden Moment empört aufspringen würde. *Nichts.* Sorolla zuckte nicht einmal mit der Wimper. Die Übertragung war vorbei.

Paula drehte sich zu ihm um.

»Joaquín«, sagte sie sehr langsam, die Silben leicht abgehackt, als wäre ihr sein Name unbekannt, als lernte sie gerade erst, ihn auszusprechen.

Sie stand auf und nahm ihn in den Arm. *Warum umarmen wir uns nicht öfter?* Er drückte sie fester an sich, so fest, dass er kaum verstand, was Paula sagte, sein Hemd dämpfte ihre Stimme.

»Joaco, es passiert schon wieder.«

24

2001

Mittwoch, 19. Dezember, 19.45 Uhr

Joaquín löste sich ebenso sanft aus Paulas Umarmung, wie er als Kind die Briefmarken von den Umschlägen abgezogen hatte, um sie seiner Sammlung hinzuzufügen. Zuerst hatte er sie in lauwarmem Wasser eingeweicht, damit sich der Kleber löste, dann hatte er die Briefmarken mit einer Pinzette festgehalten und behutsam das Papier von der Rückseite abgeschält.

»Was machen wir jetzt?« Paula setzte sich zurück auf das Sofa.

Sorolla sprang auf und verschwand.

»Wohin geht er?« Joaquín setzte sich auf den frei gewordenen Platz neben Paula. Er hatte die Frage in erster Linie gestellt, um die Stille auszufüllen: Ihr Neffe zog sich häufig in sein Zimmer zurück. Seit seiner Ankunft hatte der Junge geschwiegen – fast als glaubte er, seine bloße Existenz sei eine Zumutung. Joaquín spürte einen Stich bei dem Gedanken, dass sich Sorolla in seinem eigenen Zuhause wie ein Störfaktor fühlte.

»Wahrscheinlich Radio hören.«

Nachdem die offizielle Ausstrahlung unterbrochen worden war, würde es für eine Weile nur über den Amateurfunk auf Kurzwelle so etwas wie Nachrichten geben.

»Ich denke, wir warten erst einmal ab«, sagte Joaquín. »Oder?«

»Ihm passiert schon nichts.«

Woher nahm sie ihre Sicherheit? Alzada schwieg.

»Sie haben dich nach Hause gehen lassen.« *Sie möchte auch nicht mit ihren Gedanken allein sein.*

Er nickte zur Bestätigung. »Galante hat darauf bestanden.«

»Glaubst du, sie setzen das Militär ein?«

Joaquín nickte wieder. Warum sonst würde der Polizeipräsident die Wache schließen? Er wusste, dass er früher oder später Verstärkung bekommen würde.

»Glaubst du, er hat dich nach Hause geschickt, weil er dir etwas schuldet?«, holte Paulas Frage ihn zurück in die Gegenwart.

»Weil er mir damals nicht geholfen hat? Nach all den Jahren?«

Sie verzog das Gesicht. »Ja, nein. Eindeutig das Militär.«

Joaquín seufzte. Die Geschichte neigte dazu, sich zyklisch zu wiederholen, und ihre Demokratie war nie die stabilste gewesen, aber wie oft würden sie in ihrem Leben noch darüber sprechen müssen, möglicherweise wieder in einer Diktatur zu leben? *Wann ist genug genug?*

»Was ist mit dem Fall?« Paula ließ ihm keine Zeit zum Grübeln.

»Dem Fall …«

»Ja, dem Fall von heute Nachmittag. Hast du bekommen, was du wolltest?«

Heute Abend scheint es kein unverfängliches Thema zu geben. »Wir mussten die Sache letzten Endes auf sich beruhen lassen.«

»Schade.«

»Ja, schade.«

Sorolla platzte ins Wohnzimmer. »Ich will dorthin.«

Die Erfahrung und Paula hatten Joaquín gelehrt, dass sie geschickter darin war, sich mit ihrem Neffen auseinanderzusetzen, als er mit seiner »Holzhammermethode«, wie sie es ausdrückte; er versuchte, es nicht als Beleidigung aufzufassen. Joaquín nahm *Das Spiel des Patriarchen* vom Wohnzimmertisch. Vielleicht könnte er etwas lesen.

»Der gesamte Großraum Buenos Aires ist mobilisiert«, drängte Sorolla.

Joaquín stellte sich vor, wie sein Neffe in seinem Zimmer einen Moment zuvor mit erhobener Brust einstudiert hatte, wie er Paula überreden würde, ihn gehen zu lassen. *Er ist erwachsen. Welcher Mann, der etwas auf sich hält, braucht eine Erlaubnis, um das Haus zu verlassen?* Hatten sie ihn zu sehr verzärtelt? Halb Argentinien hatte traumatische Ereignisse durchlebt und keine Folgeschäden davongetragen.

»Dein Onkel und ich …« Sie konnte für ihn mitsprechen. »Wir glauben, es ist das Beste, wenn du heute Abend nicht rausgehst.«

»Schon gar nicht ins Stadtzentrum«, fügte Joaquín hinzu, ohne aufzublicken. *Ich hoffe, du hast dich heute Morgen amüsiert,* boludo, *noch mal wirst du dich den* cacerolazos *nämlich nicht anschließen.*

»Schon gar nicht ins Stadtzentrum von Buenos Aires, Liebes«, setzte Paula sanfter nach.

»Ohne Begründung? Bloß ›nein‹?«

»Sei nicht so ungeduldig, Sorolla, lass mich ausreden.«

»Tut mir leid«, entschuldigte er sich sofort.

»Danke.« Sie nahm sich einen Augenblick Zeit, um

ihre Gedanken zu sammeln. *Was für eine Engelsgeduld man braucht, um sich mit diesen jungen Leuten auseinanderzusetzen!* »Also, erst einmal würdest du gegen die nächtliche Ausgangssperre verstoßen. Haben sie davon im Radio nichts gesagt?«

»Die Ausgangssperre ist mir egal«, hörte Joaquín Sorolla sagen. *Warum habe ich das Gefühl, dass ich in diesem Buch nicht besonders weit kommen werde?* »Niemanden kümmert die Ausgangssperre, zumindest heute Nacht nicht. Es sind Tausende und Abertausende von Menschen auf den Straßen –«

»Damit wären wir beim zweiten Grund angelangt: Wir machen uns Sorgen, dass … dass …«

Joaquín wusste genau, worauf sie hinauswollte.

»Du weißt, dass du nicht gut mit Menschenmengen zurechtkommst«, brachte sie schließlich hervor. »Macht dir das denn keine Sorgen? Wir haben doch neulich erst darüber gesprochen, dass ein Teil deiner Achtsamkeitsübungen darin besteht, deine eigenen Grenzen zu setzen. Vielleicht bedeutet das – wie nennen sie das noch mal? –, berechtigte Bedenken bezüglich eines plötzlichen Impulses ernst zu nehmen. Was meinst du?«

Wo zur Hölle hat sie das alles her? Wahrscheinlich aus den Ratgebern, die sie ihm aufgetragen hatte zu lesen, die er aber als Populärpsychologie abgetan hatte. Joaquín sah kurz zu Sorolla hinüber. Bei der Erwähnung seiner Probleme hatte er angefangen, auf den Lippen herumzukauen.

»Wir stehen jetzt unter Kriegsrecht. Das heißt, es geht nicht nur um Menschenmengen«, fuhr Paula fort. »Es könnte leicht zu einem … Zwischenfall kommen, *querido.*«

»Zu einem ›Zwischenfall‹? Sind das deine Worte? Sie klingen nämlich mehr wie *seine.*« Joaquín blickte nicht auf, konnte sich aber vorstellen, wie Sorolla abwertend auf ihn deutete. »Meinst du damit, dass die Polizei das Gleiche tut wie immer? Dass sie mit brutaler Gewalt gegen unbewaffnete Zivilisten vorgeht? Das hat euch doch sonst offenbar auch nicht beunruhigt. Ist es heute etwas anderes, weil *ich* der unbewaffnete Zivilist sein könnte? Was für eine Heuchelei!«

»Sorolla«, sagte Paula warnend. Sie musste wissen, dass Joaquín nichts mehr von dem Text mitbekam, auf den er so konzentriert starrte.

»Die Leute scharen sich an allen Straßenecken zusammen«, beharrte Sorolla. »Jeder, den ich kenne, geht hin.«

»Vielleicht solltest du dir neue Freunde suchen«, stichelte Joaquín.

Paula warf ihm einen Blick zu.

Ich weiß, ich weiß. Das war nicht hilfreich.

Sie wandte sich wieder Sorolla zu: »Es wird noch andere *cacerolazos* geben.«

Ihr Neffe schnaubte. Er schien nicht im Entferntesten bereit zu sein, die Diskussion zu beenden. »*Genau so* entsteht eine Diktatur. Erst kommt das Kriegsrecht. Dann was? Wir müssen der Sache Einhalt gebieten, bevor es zu spät ist. Versteht ihr das nicht? Es geht nicht mehr darum, mit Töpfen und Pfannen Krach zu machen. Es muss eine *Revolution* sein. Und es muss *heute* sein!« Sorolla redete sich in Rage. Teilweise, weil er sich seine aufrüttelnden Worte selbst abkaufte. Teilweise, weil der furchtlose Krieger ohne Paulas Zustimmung nirgendwohin gehen würde – *was für eine Ehrfurcht er ihr entgegenbringt.* Bisher sah es nicht gut für ihn aus: Sie lächelte und nickte, hatte die Arme vor der Brust verschränkt. Sie würde sich aus der Situation herauslächeln und -nicken, und Sorolla würde in sein Zimmer zurückkehren. Joaquín sah, dass Sorolla ihre Körpersprache ebenfalls deutete und allmählich verzweifelte, weil es ihm nicht gelang, sie zu überzeugen. Seine Ungeduld würde jeden Moment dazu führen, dass er eine Grenze überschritt. »Ich bin ehrlich gesagt überrascht, dass ihr nicht hingehen wollt. Nach allem, was passiert ist …«

Paulas Kinn bebte.

»Lass deine *tía* in Frieden.« Joaquín hatte bislang geschwiegen, aber damit war es jetzt vorbei. Er legte den Zeigefinger auf den Satz, den er schon seit einer guten Weile zu Ende zu lesen versuchte.

»Endlich«, sagte sein Neffe und wandte sich zu ihm um, »lässt er sich dazu herab, sich an diesem Gespräch zu beteiligen.«

»Siehst du, genau da liegst du falsch. Das hier ist kein Gespräch. In einem Gespräch würde ich dir tatsächlich zuhören. In einem Gespräch wäre mir tatsächlich *wichtig*, was du zu sagen hast.« Joaquín machte eine Pause, damit Sorolla antworten konnte; der Junge schluckte nur. Er musste nicht zu Paula hinübersehen, um zu wissen, dass sie ihre klassische *»Joaquín, por favor«*-Geste machte. »Ich weiß nicht, was dir den Eindruck vermittelt hat, das könnte hier der Fall sein. Deine Tante hat dir äußerst geduldig erklärt, warum du nicht rausgehen wirst.« Er räusperte sich. »Also bleibst du hier.«

»Wie ausgesprochen autoritär von dir. Warum überrascht mich das nicht?«

Joaquín hatte schon oft mit Paula darüber gesprochen, warum es ihr gelungen war, eine enge Beziehung zu Sorolla aufzubauen, und ihm nicht. »Er hat eine Menge interessante Dinge zu sagen«, hatte sie erklärt und ihn unbewusst eifersüchtig gemacht. »Und ich glaube, dir ist nicht klar, was für eine Achtung er vor dir hat.«

»Wohl eher Angst«, hatte Joaquín geantwortet, halb abwehrend, halb schmerzerfüllt.

»Nein«, hatte sie entschieden widersprochen. »So, wie er dich ansieht – wie ein junger Rothirsch während seiner ersten Brunft.«

Alzada hatte spöttisch gelacht. »Und so wie *du* ihn ansiehst …«

»Ich mache ihm wegen dieser posttraumatischen Belastungssache keine Vorwürfe, falls du das meinst.«

»O nein. Ich weiß. Du machst dir selbst Vorwürfe.«

»Was soll ich sagen, Paulita, so ist es einfacher.«

Joaquín sah zu Paula hinüber, die ihm aufmunternd zunickte.

»*Bien.*« Er nahm einen tiefen Atemzug. »Dann führen wir dieses Gespräch meinetwegen.« Er markierte die Seite mit einem Lesezeichen, zögerte einen Moment, dann klappte er das Buch zu. »Setz dich.«

Sorolla setzte sich.

»Trag mir dein bestes Argument vor. Aber ich warne dich«, Joaquín legte das Buch beiseite, »ich habe sie alle schon gehört. Was wird es sein? Vielleicht ein Klassiker wie: ›Du wünschst dir eine bessere Welt, aber dafür sollen die Kinder anderer Leute kämpfen‹?«

Sorolla schwieg.

»Das ist es doch, was du mir sagen willst, oder? Korrigier mich, wenn ich falschliege, aber ich glaube, bei unserer Meinungsverschiedenheit geht es nicht darum, *was* wir uns für unser Land wünschen, sondern *wie* wir es erreichen wollen. Genau deshalb führen wir dieses Gespräch heute Abend und nicht an irgendeinem anderen Tag. Der zivile Ungehorsam, den du befürwortest, die Revolution, die du verkündest – hast du dir mal überlegt, ob das überhaupt umsetzbar ist? Was damit einhergeht? Du willst heute auf die Straße gehen und protestieren. Was, glaubst du, erwartet uns morgen früh, wenn wir aufwachen?«

»Also glaubst du schon, dass man etwas tun muss.« *Geschicktes Ausweichmanöver.*

»Natürlich!«, rief Joaquín mit Nachdruck, setzte dann aber nach: »Aber nicht *du.*«

»Wenn alle so denken würden, käme es nie zu einem Wandel, *tío.*«

»Ein berechtigter Einwand.« Unter allen anderen Umständen wäre Joaquín längst laut geworden und würde jetzt in ungezügeltes Brüllen übergehen. *Die Tatsache, dass Paula unseren Schlagabtausch wie ein übereifriger Schiedsrichter beim Tennis beobachtet, fördert offenbar meine Disziplin.* »Aber ich glaube nicht, dass wir noch mehr Familienmitglieder an den Kampf dafür verlieren sollten.«

Sorolla ließ den Kopf hängen. »Das war ein Schlag unter die Gürtellinie.«

»Schon möglich.« *Stimmt.* »Aber du verstehst es doch, oder? Gerade du?«

»Gerade ich? Was soll das heißen?«

»Es heißt ... es heißt ...«, Joaquín suchte nach den richtigen Worten. Wie oft hatte er mit Jorge Rodolfo diskutiert? Wie oft hatte er gewisse Themen vorsichtig umschifft? Und was war das Ergebnis seines Fingerspitzengefühls gewesen?

»Was deine Tante vorhin aus Höflichkeit nicht gesagt hat: Was ist, wenn dir etwas passiert? Was ist, wenn du während der Demonstration eine Panikattacke bekommst und von den Menschenmassen totgetrampelt wirst?«

Sorolla wurde blass.

»Ganz zu schweigen von der Tatsache, dass die Polizei heute Nacht tatsächlich nervös sein wird und möglicherweise übereifrig. Das kann ich dir garantieren. Ich will damit sagen: Gerade du hast die perfekte Entschuldigung.«

»Ich *will* keine Entschuldigung! Ich bin es müde, dass immer nur geredet wird und nichts passiert! Bist *du* das denn nicht?« Sorolla stand auf.

Joaquín erhob sich ebenfalls vom Sofa und rückte seinen Gürtel zurecht. »Ich *bin* es müde.« Während er das sagte, spürte er diese Erschöpfung körperlich. »Wir haben unsere Schuld beglichen, und jetzt lass uns in Ruhe. In deinen Augen bin ich … Was ist das passende Wort für jemanden wie mich? Wie würden deine revolutionären Kumpane es ausdrücken? Ein untätiger –«

»Zuschauer«, sagte Sorolla verächtlich.

»Ja. Das ist es. Ein untätiger Zuschauer mit einem bequemen Beamtenjob, nicht wahr? Nun, lass dir das gesagt sein: Es ist nichts Unehrenhaftes, für seine Familie zu sorgen, *hijo.*« Joaquín bemerkte, dass er ihn, ohne darüber nachzudenken, »Sohn« genannt hatte. Sorolla zeigte keine Reaktion. »Glaubst du, mir wäre nicht bewusst, welche Kompromisse ich im Laufe meines Lebens gemacht habe?«

Joaquín hielt inne und sah Paula an. *Ist das der richtige Moment?* Im Gegensatz zu Adoptiveltern hatten sie nicht den Luxus gehabt, sich auf den unvermeidlichen »Wie sagen wir es ihm?«-Moment vorzubereiten. Der Junge war ihnen in den Schoß gefallen, und sie waren dankbar dafür gewesen. »Wir reden darüber, wenn es sich ergibt«, hatten sie für eine vernünftige Herangehensweise gehalten. Doch es gab so viele Themen, die in einer alltäglichen Unterhaltung nicht angeschnitten wurden. *Wie sollten wir sonst auch leben?* Joaquín wandte sich wieder seinem Neffen zu: »Wo du schon die Strategien der Ordnungskräfte erwähnst, wusstest du, dass ich mit zweiundzwanzig bei der Bereitschaftspolizei war?«

Sorolla wirkte perplex.

»Ja, schwer vorstellbar, ich weiß.« Joaquín lächelte. »Damals war ich besser in Form. Und weißt du, warum ich es getan habe? Ich hatte bereits jeden möglichen Gefallen innerhalb der Polizei aufgebraucht, um deinen Vater aus Problemen herauszuboxen, und das war nicht einmal während der Diktatur, die ihn umgebracht hat; es ist während der vorherigen passiert. Ich musste für einen Bereitschaftspolizisten einspringen, dessen Cousin sich bereit erklärt hatte, Jorge Rodolfos Akte ›zu verlieren‹. Die komplexe Gefallen-Struktur, die das System in Bewegung hält … Wie auch immer. Sechs Monate lang habe ich jede einzelne meiner Schichten damit begonnen, mir die Schutzausrüstung anzuziehen. Und ich habe es gern getan. Deinem Vater, deiner Tante, dir zuliebe – du warst noch lange nicht geboren. Und weißt du, was: Ich würde es wieder tun.«

»Hattest du Angst?«

»Natürlich.«

»Gut.«

Joaquín lächelte. »Wenn du glaubst, dass dir meine Angst irgendeinen Vorteil verschafft hätte, hast du nicht die leiseste Scheißvorstellung von –«

»Keine Schimpfwörter«, fuhr Paula dazwischen.

»Verzeihung.« Er neigte respektvoll den Kopf, dann räusperte er sich: »Kommen wir zum Punkt. Nichts ist gefährlicher, als seinen Gegner zu unterschätzen. Du glaubst vielleicht, Polizisten wären träge, übergewichtig und könnten schlecht zielen. Wie die bösen Schurken, die in den alten Western hinter einer Filmkulisse aus Pappe lauern. Nichts könnte weiter von der Wahrheit entfernt sein. Sie sind sagenhaft in Form, bestens ausgebildet und … Du stehst dort und siehst sie kommen.« Alzada hatte schreckliche Angst gehabt. Er hatte in der Formation gestanden, in der viel zu weiten Uniform des Mistkerls, und gedacht: »Das ist das letzte Mal, dass ich für Jorge die Kastanien aus dem Feuer hole.« Er war dankbar für die Stahlsohlen in seinen Stiefeln gewesen, die ihn auf dem Straßenpflaster verankert und davon abgehalten hatten, in die entgegengesetzte Richtung davonzulaufen. Wie ein Gebet hatte er die taktischen Aufstellungen lautlos aufgesagt. »Nein, eigentlich stimmt das nicht: Zuerst *hörst* du sie kommen. Das ist es, was man auf den Fotos nicht sieht. Eine gigantische Welle, die unaufhaltsam aufs Ufer zurollt. So laut, dass du nicht mehr hörst, wie der Mann neben dir mit offenem Mund Kaugummi kaut. In dem Moment wird dir klar, dass du eigentlich keine Ahnung hast, was du da tust. Du hältst mit Mühe und Not die Stellung. Und dann«, Joaquín machte eine Pause, um Sorolla anzusehen, der seiner Erzählung so gebannt folgte wie damals als kleiner Junge, als sein Onkel für ihn die Szene nachgespielt hatte, wie General San Martín die Anden überquerte, um Argentinien aus spanischer Herrschaft zu befreien. »Dann hörst du dein Kommando, du schließt die Augen, und du greifst an.« Joaquín machte eine weitere Pause, diesmal eine Kunstpause. »Glaubst du, sie gewinnen ihre Stärke aus der Kraft ihrer Überzeugungen? Nein! Oder weil man ihnen in Walhalla Wein und Weiber versprochen hat? Nein! Ihr *einziger* Antrieb ist ihre Angst!« Jetzt brüllte er. »Wenn du es also ›gut‹ findest, dass ich Angst hatte, dann denke ich: Er wird heute Nacht unter keinen Umständen dort rausgehen. *Sie* haben die Oberhand. *Sie* haben etwas verstanden, was du offenbar nicht begreifst: Jedes Spiel hat zwei Seiten. Und bei diesem Spiel verlieren entweder sie oder *du*.« Beim letzten Wort bohrte Joaquín seinem Neffen den Zeigefinger in die Brust.

»Okay«, sagte Paula, »ich glaube, das reicht. Ich koche jetzt das Abendessen.«

»Warte, ich helfe dir, *tía.* Es ist ja nicht so, als ob ich irgendwohin müsste ...« Sorolla trat ein Stück zurück, bis Joaquíns Arm herunterfiel, dann begleitete er Paula in die Küche.

»Hör auf zu schmollen«, hörte Joaquín sie sagen. »Er ist nur so, weil –«

»Ja, ich weiß«, lenkte Sorolla sofort ein und hakte sich bei ihr unter.

Joaquín holte tief Luft. *Wie macht sie das bloß?* Sollte er das Thema eine Weile ruhen lassen? Das Gespräch mit seinem Neffen hatte ihn stärker aufgewühlt, als er gedacht hatte. Er würde abwarten, bis sich die Wogen etwas geglättet hätten, bevor er erneut damit anfing. *Und Gnocchi essen.* Immer wenn Paula besorgt war, kochte sie Gnocchi.

Doch trotz seiner guten Vorsätze war das Erste, was er beim Betreten der Küche zu Sorolla sagte: »Bitte erklär mir, was du machen willst, wenn es zur Konfrontation kommt. Was ist dein Plan?«

»Gesunder Menschenverstand«, gab Sorolla lässig zur Antwort, während er die drei Platzdeckchen auf dem Tisch anordnete. »Hat bei dir schließlich auch funktioniert, oder?«

Paula stellte einen Topf mit Wasser auf den Herd. Joaquín lehnte an dem Schrank an der gegenüberliegenden Wand und konnte von dort nur ihren Rücken sehen. *Sie schmunzelt.*

»Und wenn sie dich mit einer Million Volt traktieren?«, ließ er nicht locker.

»Oh, das wird nicht passieren.«

Joaquín runzelte die Stirn und wartete auf Sorollas Erklärung.

»Sie werden mich nicht kriegen.« Sorolla lächelte, stellte die Teller und Gläser auf dem Tisch ab.

»Natürlich nicht.« *Genau wie sein Vater.*

Alzada spürte einen Stich in der Seite. Sorolla hatte Jorge Rodolfos dunkle Locken geerbt sowie seine Leidenschaft für Kaffee – *wobei er sie auch von Paula übernommen haben kann.* Überraschender war, dass er auch Verhaltensweisen seines Vaters an den Tag legte, die er sich nicht bei ihm abgeschaut haben konnte, weil er damals zu jung gewesen war. Wie war das möglich? Wurde Lässigkeit genetisch vererbt?

Sorolla hasste es, wenn jemand, der ihre familiären Umstände nicht kannte, seine Ähnlichkeit mit Joaquín hervorhob, vor allem wenn jemand ihn für seinen Vater hielt. Joaquín hatte diese Reaktion schon vor langer Zeit als etwas abgetan, das allen Kindern gemein war, doch nun fragte er sich: Schämte sich Sorolla ebenso dafür, mit ihm verwandt zu sein, wie sein Vater es getan hatte? War das der Grund dafür, dass er mit ihm die *gleichen* Diskussionen mit den *gleichen* Argumenten führte wie zwei, drei Jahrzehnte zuvor mit Jorge Rodolfo? *Ich tue nur, was nötig ist, um zu überleben.*

»Ich glaube, du solltest deine politische Gesinnung ad acta legen, solange du noch kannst, und zu deinem ruhigen Leben zurückkehren. Zu deinen Vögeln, nicht wahr, *chico*?«

»Joaquín, bitte.« Paula stellte ihm eine Tasse Kaffee hin.

Er machte eine Geste, als wollte er sagen: »Jetzt? Zum Abendessen?«, lehnte aber nicht ab.

»Erstens«, Sorolla legte das Besteck auf dem Tisch aus, »nenn mich nicht *›chico‹*. Zweitens, falls es dich interessiert, ich arbeite in der Abteilung für südamerikanische Säugetiere. Wenn du mich also beleidigen willst, dann zumindest sachlich korrekt: Es sind Beuteltiere, keine Vögel. Winzige Beuteltiere. Und drittens, wenn das alles ist, was dir einfällt, scheine ich diese Diskussion zu gewinnen.« Er drehte sich um, tunkte einen Finger in die Butter-Salbei-Sauce und leckte ihn genießerisch ab. »Ich weiß, wie enttäuscht du sein musst. Was hätte ich werden sollen – Polizist, so wie du?« *Der gleiche Vorwurf, den Jorge mir gemacht hat.*

»Was genau ist schlecht daran, Polizist zu sein?« Sein Bruder hatte es immer missbilligt, ihm aber nie eine Antwort gegeben.

Sorolla ignorierte seine Frage und fuhr fort: »Es muss dich umbringen, dass meine Arbeit darin besteht, verletzte Beutelratten gesund zu pflegen, damit sie wieder ausgewildert werden können. Lügst du den Leuten etwas vor, wenn sie dich darauf ansprechen? Erzählst du ihnen, ich würde in einer Bank arbeiten?«

»Jetzt lass mal gut sein, Sorolla«, sagte Paula und richtete ihre Aufmerksamkeit wieder auf das kochende Wasser.

»Du hast keine Ahnung, wovon du redest.«

»Vielleicht kommt das daher, dass du mir nie etwas erzählst. Du vertröstest mich immer nur mit derselben Antwort: ›eines Tages‹.« Die einzige Person, der Joaquín zugestand, ihn nachzuäffen, tat es ausgesprochen treffend, bis hin zum richtigen Tonfall. »›Eines Tages‹, sagst du. Ich weiß nicht einmal, wo sie sind!«

Alzada sah zu Paula hinüber. Es war das einzige Versprechen, das sie je gebrochen hatten.

»Es war sicherer so«, sagte Paula.

»Wenn ihr wollt, dass ich besser Bescheid weiß, müsst ihr mir mehr erzählen.« Sorolla wandte sich an Alzada: »Fang am besten hiermit an: War mein Vater auch eine Enttäuschung? Hast du *ihm* das gesagt?«

»Sorolla, es reicht jetzt wirklich«, versuchte Paula es erneut.

»Nein, nein, Paula, lass ihn ruhig«, höhnte Alzada. »So viel wie heute habe ich ihn noch nie reden hören.«

»Kein Wunder, dass er dich gehasst hat.«

Paula drängte: »Sorolla, *por favor.*«

»Hörst du bitte auf, ihn in Schutz zu nehmen?«, sagte ihr Neffe zu ihr. »Und sag mir nicht ständig, was ich tun soll. Du bist nicht meine Mutter.«

Paula blieb wie angewurzelt stehen, das Nudelsieb in der Hand. Sie öffnete den Mund, als wollte sie etwas sagen, besann sich aber und kümmerte sich um die Gnocchi.

Das reicht.

»Willst du wirklich die Wahrheit über deinen Vater wissen?«

»Warum wir nicht über ihn reden?« Sorolla nickte selbstsicher. »Er *war* eine Enttäuschung. Aber nicht aus den Gründen, die du dir ausmalst. Er war naiv und leichtsinnig und manchmal ein ausgemachter Idiot. Er liebte es, mitten im Geschehen zu sein. Er musste sich unbedingt in Dinge einmischen, die ihn einen Scheiß angingen. Ich habe ihn unzählige Male gerettet, habe mir seinetwegen unzählige Male Probleme eingehandelt. Aber auch *das* war nicht der Grund, warum er mich enttäuscht hat.« Joaquín zögerte. »Nein. Was ich nie verstanden habe, war, wie er seine politischen Anliegen mehr lieben konnte als dich.«

»Das ist eine Lüge!«, schrie Sorolla.

»Er hat nicht *ein Mal* nach dir gefragt!«, schrie Joaquín zurück.

»Das ist eine Lüge!«, wiederholte Sorolla, verhaltener, um seine Tränen zurückzuhalten. Er blickte zu Paula, um eine Bestätigung zu bekommen; sie stand immer noch dem Herd zugewandt. »Ich wünschte, es hätte dich erwischt!«

Ich auch.

»Immerhin war er kein Mörder!«

»¡BASTA!«, brüllte Paula.

»Als was würdest du es denn bezeichnen, was er deiner Mutter angetan hat?

Paulas Stimme donnerte durch die Küche: *»¡YA BASTA!«* Das reicht jetzt!

Joaquín und Sorolla beobachteten gebannt, wie Paula kleiner und immer kleiner wurde, bis sie auf dem Küchenboden zusammensackte und sich vor dem Backofen zusammenkauerte, die Schüssel Gnocchi mit Sauce immer noch in der Hand. Beide rannten auf sie zu und knieten sich in sicherer Entfernung voneinander auf die kalten Fliesen.

»Paulita«, versuchte es Joaquín.

»Tía«, versuchte es Sorolla. Er bekam sie nur dazu, die Gnocchi loszulassen.

Sie war untröstlich. Sie weinte laut schluchzend. Sie bekam Schluckauf. Sie musste sich ablenken, damit das Hicksen aufhörte. Sie wurde wütend darauf. Sie schluchzte noch herzzerreißender. Beide Männer kamen näher, bis alle drei schließlich zu einem Bündel aus verschlungenen Gliedmaßen verschmolzen. Schließlich hörte sie auf zu weinen.

So verharrten sie, in unbequemer Haltung, für lange Zeit.

»Also«, war das Erste, was Paula sagte, nachdem sie sich von keinem der beiden hatte aufhelfen lassen und von selbst aufgestanden war. Sie strich ihr grünes Sommerkleid zurecht, wischte sich den Hauch von Wimperntusche, den sie zu tragen wagte, unter den Augen weg und räusperte sich energisch.

»Du«, fing sie mit Sorolla an. »Du warst noch nicht einmal auf der Welt, als die Dinge, von denen du so überzeugt sprichst, geschehen sind.« *Doch, war er.* »Mir ist im Laufe dieses Abends klar geworden, dass du wirklich nicht die geringste – oder höchstens eine ganz leise – Ahnung davon hast, was mit deinen Eltern passiert ist. Und das ist eindeutig unsere Schuld. Aber das lässt sich ändern. Von jetzt an kannst du Fragen stellen, und du bekommst von uns Antworten. *Richtige* Antworten.« Sie gab Joaquín ein Zeichen, der nickte. »Und in der Zwischenzeit sollst du wissen, dass dich dein Onkel, auch wenn er es dir *niemals* sagen würde, mehr liebt als alles andere auf der Welt.« Dann fügte sie hinzu: »Abgesehen von mir natürlich.«

Joaquín lächelte.

»Und du«, sagte Paula und drehte sich zu ihrem Mann.

Sofort verschwand das Lächeln aus seinem Gesicht.

»Du …«

Mehr brauchte sie nicht zu sagen: Er verstand.

Paula faltete das Geschirrtuch, das sie benutzt hatte, zu einem gleichmäßigen sechslagigen Rechteck zusammen. »Ihr beide könnt euch glücklich schätzen«, sie hängte das Tuch über den Griff der Backofentür und teilte ihren strengen Blick gleichmäßig unter ihnen auf, klarsichtig wie ein wütender argentinischer König Salomo, »dass ihr ein Familienoberhaupt habt, das unter Druck leistungsfähig bleibt.« Joaquín runzelte die Stirn, gab aber keinen Laut von sich. »Also könnt ihr darauf vertrauen, dass ich eine gute Entscheidung treffen werde. Zieh dir als Erstes deine Jacke an, Joaquín.«

»Bei der Hitze?«

»Meinetwegen. Du kannst ohne Jacke rausgehen.«

»Ich werde nicht rausgehen«, erwiderte Joaquín.

»Doch, das wirst du.« Ihre Entscheidung stand fest.

Alzada sah sich suchend nach seiner Jacke um. *Habe ich*

sie im Wohnzimmer ausgezogen, als ich vorhin reingekommen bin?

»Joaquín.«

»Was jetzt?«, rief er aus dem Flur.

»Ich meine den anderen Joaquín.« Es gab einen durchaus einleuchtenden Grund, warum sie ihren Neffen normalerweise nicht so nannten. *Das tut sie nur, wenn sie wütend ist.*

»Ja, *tía.*« Sorolla schlürfte seinen Kaffee, der mittlerweile wahrscheinlich kalt war.

»Entschuldige dich bei deinem Onkel.«

Der Inspektor kam zurück in die Küche. Seine Jacke lag säuberlich gefaltet auf dem Schrank, an den er sich gelehnt hatte. Sorolla musste sie von der Stuhllehne genommen haben, als er den Tisch gedeckt hatte. »Ah, da ist sie ja.«

Sorolla wartete, bis sich sein Onkel die Jacke angezogen hatte. »*Tío*, es tut mir leid, was ich gesagt habe. Ich wollte nicht –«

»Das reicht. Danke«, unterbrach Paula ihn und rieb die Hände aneinander. »Wir haben schon genug Zeit verschwendet. Die Gnocchi sind bestimmt kalt –«

Joaquín warf einen Blick auf die Schüssel: Es stieg immer noch Dampf daraus auf.

»Ich habe sie nicht mühsam von Hand geknetet, damit ihr sie nicht esst. Wir essen jetzt zu Abend. Danach könnt ihr beiden zum *cacerolazo* in die Stadt fahren.«

»Und du?«, fragten beide wie aus einem Mund.

»Nein, nein«, winkte Paula übertrieben ab, als sei es die abwegigste Idee, die sie je gehört hatte. *Ist das ein Lächeln?* »Amüsiert euch, Jungs.«

25

2001

Mittwoch, 19. Dezember, 21.55 Uhr

Die Fahrt verlief in herrlicher Stille.

Joaquín hatte es immer gehasst, nachts Auto zu fahren. Erschwerend kam hinzu, dass ihm sein Optiker zu einer Korrekturbrille geraten hatte. »Damit sehe ich alt aus«, hatte er sich beschwert, als er sie zum ersten Mal aufgesetzt hatte.

Das Vorbeirauschen der wenigen anderen Autos, die es gewagt hatten, sich der nächtlichen Ausgangssperre zu widersetzen, bildete ein unheilvolles Hintergrundgeräusch. Joaquín ignorierte sie und hielt sich beharrlich an die Geschwindigkeitsbegrenzung. Eine verquere Logik, keine Frage: Er wollte kein Risiko eingehen, während er Sorolla an den riskantesten Ort überhaupt brachte. Zwanzig Minuten nachdem er von zu Hause losgefahren war, mit einem schweigsamen, schmollenden Neffen auf dem Beifahrersitz, glaubte Joaquín immer noch, dass ein *cacerolazo* nicht die Lösung wäre. Nicht einmal eins von der im Radio angekündigten Größe. Nachdem die Regierung alle bisherigen Demonstrationen ignoriert hatte, würde sie einen Weg finden, auch diese zu ignorieren. Ursprünglich waren die *cacerolazos* ein Symbol für die Verzweiflung der Bevölkerung gewesen – die Hausfrauen hatten auf die leeren Töpfe und Pfannen eingeschlagen, weil es für ihre Familien nichts mehr zu essen gab – und hatten sich zu einer verlässlichen Form des Protests entwickelt. Sie kosteten nichts, waren unmittelbar und laut. Sie bedurften keiner Organisation. *Aber die Spontaneität ist genau ihr Problem.* Die *cacerolazos* waren dafür bekannt, sich innerhalb weniger Minuten von einem friedlichen Marsch in einen gewalttätigen Aufstand zu verwandeln.

Gut durchdacht war wiederum der optische Anstrich der Demonstration. Den Organisatoren der Bewegung war es gelungen, die Debatte über Armut vom Üblichen – den Elendsvierteln, die fast ein erforderlicher Bestandteil eines Drittweltlands waren – auf etwas Neuartiges zu verlagern: Argentiniens Mittelklasse. Eine bedrohte Spezies. Die Optik war nicht nur wohldurchdacht, sondern auch sagenhaft effektiv: Bei diesen Protesten liefen Menschen im Anzug mit, Menschen, mit denen sich die Fernsehzuschauer leicht identifizieren konnten. *Das* war es, was die Aufmerksamkeit der internationalen Öffentlichkeit erregt hatte, so scheinheilig es auch sein mochte. Die Bewohner der westlichen Welt konnten sich mit der unvollkommenen Pracht dieser Bilder identifizieren, und ihnen wurde unbehaglich bei dem Gedanken, dass ihnen das Gleiche widerfahren könnte. Vor nicht einmal fünfzig Jahren war Argentinien noch das Gelobte Land für europäische Einwanderer gewesen, die ihr Elend hinter sich lassen und nicht zurückblicken wollten. Doch mittlerweile hatte sich das Blatt gewendet, und jeder, der eine Verbindung zu einem europäischen Verwandten nachweisen konnte – im Fall der Alzadas ein vor langer Zeit aus den Augen verlorener Großonkel aus Galizien –, beantragte ein Visum und floh. *Immerhin kann ich mir das zugutehalten: Ich bin dageblieben.* Aus den Augenwinkeln musterte der Inspektor seinen Neffen erneut: Was er zunächst als Schmollen gedeutet hatte, schien eher Schläfrigkeit zu sein. *Schau sich einer diesen kleinen Revolutionär an.* Während sie über die Carretera Panamericana fuhren, stieß Joaquín ihn am Arm an, als er die Gangschaltung betätigte. Da kam wieder Leben in Sorolla.

»Wohin fahren wir?«

»Zum *cacerolazo.* Dahin wolltest du doch, oder?«

Sorolla schnaubte. »Ich meine, wohin *genau*? Ich weiß, dass du dieses Schmuckstück nicht einfach *irgendwo* parken wirst …«, sagte er sarkastisch und streichelte das abgenutzte Armaturenbrett, als wäre es ein Haustier.

»Ja, nein.« Joaquín schüttelte den Kopf. »Ich dachte, bei Vukić in der Nähe.«

»Dein früherer Chef?«

»Ja.«

»Ich bin ihm noch nie begegnet.«

»Wirklich nicht?« Joaquín konnte sich zumindest an eine Begegnung erinnern. »Tja, du hast Glück. Vorhin hast du gesagt, du wolltest etwas über die Vergangenheit erfahren, nicht wahr? Er ist ein wichtiger Bestandteil unserer Vergangenheit, und ich dachte, du möchtest ihn vielleicht einmal treffen. Nicht nur treffen: Du kannst ihn alles fragen, was du willst.«

»Ist er denn noch wach?« Sorolla wirkte mit einem Mal verunsichert, als hoffte er, Vukić würde bei ihrer Ankunft schon schlafen.

»Das hoffe ich. Ich schätze ihn als jemanden ein, der nur wenige Stunden Schlaf braucht. Und so spät ist es noch nicht.«

»Wo wohnt er?«

»In Chacarita.«

»Das ist gut. Von da aus können wir zum Parque Centenario laufen.«

»Versammeln sich die Leute dort?«

»Dort und an anderen Punkten«, sagte Sorolla. »Oder willst du lieber zur Plaza de Mayo?«

Zum Schauplatz jedes einzelnen Massakers in Argentiniens Geschichte?

»Parque Centenario klingt perfekt.«

»Dachte ich's mir doch«, grinste Sorolla.

An jedem anderen Tag, an dem er in einem derartigen Schneckentempo über die Calle Estomba gekrochen wäre, hätten Joaquín mehrere ungeduldige Fahrer auf der Stoßstange gehangen und ihn überholt, sobald aus der durgezogenen weißen Linie eine gestrichelte wurde. Jetzt waren sie allein. Nur wenige Straßenzüge trennten sie von Vukić' Wohnung. Als sie an die letzte Ampel vor der Kreuzung Roseti und Lacroze gelangten, entdeckte Joaquín den perfekten Parkplatz, direkt vor einem kleinen Café, das ihm bekannt vorkam. Beim Näherkommen fiel es ihm wieder ein: Dort bereiteten sie diese köstlichen *sandwichitos* zu, die er seinem früheren Chef bei jedem Besuch mitbrachte. Oder sollte er sagen: mitgebracht hatte? Joaquín deutete auf ein Haus auf der gegenüberliegenden Seite, das einzige mit nur zwei Stockwerken an dieser Straße. *»Es allá.«*

»Niemand, der noch bei Verstand ist, rührt ein Auto an, das vor dem Haus des ehemaligen Polizeipräsidenten geparkt ist.« *Genau meine Gedanken.* Als Sorolla sah, wo genau sein Onkel parken wollte, sagte er: »Ein bisschen eng, oder?«

»Ich schaffe das schon.«

Die Parklücke war mehr als ein bisschen eng. Selbst für ein zehn Zentimeter kürzeres Auto war sie knapp bemessen. Joaquín würde sich mühsam hineinquetschen müssen. Nach dem dritten Versuch schmatzten seine schweißnassen Hände auf dem Leder, als er das Lenkrad herumwand.

»Soll ich das machen?«, bot Sorolla an.

»Ich weiß nicht«, antwortete Joaquin. »Hast du dein Asthmaspray dabei?«

Sorolla verdrehte wegen der kindischen Bemerkung seines Onkels die Augen, räumte dann aber ein: »Ja.«

Der Inspektor setzte ein letztes Mal zurück, bis er einen leichten Aufprall hörte, dann schlug er das Lenkrad in die entgegengesetzte Richtung. *Ya está.*

Das Summen der Klingel.

»Fernando?«, fragte Alzada in die glänzende metallische Gegensprechanlage.

Zur Antwort ein andauerndes weißes Rauschen.

Vukić konnte kaum Angst haben, sie einzulassen. Sofern er sein magisches Gespür nicht verloren hatte, hatte er ihr Kommen bereits aus der Entfernung bemerkt: Alzada wusste, dass er zu den Polizeibeamten gehörte, die irgendwann in Rente gehen, aber nie aufhören, Polizist zu sein. Vukić hatte sie wahrscheinlich in dem Moment entdeckt, als sie auf die Straße eingebogen waren, dann beobachtet, wie sie geparkt und sich dem Haus genähert hatten. *Warum braucht er so lange?*

Alzada stand nicht gern irgendwo herum. Schon gar nicht, wenn sie die einzigen beiden Personen auf der Straße waren, nur in Gesellschaft des Schimmers der Straßenlaternen. Hatte Sorolla nicht gesagt, es wimmele überall von Menschen? Die Revolution war anscheinend nicht bis in dieses Viertel vorgedrungen.

Sollte er noch einmal klingeln? *Das wirkt ungeduldig.* Und was noch wichtiger war, Vukić könnte es als Beleidigung auffassen, und es war keine gute Idee, »den Wolf« gegen sich aufzubringen. *Nein.* Sie würden warten müssen.

Immerhin konnte so sein Hemd trocknen, bevor er sich wieder die Jacke überzog. Joaquín betrachtete den Clio und war stolz auf sein Werk. *Gott sei Dank. Sonst hätte mich Sorolla eine Woche lang damit aufgezogen.* Er beobachtete seinen Neffen verstohlen. Jung, hochgewachsen und verträumt. *Arglos.* Der Außenwelt den Rücken zugewandt. *Blauäugig.* Warum sah er zum Haus?

»Du solltest deine Aufmerksamkeit auf die Straße richten.«

Sorolla protestierte: »Es ist doch niemand da.« Trotzdem gehorchte er.

»Ebendarum.« Instinktiv griff sich Alzada an den Gürtel, obwohl er beschlossen hatte, heute unbewaffnet zu bleiben. »Etwas zu ruhig für meinen Geschmack.«

Die unzähligen Leuchtfackeln in der Ferne erzeugten eine künstliche Morgenröte, die die Stille noch verstärkte. *Die Ruhe vor dem Sturm.*

Ein Schatten auf der anderen Seite des Tors.

»Was machst du hier?«, fragte eine raue Stimme. *Warum ist er extra heruntergekommen, statt uns per Türdrücker reinzulassen?*

»Ich freue mich auch, dich zu sehen, Fernando«, antwortete Alzada.

»Was machst du hier?«, wiederholte Vukić. Er betonte jedes einzelne Wort.

»Jetzt komm schon.« Alzada sah, wie in Sorollas Augen Furcht aufloderte, als er beim Näherkommen die Waffe sah, die auf sie gerichtet war. Der Inspektor zog sich bedächtig die Jacke an. »Nimm die Waffe runter. Wir sind es bloß.«

»Wer ist ›wir‹?«

»Ich und mein Neffe Sorolla«, sagte Alzada. »Erinnerst du dich?«

Von der anderen Seite des Metalltors kam ein Knurren. Schließlich schob sich zwischen den beiden schmaleren Streben eine Hand heraus. Sorolla ergriff sie hastig und schüttelte sie. *Guter Junge.* Sein Gesichtsausdruck verriet, dass er nur selten körperlichen Kontakt zu alten Menschen hatte; es war ein weitverbreiteter Irrglaube, der auch auf Reptilien zutraf: Die meisten Leute erwarteten, dass die Haut älterer Menschen spröde war, dabei fühlte sich eine alte Hand eher an wie nach einem langen Bad: wellig und weich.

»Du weißt, dass Ausgangssperre herrscht, oder?«

»Lässt du uns jetzt endlich rein?«

»Da schau an, er wird nervös.« Ein weiteres Knurren, diesmal begleitet von einem Lächeln.

Langsam öffnete sich das Tor.

26

2001

Mittwoch, 19. Dezember, 22.30 Uhr

Alzada und Sorolla warteten in Vukić' düsterem Wohnzimmer, während der frühere Polizeipräsident in der Küche Kaffee kochte. Er hatte darauf bestanden. Eine einsame Tiffanylampe mit dem Motiv einer Libelle bildete die einzige Lichtquelle. Der Inspektor bemerkte sofort, dass sie strategisch dort positioniert worden war: nahe genug am Sofa, auf dem sie beide saßen, und weit genug vom Fenster entfernt, vermutlich damit man von der Straße aus nicht erkennen konnte, ob jemand zu Hause war. *Wird er im Alter etwa paranoid?* Nachdem ein paar Minuten verstrichen waren, machte Sorolla Anstalten, aufzustehen und sich umzusehen. Alzada hielt ihn sofort am Arm fest, damit er sich wieder auf das Sofa zurücksinken ließ. Vukić hätte die Schritte aus der Küche gehört und es bestimmt nicht gutgeheißen, wenn jemand in seinem Schlupfwinkel herumschnüffelte. Denn das war es: ein Schlupfwinkel. Sorolla würde sich damit begnügen müssen, den Raum aus der Entfernung in Augenschein zu nehmen.

Alzada hatte Vukić' Wohnung zum ersten Mal betreten, nachdem dessen Frau verstorben war. Die Nachbarn hatten getuschelt, er sei dabei, den Verstand zu verlieren. Der Polizeiinspektor hatte sich Sorgen gemacht, Vukić könnte sich erschießen; Paula hatte sich Sorgen gemacht, er könnte verhungern. Da sie immer noch in seiner Schuld standen und nicht wussten, wie sie sie begleichen sollten, hatten sie beschlossen, sich zumindest um ihn zu kümmern. Alzada hatte den Besitzer des nächstgelegenen Ladens beauftragt, Vukić einmal pro Woche Lebensmittel zu liefern; er selbst hatte ihn regelmäßig besucht und ihm Tupperware-Dosen mit hausgemachtem Essen mitgebracht. Nach und nach waren seine Besuche kürzer und seltener geworden; schließlich war er gar nicht mehr vorbeigefahren.

In der schummrigen Beleuchtung bemerkte Alzada nun, dass sich kaum etwas verändert hatte. Helle Kieferregale säumten alle vier Wände und erweckten beim Besucher den Eindruck, sich in einem recht modernen, adretten Arbeitszimmer zu befinden. Eine umfangreiche Büchersammlung, in mustergültigen Reihen angeordnet, verstärkte dieses Bild. Mit großer Wahrscheinlichkeit hatte er das alles allein bewerkstelligt; der ehemalige Polizeipräsident war zu misstrauisch, um jemandem ohne vorherige gründliche kriminalpolizeiliche Überprüfung Zutritt zu seiner Wohnung zu gewähren. Alzada wusste, dass sich die Büchersammlung fast ausschließlich mit Kriegsthematik befasste: von Bodenkampftechniken bis zu allgemeinen Strategien, von historischen Berichten bis zu fiktionalen Schilderungen, von den Kreuzzügen bis zum Burenkrieg. Er lenkte Sorollas Aufmerksamkeit auf die dunklere Seite des Esstischs, wo Vukić eine komplette Modellflugzeug-Werkstatt errichtet hatte. Nach ihrer Fertigstellung schien Vukić die Modelle mit den entsprechenden Büchern zu paaren, in denen die Kämpfe geschildert wurden, bei denen die jeweiligen Flugzeugtypen zum

Einsatz gekommen waren. Auch einige bekannte Jagdflugzeuge waren darunter. Neben einem Band über Malta erkannte Alzada eine Spitfire, der ganze Stolz der Briten im Zweiten Weltkrieg; die deutsche Messerschmitt stand neben einer Biographie über Rommel; die P-47 Thunderbolt mit ihrer Flugzeugnase im Schachbrettmuster diente einem Flughandbuch als Buchstütze. Offenbar bekam Vukić der Ruhestand gut.

»Zucker? Milch?«, rief Vukić aus der Küche.

Wie zwei auf frischer Tat ertappte Lausbuben schraken sie zusammen und setzten sich aufrecht hin.

»Nein danke«, rief Alzada zurück.

»Wirklich, Fernando«, sagte Alzada, als sein ehemaliger Chef mit einem wankenden Tablett hereinkam, »wir sind nur vorbeigekommen, um hallo zu sagen.«

»Der Wolf.« Diesen Spitznamen verdankte Vukić weniger der Wortherkunft seines balkanischen Familiennamens als vielmehr seiner wölfischen Erscheinung: grau, gerissen und gnadenlos. Das schüttere weißes Haar und die Altersflecken hatten seinem Erscheinungsbild ein wenig von seiner Härte genommen, und auch wenn er nach wie vor eine kerzengerade Haltung besaß, zeugte das Zittern in seiner Stimme von der Erschöpfung eines langen Lebens. *Wenn ich fünfundsechzig bin, muss er mindestens achtzig oder fünfundachtzig Jahre alt sein.*

»Das wäre wirklich nicht nötig gewesen«, versuchte Alzada es erneut.

»Ich freue mich, euch zu sehen.« Vukić ignorierte seine Bemerkung, indem er ihm eine Tasse Kaffee reichte. »Erinnerst du dich noch an dieses Geschirr?«

»Ja«, log der Inspektor. Um Zeit zu gewinnen, neigte er den Kopf zur Seite, als könnte der neue Winkel seiner Erinnerung auf die Sprünge helfen, wo er das cremeweiße Porzellan mit Goldrand schon einmal gesehen hatte.

»Es war euer Geschenk zu Marisas und meiner Hochzeit.«

»Natürlich«, bestätigte Alzada in der Hoffnung, überzeugend zu klingen. *Wäre Vukić doch bloß kein menschlicher Lügendetektor.*

Doch der hatte sich bereits Sorolla zugewandt: »Ich war nämlich zweimal verheiratet, musst du wissen. Und ich bin zum zweiten Mal verwitwet. Meine zweite Frau war so jung wie du. Hat mir trotzdem kein Glück gebracht: Sie ist vor mir gestorben. Wollt ihr wirklich keine Milch?«

»Fernando«, warf Alzada ein.

Vukić verstand. »Hat die Schlacht schon begonnen?«

»Deswegen sind wir in die Stadt gekommen«, antwortete Alzada.

»Du hattest schon immer haarsträubende Ideen ...«, grinste der ehemalige Polizeipräsident. »Ich bin froh zu sehen, dass sich manche Dinge niemals ändern.«

Wie er dort mit einer Hand seine Kaffeetasse festhielt, während die Untertasse auf der unteren Falte seines dunkelblauen Hemds ruhte, war er nicht mehr der Mann, vor dem Buenos Aires über ein Jahrzehnt lang erzittert war.

Alzada lächelte. »Bring mich nicht in Verlegenheit.«

»Bist du immer noch Inspektor?«

»Ja«, antwortete Alzada resigniert. Er begann zu glauben, dass sich die Welt gegen ihn verschworen hatte, um jedes einzelne heikle Thema seines Lebens zur Sprache zu bringen. *Vukić versucht bloß, freundlich zu sein.* Schließlich hatten sie sich kaum noch gesehen, seit der Polizeipräsident in Rente gegangen war.

»Ich dachte, ich hätte dir gesagt, du sollst so schnell wie möglich aussteigen.«

»Das hast du. Mehrmals sogar.«

»Und du hattest immerhin die perfekte Entschuldigung.«

Alzada runzelte die Stirn.

»Verzeihung. Du stehst mit dem Wort ›perfekt‹ wohl immer noch auf Kriegsfuß?«

Alzada lächelte. »Ganz besonders im unpassenden Kontext.«

»Wie leitet Galante die Wache?«

Sobald die Demokratie Einzug gehalten hatte, war die alte Garde entlassen worden; Galante hatte am meisten von dieser Umstrukturierung profitiert: Er war unbarmherzig genug für diese Art von Arbeit und unbescholten genug für die PR-Abteilung. Alzada hatte Galante lange Zeit übelgenommen, wie er mit ihrem ehemaligen Vorgesetzten verfahren war, aber im Nachhinein betrachtet war Vukić möglicherweise der Cleverste von ihnen allen gewesen. *Er ist rechtzeitig ausgestiegen, sodass sein Name bereits in Vergessenheit geraten war, als die Prozesse begannen.*

»Also, eigentlich bin ich zum Diebstahl versetzt worden, aber dreimal darfst du raten, wer sich um eine verschwundene Person kümmert ...«

Vukić zuckte mit den Schultern: »Nun ja, *damit* kennst du dich zumindest aus.«

Alzada riss die Augen weit auf und deutete mit einem Nicken in Richtung seines Neffen.

»Sehr unauffällig, *tío*«, sagte Sorolla. Bis zu diesem Moment hatte er nur Mäuschen gespielt.

Wolltest du nicht seine Aufmerksamkeit? Jetzt hast du sie.

»Und was machst du, junger Mann?« Vukić bekräftigte seine Frage, indem er aufmunternd den Kopf neigte. Seine Standardprozedur, um ihn für sich einzunehmen, um ihn einzuschätzen.

»Ich … ich …«, stammelte Sorolla, seine vorherige Entschlossenheit war verpufft.

»Du bist kein Polizist.« Eine Feststellung, keine Frage.

»Nein, ich …«

Schwieriger, als es aussieht, was?

»Er ist ein Revolutionär«, versuchte Alzada, die unangenehme Stille zu überbrücken. Er wusste, dass Vukić jeden, der glaubte, man könnte das Land verändern, insbesondere durch dilettantische Gewalt, im besten Fall für hochgradig naiv hielt.

»Er ist ihm wie aus dem Gesicht geschnitten«, sagte Vukić.

Was zur Hölle?

»Sie kannten meinen Vater?«

Vukić schluckte. War das möglich? Regten sich beim großen bösen Wolf etwa Gefühle? Er räusperte sich und ruckte sich auf seinem Sitz zurecht; schon war er wieder ganz der Alte. *Na bitte.* Mit einer Mischung aus Belustigung und Spott sagte er: »Ein Revolutionär also, verstehe …«

»Wo wir gerade beim Thema sind«, sagte Alzada und trank seinen Kaffee aus, »es wird allmählich spät, Fernando.«

Der Inspektor stand auf und trat ans Fenster. Obwohl die Jalousien fest geschlossen worden waren, konnte man aus dieser Position durch einen schmalen Spalt zwischen den Lamellen und der Wand beobachten, was auf der Straße geschah, ohne selbst gesehen zu werden. *Kein Zufall.* Alzada richtete den Blick in die Ferne und sah sein Auto. Er lächelte. Vukić hatte sie tatsächlich kommen sehen, lange bevor sie geklingelt hatten. *Er mag alt geworden sein, aber er hat es immer noch drauf.* Wie wäre er mit der Echegaray-Situation umgegangen? Er hätte sich einen feuchten Kehricht um die »Unannehmlichkeiten der Demokratie« gekümmert: das ordnungsgemäße Verfahren, den Durchsuchungsbefehl, die parlamentarische Immunität, die Reihenfolge der Berichte. »Um einen Wolf zu fangen, muss man einen Wolf auf ihn ansetzen«, hatte einer seiner typischen Aussprüche gelautet. Alzada wusste, dass sie den Fall schon gelöst hätten, wenn sie auf Vukić' Weise vorgegangen wären.

»Bitte grüß Paula von mir«, holte Vukić' Stimme Alzada in den Raum zurück. Sorolla stand neben der Tür.

»Aber natürlich«, sagte Alzada respektvoll. Ihm blieb noch etwas Zeit, um zu überlegen, ob er ihr von diesem Besuch erzählen würde. *Sie wird nur wissen wollen, ob er endlich eine Gegenleistung eingefordert hat.* »Und wegen –«

»Jetzt ist nicht der richtige Zeitpunkt dafür«, winkte Vukić ab, wie jedes Mal, wenn er das Thema angeschnitten hatte. Petacchi hatte einen satt gefüllten Umschlag erhalten – das Doppelte von Alzadas Monatsgehalt. Warum hatte Vukić sich nie für seinen Gefallen entlohnen lassen? »Komm mich öfter besuchen, du Mistkerl. Mir scheint, du warst nicht mehr hier seit …« Vukić verstummte. »Und zerbrich dir über die verschwundenen Personen nicht den Kopf. Geh endlich in Rente. Du hast genug getan. Du hast *damals* genug getan.«

Der Inspektor senkte den Kopf.

»Ich meine es ernst«, sagte der Polizeipräsident. »Nur weil du die Dinge jetzt anders machen würdest, wenn du könntest, heißt das nicht, dass du sie beim ersten Mal falsch gemacht hast. Wenn du vor den Richterstuhl des alten Mannes trittst«, er deutete nach oben, »kannst du sicher sein, dass er ganz meiner Meinung ist. Und jetzt macht euch auf den Weg, bevor es vorbei ist. Amüsiert euch.«

»Genau das haben wir vor«, klinkte sich Sorolla ins Gespräch ein.

»Ich muss sagen, ich bin überrascht, Joaco«, sagte Vukić lässig. Es klang fast wie ein Resümee, das er mehr für sich selbst zog. »Ich hätte dich nicht für einen politischen Aktivisten gehalten. Ich hätte gedacht, du sitzt zu Hause und liest.«

»So sah mein Plan ursprünglich auch aus, aber was soll ich sagen?« Alzada griff Sorolla liebevoll in den Nacken. »Der hier ist schuld.«

Sobald sie auf den Treppenabsatz hinaustraten, streckte Sorolla die Hand nach dem Aufzugknopf aus. Alzada schlug seine Hand beiseite, damit er nicht daraufdrückte. Das Surren des Aufzugs würde den Nachbarn verraten, dass Vukić Besuch gehabt hatte. Eine weitere Sache, die er nicht vermissen würde, wenn er im Ruhestand wäre: das strapaziöse Erklimmen der Treppenstufen bis in hohe Etagen, wenn sie jemandem einen Überraschungsbesuch abstatteten. Sorolla schien sofort begriffen zu haben. Doch dann begann er zu Alzadas Überraschung, die Treppen hinunterzupoltern.

»Du weißt schon, dass wir die Treppe nehmen und nicht den Aufzug, um Lärm zu vermeiden?«

»Ja«, sagte Sorolla. *Weiß er nicht.* Sein Neffe setzte seine Turnschuhe behutsamer auf den Steinstufen auf.

Als Alzada unten angekommen war, hielt Sorolla ihm die Tür auf, ein Ausdruck von Reue auf dem Gesicht. »Danke, *tío*, dass du heute Abend mitgekommen bist. Und mich hierhergebracht hast.«

»Schon gut.« Alzada presste die Lippen aufeinander, bis sie kaum noch zu sehen waren. »Aber … also. Sag deiner Tante nichts davon, ja?«

»Mag sie Vukić nicht?«

»Doch, ich glaube schon.«

»Verstehe.« Sorolla nickte. *Nein, tust du nicht. Und das ist in Ordnung.*

Während Sorolla das Tor zur Straße öffnete, nutzte Alzada den toten Winkel und bekreuzigte sich. Dann trat er hinter seinem Neffen hinaus. »Auf geht's.«

27

2001

Mittwoch, 19. Dezember, 23.10 Uhr

Alzada und Sorolla eilten die Straße hinunter. *Wir haben schon genug Zeit verschwendet, und jetzt noch dieser Umweg.* Der Umweg an sich war nicht das Problem. Im Gegenteil: Wäre Sorolla in Richtung Chacarita losgelaufen, hätte Alzada mit Sicherheit eingegriffen und eine andere Route vorgeschlagen. Doch das war nicht nötig gewesen; stillschweigend waren sie übereingekommen, die Avenida Jorge Newbery zu meiden, die nur eine Mauer vom größten Friedhof des Landes trennte. Wer weiß? Vielleicht hatte sein Neffe ebenso großen Respekt vor den Toten. Nicht dass Alzada abergläubisch gewesen wäre. Und den Großteil der Strecke über war von außen nichts zu erahnen. Das Gelände war konsequent von einer fünf Meter hohen Betonmauer umgeben, von der nur das untere Viertel von Zeit zu Zeit weiß gestrichen wurde. Zu dieser nächtlichen Stunde wäre die Gegend von fahlen Straßenlaternen erleuchtet gewesen, wie alle anderen Straßen in der Stadt auch. Nur der Haupteingang unterschied den Friedhof von Chacarita von einem Gefängnis: Zwei Löwenstatuen bewachten beflissen die menschlichen Überreste von halb

Buenos Aires. Die Überreste der Gründerväter. Die Überreste von Carlos Gardel. Die Überreste von Jorge Rodolfo – wenn er die Chance bekommen hätte. Stattdessen: mehrere tausend Peso an einen gefügigen Leichenbestatter, ein heimlicher Abstecher zu einem abgelegenen Friedhof, ein Grab ohne Namen. *Ja. Besser über die Dorrego.*

Zu beiden Seiten der Straße beobachtete Alzada, wie die Menschen aus ihren Wohnungen herausströmten und sich ihrem Marsch zum Parque Centenario anschlossen. Die Demographie der Demonstranten hatte sich während der letzten Tage stark gewandelt. Es waren nicht mehr der ursprüngliche hungrige Mob aus den umliegenden Provinzen oder die Kriminellen, die die Gelegenheit genutzt hatten, um in der Stadt eine offene Feldschlacht zu entfachen, und die De la Rúa schließlich so in die Enge getrieben hatten, dass er den Belagerungszustand verhängt hatte. *Das sind Familien wie unsere.* Männer mit hochgekrempelten Hemdsärmeln, Frauen, die ihre Fächer schwenkten, überall Kinder. Eine Menge T-Shirts mit Diego Maradona, der in Argentinien San Judas Tadeo als Schutzpatron für die ausweglosen Situationen verdrängt hatte.

Der Marsch nahm Fahrt auf, als hätte eine unsichtbare Kraft ein plötzliches Gefühl der Dringlichkeit in den Teilnehmern hervorgerufen, die Angst, etwas zu verpassen. Der sonst so unbekümmerte Sorolla fing fast an zu joggen, angetrieben von seinen Trainingsshorts mit den drei Streifen und seiner Jugend. Alzada blieb ein paar Schritte hinter ihm, um zu verschnaufen. Aber nur ein paar Schritte: Er wusste, wie schnell man jemanden in einer Menschenmenge verlor. Die Leute um sie herum waren in Siegesstimmung, plauderten miteinander. Der Inspektor bemühte sich, gegen die ansteckende Fröhlichkeit anzukämpfen, die er im Gesicht seines Neffen erkannte, die Versuchung, die Kontrolle über die Situation zu verlieren und sich »vom Strom treiben zu lassen«, so wie Sorolla es bestimmt ausdrücken würde. Nein, er musste wachsam bleiben.

Als sie rechts auf die Avenida Juan B. Justo einbogen, registrierte Alzada zwei nachtblaue Mannschaftswagen mit vergitterten Fenstern, die strategisch zu beiden Seiten der Straße geparkt standen. Hinter dem Wagen auf der linken Seite ein Wasserwerfer. Bereit für ein zweigleisiges Manöver. Zehn Bereitschaftspolizisten in Habachtstellung, zehn Tränengaspistolen in ihren Halftern, zehn kurzärmelige Hemden. *Hitze ist ebenso demokratisch wie Gewalt.* Der Inspektor war sicher, dass ihnen unterwegs noch weitere begegnen würden. *So fühlt es sich also an, auf der anderen Seite zu sein.* Er spürte ein gewisses Unbehagen, ähnlich dem, das die Leute beschreiben, wenn sie von der Polizei wegen Geschwindigkeitsüberschreitung angehalten werden. *Ich bin nervös, obwohl ich nichts Unrechtes getan habe.* Ein Mangel an Kontrolle. Um sie herum verdichtete sich die Menschenmenge.

Das Tempo der Demonstration passte sich den vielen Menschen an, die sich ihr in den letzten Minuten angeschlossen hatten; die Avenida glich nun einer verkalkten Arterie, verstopft von der geballten Unzufriedenheit einer betrogenen Generation. Immerhin konnte sich Alzada mit dem Gedanken trösten, dass es nicht ansatzweise genug Polizisten in der Stadt – nicht einmal in der Provinz – Buenos Aires gab, um eine echte Bedrohung darzustellen: Ein großer Teil von ihnen würde damit beschäftigt sein, die Plaza de Mayo vor der Casa Rosada abzusichern, dem Sitz des Präsidenten, dem begehrtesten Ort für Proteste. Wenn sie sich davon fernhielten – jetzt trennten sie sechs Kilometer davon –, wären sie in Sicherheit.

Jedes Mal wenn sich Alzada dabei ertappte, wie er sich

entspannte, begann er wieder, nach möglichen Krawallmachern Ausschau zu halten. Er konnte nicht aus seiner Haut. Ein wütender Jugendlicher, der eine Mülltonne gegen ein Polizeiauto schleuderte, reichte aus, um ein Massaker zu provozieren. Und in dieser Menschenmenge befanden sich nicht ausschließlich unbescholtene Bürger. Alzada brauchte nicht zweimal hinzusehen, um die entrüsteten Familienväter von den im Straßenkampf gestählten Kerlen zu unterscheiden, auch wenn sie sich heute besonders große Mühe gaben, unauffällig mit der Gruppe zu verschmelzen. Verschwunden waren die Kopf- und Halstücher, mit denen sie sich normalerweise vermummten. Doch die Entscheidung, kein Hemd zu tragen – *es ist nahezu unmöglich, den nackten Oberkörper eines rennenden Teenagers zu packen* –, und ihre gewissenhaft geschnürten Turnschuhe – *sie wissen, dass sie jeden Polizisten in Schutzausrüstung mühelos abhängen können* – reichten als Indiz aus, um sie zu erkennen. Ihr einziger Schmuck: Trillerpfeifen um den Hals – *die wirksamste Waffe gegen einen Angriff der Kavallerie.* Außerdem widerstanden sie dem natürlichen Drang, mitten auf der Straße zu laufen, weil es heute erlaubt war. Sie waren mit den Polizeitaktiken vertraut, sie kannten das Handbuch in- und auswendig. Die effektivste Methode zur Zerschlagung einer Menschenmenge bestand darin, in ihr Zentrum vorzudringen und den Feind in kleinere, überschaubarere Gruppen aufzusplitten. Genau die Strategie, die Napoleon III. vorgeschwebt hatte, als er in Paris die ersten Alleen anlegen ließ: Platz für frontale Kavallerieangriffe, Platz zur Kontrolle von Menschenmengen. *Aus diesem Grund bleiben diese Faxenmacher auf den Gehwegen.* Genau wie Alzada. So wie Sorolla es auch täte, wenn er besser achtgeben würde.

Klatschen. Und Pfeifen. Und Rufen. Das Klappern und

Klirren der Töpfe und Pfannen, auf die mit Suppenkellen und Löffeln eingeschlagen wird. Eine Nation, die ihren Rhythmus findet. Alzada war von der Kraft der Menschenmenge fasziniert. Das Blatt hatte sich gewendet. Der Hunger war verflogen. War in Wut umgeschlagen. Synkopische Spasmen der Revolte. Das Schlappen der Flipflops auf dem Asphalt. Hände umklammerten fest die argentinische Flagge, in die sich viele Demonstranten trotz der Hitze eingewickelt hatten. Überrascht stellte Alzada fest, dass er sich inmitten dieser dichten Kakophonie endlich sicher fühlte: Er hörte auf, die Gesichter um sich herum auf Anzeichen von verdächtigem Verhalten zu inspizieren. Er hörte auf, eine Fluchtmöglichkeit zu planen, und ließ die Menschenmenge seine nächsten Schritte anführen. Er ließ sich sogar von der frohen Erwartung anstecken, als sie links in die Avenida Dr. Honorio Pueyrredón einbogen; sie hatten fast das Ende ihrer Pilgerreise erreicht. Alzada entfuhr ein zaghaftes *»¡Hijos de puta!«*, und er erschrak über den Klang seiner eigenen Stimme. Er wies Sorolla auf den Weihnachtsbaum hin, der nun über dem Meer schwitzender Leiber aufragte. Er lächelte. Dieses Jahr würden sie nicht Christi Geburt feiern, sondern die Zangengeburt eines neuen Argentiniens. *Jorge wäre das Herz aufgegangen.*

Neben ihnen erkannte Alzada eine Reporterin von Cadena Nueve. Sie hatte es nicht eilig, sich für die Kamera bereit zu machen: Die Fernsehsender konnten im Moment nicht übertragen. Was immer sie heute Abend aufzeichneten, würden sie einpacken und aufbewahren müssen, bis das Kriegsrecht wieder aufgehoben wurde. Alzada hörte, wie sie etwas von »die letzte Diktatur« erzählte, und musste kichern. *Halb wahr, halb Wunschdenken.* Hinter ihr versuchten ein paar internationale Berichterstatter, die Menschen beiseitezudrängen, einen ausreichend großen Durchgang zu schaffen, um aussagekräftiges Filmmaterial von der Demonstration aufzuzeichnen, mit dem sie bei ihren Vorgesetzten die Kosten für diesen Auslandseinsatz rechtfertigen konnten. Alzada brauchte kein weiteres Mal hinzusehen, um zu wissen, dass ihre Bemühungen zum Scheitern verurteilt waren. *Zum Glück für die Polizei – und für den Großteil der Staatsoberhäupter weltweit – lassen sich Demonstrationen nicht gut auf Bildern einfangen.*

Es war ein antidemokratisches Paradox: Je größeren Erfolg die Organisatoren erzielten, desto schwieriger war es, die Größe ihrer Demonstration zu vermitteln, sei es mittels Worten, Standaufnahmen oder sogar Film. Vom Boden waren die Bilder systematisch ungeeignet, um die gewaltigen Ausmaße der Menge einzufangen, da kein Objektiv einen ausreichend großen Bildwinkel bietet, um Menschenströme überzeugend darzustellen. Aus diesem Grund hielten sich die Fotografen in der Regel an emotionale Einzelaufnahmen – einen wütenden Demonstranten, eine in Tränen aufgelöste Mutter, ein aussagekräftiges Protestbanner – vor einem verschwommenen Hintergrund. Diese Einzelbilder waren das Pendant zu der Parabel von den blinden Männern, die alle unterschiedliche Körperstellen eines Elefanten abtasten und das Tier als Ganzes vollkommen unterschiedlich beschreiben. Aus der Luft wiederum waren die Einzelpersonen kaum zu erkennen, und die Aufnahme könnte unmöglich die Energie des Protests wiedergeben, die unten auf der Straße zu spüren war. Die Empörung. Das Gefühl, inmitten einer solchen Menschenmasse zu sein, die Menschenmasse zu *sein*, ging für den Betrachter unwiderruflich verloren. Nicht dass es dieser Regierung schlaflose Nächte bereitet hätte, zum Gegenstand beschämender internationaler Berichterstattung zu werden – die schwer abzuschüttelnde Befangenheit, die daher rührt, beobachtet zu werden, war für sie ein Fremdwort. Sie waren die Erben derselben Anführer, die während ihres schmutzigen Krieges nicht nur eine Weltmeisterschaft ausgerichtet, sondern sie auch noch gewonnen hatten. Sie hatten damals mit keiner Wimper gezuckt; jetzt würden sie es auch nicht tun. Falls sie es für nötig hielten, würden Tränengas und Gummigeschosse zum Einsatz kommen. Und Schlimmeres.

»*¡Las manos arriba! ¡Esto es un asalto!*«, verkündete eine Stimme durch ein Megaphon. Hände hoch, das ist ein Überfall! Alzada fand, es war ein ziemlich scharfsinniger Slogan gegen Korruption. Und ansteckend.

»*¡Las manos arriba!*«, rief er halbherzig, befürchtete, lächerlich zu klingen.

Eine Frau, die schon eine Weile neben ihm hergegangen war, drehte sich zu ihm um, überrascht über seine unerwartete Beteiligung, und lächelte anerkennend.

»*¡Las manos arriba!*«, versuchte Alzada es erneut, diesmal entschlossener. Nach ein paar Wiederholungen reckte er beide Arme in die Luft, so wie der Rest der Menge, die Handflächen Argentiniens politischem Mekka zugewandt. Unter dem Bann dieses Slogans, der wie ein Mantra durch die Wiederholung an Dynamik gewann, rief Alzada lauter. Er spürte ein eigenartiges Gefühl der Erleichterung. Er spürte den Schmerz jeder einzelnen Person um sich herum. Er spürte die Wut, die er nie wahrgenommen hatte. Er musste plötzlich aus unerfindlichem Grund weinen – oder aus gutem Grund, er wusste es nicht. Er fühlte sich gut.

»*¡Las manos arriba!*«, skandierte Alzada, während ihm das Gewicht seiner Arme zu viel wurde und sie nach unten sackten; sein Herz war dankbar, nicht länger gegen die Schwerkraft anpumpen zu müssen. Er legte Sorolla eine Hand auf die Schulter. Sein Neffe war schon seit einer Weile schweigsam gewesen. Alzada spürte, wie er unter seiner Hand nachgab. Er sah Sorolla an und bemerkte, wie blass er war. *Das ist nicht gut.*

»Atme, *gordo*, atme«, schärfte Alzada Sorolla ein. *Warum zur Hölle habe ich mich von diesem Blödsinn mitreißen lassen? Ich hätte aufpassen müssen, deswegen bin ich hier. Nicht, um wie ein Idiot zu singen.* Er bremste sich. *Wir haben jetzt keine Zeit dafür.* Er musste sich schnell einen Fluchtweg aus dem Gedränge überlegen und, noch wichtiger, einen Ort finden, an dem sein Neffe sicher aufgehoben war, wenn er umkippte. *Wie viel Zeit bleibt uns?* Alzada wusste, was dieser Gesichtsausdruck bedeutete: Wenn er in den zwanzig Jahren, in denen sie Sorolla aufgezogen hatten, etwas gelernt hatte, dann, dass die Frage nicht war, ob er umkippen würde, sondern, *wann.* Alzada hakte sich bei Sorolla unter. *Ich werde dich jetzt nicht verlieren.* Er blickte sich forschend um. Links und rechts und wieder links. Alzada schwang herum, hielt die Augen verzweifelt nach einem ruhigen Ort offen. Überall um sie herum Menschen. Sie saßen in der Falle.

Da drüben! Zwanzig Meter von ihnen entfernt befand sich eine Konditorei mit einem zurückversetzten Eingang. »Pastelería Jerónimo« konnte Alzada auf der grün-weiß gestreiften Markise entziffern. Er spürte, wie Sorolla an seinem Arm schwerer wurde. *Zwanzig Meter durch dieses Gedränge und in seinem Zustand – besser, wir gehen die Sache sofort an.* Alzada blickte seinem Neffen ein letztes Mal ins Gesicht. Es war ausdruckslos. Jetzt würde es nicht mehr lange dauern, bis er ohnmächtig wurde. Bestürzt dachte Alzada, dass er Sorolla möglicherweise nicht tragen konnte.

»*Disculpe. Permiso. Permiso.*« Alzada bahnte sich einen

Weg durch die Menschenmenge. Bestimmt, aber behutsam. Das Letzte, was sie jetzt brauchten, war, Panik auszulösen und eine Massenflucht zu verursachen. Er hatte Sorolla einen Arm um die Schulter geschlungen; mit der freien Hand stützte er den Brustkorb seines Neffen, um ihn aufrecht zu halten. Alzadas Hemd war bereits schweißdurchtränkt. Die Menschen rührten sich kaum von der Stelle, um sie durchzulassen, gaben ihren Platz in der ersten Reihe der Revolution nur widerwillig frei. Die wenigen, die es doch taten, blickten besorgt drein. Sorolla zog die Füße kaum noch nach, sein Arm hing schlaff um Alzadas Nacken. Sie waren immer noch mindestens zehn Meter von der Konditorei entfernt. Jeder Schritt vorwärts wurde von einem dumpfen Aufprall begleitet: Alzadas zunehmend ungeduldige Schultern stießen gegen fremde Schultern. Er strauchelte unter dem Gewicht seines Neffen. *Ich schaffe das nicht. Ich* muss *das schaffen.*

Alzada blickte zum Himmel hinauf, nicht um ihn um göttliche Intervention anzurufen, sondern um einen klaren Kopf zu bekommen und nach Alternativen zu suchen. Die Leuchtfackeln, die in der Aufregung gezündet worden waren, hatten die Nacht in rauchiges Rot getaucht. *Wir machen hier halt.* Er würde Sorolla auf dem Boden absetzen und über ihm Wache stehen müssen, bis die Panikattacke vorbei war. *Mir bleibt keine andere Wahl.* Danach würde er erneut die Lage peilen.

»*Lo siento, gordo*«, entschuldigte er sich bei seinem Neffen, als er ihn absetzte.

In diesem Moment zog ein Fremder Sorolla von der anderen Seite hoch. Er war muskulös, im gleichen Alter wie der Inspektor. Er sagte kein Wort. Er hielt Sorolla aufrecht, als wäre er federleicht. So wie zuvor Alzada inspizierte er die Umgebung und befand die Konditorei ebenfalls als besten Zufluchtsort. Ohne sie anzusehen, schleifte der Fremde Sorolla recht effizient in diese Richtung. Alzada nahm seine letzte Kraft zusammen und half ihm, seinen Neffen in die kleine Nische vor der Eingangstür des Ladens zu verfrachten. *Ist das auf dem Boden getrocknetes Blut?* Als er aufsah, um sich bei dem Fremden zu bedanken, war er verschwunden.

»Okay, da sind wir«, verkündete Alzada in der Hoffnung, beruhigend zu klingen. Er wandte Sorolla den Rücken zu, der an die Eisenstangen gelehnt kauerte, die das Schaufenster schützten. *Wir sind vollkommen eingekesselt.*

»Sorolla?« In Alzadas Stimme mischten sich die zunehmend aufgebrachten Rufe hinter ihnen. *»¡Ladrones!«*

Keine Antwort.

Er ging neben seinem Neffen in die Knie, sah sich um und versuchte es noch einmal: »Geht es dir gut?« *Was ist das für eine Frage?*

Alzada rückte näher an ihn heran und legte zwei Finger auf Sorollas aufgeregt flatternde Halsschlagader. Er bemerkte, dass auch er angefangen hatte zu hyperventilieren, was nicht sonderlich hilfreich war. *Vergiss nicht, Joaquín: An einer Panikattacke ist noch nie jemand gestorben.*

Schließlich gelang es Alzada, den Pulsschlag zu ertasten. Vorsichtig hob er seine andere Hand an, um auf seiner Armbanduhr die Zeit zu stoppen. Hundertfünfzig. Die schlechte Nachricht: Bei einem derart hohen Puls erreichte die Panikattacke ihren Höhepunkt. Die gute Nachricht: Bei einem derart hohen Puls würde sie bald vorbei sein.

»Hast du deine Tabletten dabei?«, fragte Alzada Sorolla, der kaum ansprechbar war. »Wo ist dein Asthmaspray?«

Sorolla öffnete die Augen und starrte in die Ferne, als könnte er nichts sehen. Aber er antwortete: »Das Spray hilft nur gegen das Asthma.«

Und wo sind die Scheißtabletten? »Okay, okay. Hör mir zu«, sagte Alzada und nahm Sorollas Gesicht in beide Hände. »Du musst bloß atmen. Ich weiß, was du einwenden willst: Das sagt sich so leicht. Aber wenn du dich auf deinen Atem konzentrierst, kommt alles in Ordnung.«

»*Tío?*«

»Ja?«

»Lass mein Gesicht los.«

»Natürlich, natürlich«, kam Alzada seiner Aufforderung beschämt nach. Er war nicht Paula.

Was hätte *sie* getan, wenn sie Sorolla zur Demonstration begleitet hätte anstelle von ihm? *Sie hätte vermutlich für alle Fälle ein paar zusätzliche Pillen in ihrer Handtasche dabei.* Ein leichtes Lächeln überzog sein Gesicht. *Könnte sie uns doch jetzt bloß sehen. Sie würde sich zu mir umwenden und sagen: »Du hast schnell reagiert. Er ist in Sicherheit. Jetzt überleg, was als Nächstes zu tun ist.«* Das wollte er zumindest glauben. Um von der vorbeiziehenden Schar nicht mitgerissen zu werden, stellte sich Alzada bewusst breitbeinig und aufrecht hin. So konnte er zugleich Sorolla schützen und tief durchatmen.

Wie um alles in der Welt soll ich ihn hier rauskriegen? Ohne sich vom Fleck zu bewegen, beugte sich Alzada aus dem Eingang vor und erwog die Möglichkeiten. Sie befanden sich vier Häuserblocks nördlich des Weihnachtsbaums. Wäre dies eine von der Regierung genehmigte Demonstration, hätte der Bürgermeister in der Nähe des Baums mindestens einen Krankenwagen stationiert. Darauf konnten sie heute nicht zählen. Und er konnte Sorolla unmöglich die körperlichen Strapazen zumuten, sich durch das Gedränge zu schleppen, bloß um festzustellen, dass am Ende keine Hilfe auf ihn wartete. *Der Baum ist keine Option.* Sie konnten es in der entgegengesetzten Richtung versuchen und zurück zu ihrem Auto laufen. Aber sie hatten fast eine Stunde hierher gebraucht – und waren dabei dem Strom gefolgt. Wenn sie dagegen anliefen, würden sie mindestens doppelt so lange brauchen. *Kann Sorolla überhaupt laufen?* Alzada würde ihn nicht tragen können, so viel stand fest. Außerdem setzten beide Möglichkeiten voraus, dass Sorolla aus eigener Kraft stehen konnte und unterwegs keine weitere Panikattacke erlitt. Alternativ könnte er allein losziehen und mit Verstärkung zurückkommen, aber das würde bedeuten, ihn hier schutzlos zurückzulassen, ohne zu wissen, wie sich die Demonstration entwickeln würde. Hätte er sich nicht schützend vor Sorolla aufgebaut, wäre er bereits von der Menschenmenge zertrampelt worden. Sie saßen fest. Sie saßen mehr als fest. *Wir sind so was von – Augenblick.*

Alzada kramte sein Handy aus der Hosentasche hervor. *Gott sei Dank. Mal sehen.* Paula, die sonst immer seine erste Anlaufstelle war, konnte er nicht anrufen. Von zu Hause würde sie nichts ausrichten können, und sie konnte ganz sicher nicht in die Stadt kommen. *Wozu sie also beunruhigen?* Nein. Es war besser, sie erfuhr erst einmal nichts davon, zumindest nicht, bis er sich einen Plan zurechtgelegt hatte. *Ich brauche …* Er brauchte jemanden, der jung, fit und politisch engagiert genug war, um an diesem Abend hier draußen zu sein. Oder gelangweilt genug. Unter Alzadas Kontakten befand sich niemand, auf den diese Beschreibung zutraf: Die meisten seiner Freunde und Bekannten waren entweder im Ruhestand oder standen, so wie er, kurz davor, und er hätte seine linke Niere darauf verwettet, dass sie allesamt zu Hause saßen und, von den Nachrichten unbeeindruckt, ihren Matetee durch ein Trinkröhrchen saugten. Dann kam ihm ein Geistesblitz: Estrático.

Unverständliches Gezeter aus der Ferne. Ein paar Schritte von Alzada entfernt hielt ein Mann sein Radio über die Köpfe der Menschenmenge, damit alle zuhören konnten.

»Hört euch das an!«, rief er und drehte die Lautstärke auf. War *er* der Fremde, der ihnen geholfen hatte? Der Inspektor war sich nicht sicher. Berichte über Demonstrationen in anderen Stadtteilen. In Palermo, Belgrano, Almagro, Caballito, selbst in Boedo und Villa Crespo, überall hatten die Bürger beschlossen, dem Kriegsrecht zu trotzen. Alzada beugte sich näher zum angrenzenden Kreis hinüber und hörte, dass es vor der Casa Rosada zu Ausschreitungen gekommen war. *Natürlich war es das.* Die Polizei hatte die Anweisung erhalten, die Plaza de Mayo zu räumen – vielleicht die letzte schlechte Entscheidung dieser Regierung –, und war auf stürmischen Widerstand getroffen. Ein Tosen ging durch die Menge, als von Dutzenden Verletzten berichtet wurde. *Hoffen wir, dass die Gewalt nicht weiter um sich greift. Auf keiner der beiden Seiten.* Er könnte getrost für den Rest seines Lebens darauf verzichten, den dumpfen Aufprall eines Schlagstocks auf einem Körper zu hören. Estrático schien mit jeder Minute eine bessere Option zu sein.

Ja, er mochte nicht die passendste Wahl sein. Einen Untergebenen zu dieser späten Stunde anzurufen und um einen persönlichen Gefallen zu bitten? Alzada wäre ihm zumindest etwas schuldig. Andererseits – worum könnte ihn sein Assistent schlimmstenfalls bitten? Der Inspektor hatte die deutlich schwerwiegendere Bedrohung überlebt, dass Vukić eine Gegenleistung forderte, die bereits seit zwanzig Jahren wie eine Guillotine über seinem Kopf schwebte. Nein, Alzada zögerte, weil es bedeuten würde, Estrático ein Stück weit Zugang zu seinem Privatleben zu geben. Er holte tief Luft. Estrático würde es für sich behalten. *Welche andere Wahl bleibt mir?* Er sah auf seine rechte Hand hinunter. Wenn er sich darauf konzentrierte, spürte er, selbst nach all den Jahren, immer noch das Brennen auf der Innenseite seiner Hand, mit der er Galante damals geschlagen hatte. Alzada spürte Schadenfreude in sich aufsteigen und schüttelte augenblicklich den Übermut ab, der ihn überkommen hatte. Estrático wirkte nicht wie jemand, der heute zu Hause hockte. Mit ein bisschen Glück war er im Stadtzentrum. Oder sogar in der Nähe. *Schauen wir mal, wo er steckt.*

»Wen hast du angerufen?«, fragte Sorolla und versuchte, sich in den Stand aufzurichten.

»Bleib bitte, wo du bist, ja?« Mehr ein Befehl als eine Bitte.

»Nicht *tía* Paula, hoffe ich«, hörte er Sorollas Stimme von unten.

»Was glaubst du, wieso ich nach vierzig Jahren immer noch mit ihr verheiratet bin?« Alzada hielt inne. »Ich habe Estrático angerufen.«

»Wen?«

»Jemanden von der Wache.«

»Ist er in der Nähe?«

»Nicht wirklich. Er sagt, er ist in zwanzig Minuten da. Mal sehen, wie lange er tatsächlich braucht.« Da wurde ihm bewusst, dass der verängstigte Sorolla etwas Gewissheit brauchen könnte, und er setzte nach: »Mach dir keine Sorgen. Wenn er sagt, er kommt, kommt er auch. Alles wird gut.«

Alzada drehte seinem Neffen den Rücken zu. Wie der beflissene Wachhund, den seine Arbeit aus ihm gemacht hatte, richtete er seine gesamte Aufmerksamkeit darauf, die Menschenmenge zu studieren. Nur wenige Minuten zuvor waren die Leute noch auf den Platz zugerückt; jetzt war die Masse vollständig erstarrt.

»Alles wird gut«, wiederholte Alzada, diesmal mehr, um sich selbst zu beruhigen. Trotzdem drehte er sich zu seinem Neffen um, um sicherzugehen, dass er ihn gehört hatte, und begegnete dabei seinem Blick. Der gleiche Blick, mit dem er ihn vor zwanzig Jahren bedacht hatte, an dem Tag, an dem er zu ihnen gekommen war. Der gleiche zutiefst misstrauische Blick. Beschämt wandte sich Alzada wieder um.

Alles *wäre* gut, wenn Sorolla nicht seine »Schübe« bekäme. So hatte der Therapeut ihnen geraten, seine Panikattacken zu nennen, die wie ein gut geöltes Uhrwerk einmal pro Woche auftraten. Alzada hatte sich gegen den Vorschlag gewehrt: »Ich finde, wir sollten sie als das bezeichnen, was sie sind. Welchen Gefallen tun wir ihm, wenn wir es beschönigen? Er nimmt schließlich auch Medikamente dagegen. Es ist ja nicht so, als wüsste er nicht, was los ist.« Paula hatte kaum aufgeblickt und geantwortet: »Bist du sicher, dass ausgerechnet *du* auf radikale Ehrlichkeit setzen willst?« Sie hatten sie weiterhin als »Schübe« bezeichnet.

Alles wäre gut, wenn Sorolla nicht entsetzliche Angst vor der Dunkelheit hätte. Sicher, das Nachtlicht war hilfreich, wenn Alzada mitten in der Nacht zum Badezimmer schlurfte, aber gleichzeitig eine ständige Erinnerung an die Dinge, die sie in der Dunkelheit verloren hatten. Alles wäre gut, wenn Sorolla beim Anblick des Katers ihrer Nachbarn nicht in Geschrei ausbrechen würde. Wenn er Alzada samstags ins Kino begleiten könnte, um einen Kriegsfilm zu sehen. Alles wäre gut, wenn der Junge gar nicht erst aus seinem Zuhause herausgerissen worden wäre. Wenn er immer noch Eltern hätte. Wenn man sie nicht hätte verschwinden lassen. Warum bestanden sie darauf, diesen Begriff weiterhin zu benutzen? Es war ja nicht so, dass noch eine stille Hoffnung bestünde, sie könnten eines Tages zurückkehren. »Ermordet« war der treffendere Ausdruck. Und nicht nur ermordet, sondern dauerhaft aus dem Gedächtnis der Bevölkerung ausgelöscht. Als hätte es sie nie gegeben. Wann würden sie anfangen, die Dinge bei ihren richtigen Namen zu nennen? Doch Paula hatte recht: Er konnte nicht auf radikale Ehrlichkeit setzen und gewinnen. Alzada fühlte sich schwach.

»*¡El pueblo unido jamás será vencido!*«, skandierte die Menge. Das vereinte Volk wird niemals besiegt. War es nur ein weiterer beliebiger Slogan oder ein treffender Aphorismus? Konnten Bürgerbewegungen tatsächlich einen politischen Wandel herbeiführen? Alzada war der Gedanke zuwider, dass es stimmen könnte. In erster Linie wegen der Bedeutung, die für seine Generation darin mitschwang: Hätten *sie* die Diktatur stürzen können, wenn sie 1976 auf die Straße gegangen wären, so wie die Leute es jetzt taten? Warum hatten sie damals nicht protestiert? Natürlich, es hatte die *Madres* gegeben. Aber irgendwann hatte man sich an sie gewöhnt, und sie waren zu einer weiteren argentinischen Eigenart geworden, zu einem blassen Beleg für den hartnäckigen Schmutzfleck der Nation.

Warum waren die *Madres* die Einzigen geblieben? Hätte sich Alzada ihren Versammlungen anschließen können? Gewiss nicht, wenn er seine Familie in Sicherheit wissen wollte. Hätte er etwas anders machen können, bevor man sie verschwinden ließ? Hätte er Jorge Rodolfo warnen können? Aber das hatte er getan, rief er sich jedes Mal in Erinnerung, wenn ihn ein Albtraum wach rüttelte. Hätte er ihn *eindringlicher* warnen können? *Aber das habe ich.* Fast hätte Alzada die Worte laut ausgesprochen. Ganz gleich, wie oft er sie wiederholte, sie vermochten ihn nicht von seinen Schuldgefühlen reinzuwaschen. Der einzige Gedanke, der ihm Trost bot, war, dass Jorge, störrisch wie ein Esel, niemals damit aufgehört hätte, ganz egal was Joaquín gesagt oder getan hätte.

Trotzdem war Alzada, während er die Menge betrachtete, bewusst, dass er mehr hätte tun können. Er drückte sich gegen den Teil des Schaufensters, der nicht vergittert war, Sorolla zu seinen Füßen, und spürte die angenehme Kühle der Glasscheibe an seinem verschwitzten Rücken.

28

2001

Mittwoch, 19. Dezember, 23.50 Uhr

Jemand trat ihm auf den Fuß. Ein neongrüner Turnschuh. *Was fällt dir ein, du Trampel!* Sofort richtete sich Alzada auf, wütend auf den Fremden und dessen Achtlosigkeit, wütend auf sich selbst, nicht besser aufgepasst zu haben. Doch als er in das freundliche Gesicht vor sich blickte, zögerte er. Bevor er beschließen konnte, wie er auf den Fremden reagieren sollte, kam Estrático hinter dem Mann hervorgesprungen: »Die Kavallerie ist da, Inspektor!«

An jedem anderen Tag – unter allen anderen Umständen – hätte Alzada aus Verärgerung über seinen Assistenten die Augen verdreht – warum war er bloß immer so übertrieben gut gelaunt? Doch in diesem Moment war er ausgesprochen froh, ihn zu sehen. Alzada sah auf seine Uhr. Fast Mitternacht. *Wie lange bin ich schon hier?*

»Das ist Mati«, stellte Estrático ihm den Mann mit den grünen Turnschuhen vor und unterbrach seine Überlegungen.

Alzada reichte ihm die Hand, die fest gedrückt wurde.

»Verzeihen Sie, dass ich Ihnen auf den Fuß getreten bin, *caballero*«, sagte Mati.

Hat er mich gerade »caballero« genannt? Alzada mochte Mati sofort. Mati mit seinen vollen langen Haaren, die er zu einem adretten Knoten auf dem Kopf gewickelt hatte. Alzada nahm ihre Umgebung erneut in Augenschein. Die Menschenmassen drängten auf ihre Nische zu; es blieb kaum noch Platz zum Stehen. Kein Wunder, dass ihm der junge Mann auf den Fuß getreten war.

»Das macht nichts. Und bitte nennen Sie mich ›Joaquín‹.«

»Wenn ich das so sagen darf, Señor, ich hätte Sie nicht für jemanden gehalten, der an einem *cacerolazo* teilnimmt«, versuchte Estrático die Stimmung aufzulockern. In seinem Blick erkannte der Inspektor die gleichen Sorgen, die er sich machte. »Und schon gar nicht ohne Jacke.«

»Ich bin heute Nacht nur seinetwegen hier«, sagte Alzada mit einem Lächeln und trat beiseite, gab den Blick auf das menschliche Bündel frei, das in Embryohaltung auf dem Boden lag. Er bedeutete Sorolla, sich aufzurichten, aber sein Neffe rührte sich nicht. »Das ist Sorolla.«

»War er die ganze Zeit bei Bewusstsein?«, fragte Estrático.

»Kaum«, sagte Alzada.

Der Hilfsinspektor hockte sich neben Sorolla und zog ein Tuch hervor, aus dem ein paar Pillen zum Vorschein kamen. *Hat er die immer dabei?* Alzada ging neben Estrático in die Hocke, vergewisserte sich vorher, dass sich Mati der Demonstration zugewandt hatte und ihn vorübergehend als Aufpasser ablöste. Während er dort hockte, fiel ihm auf, dass er sich mit mindestens einer Hand auf dem Boden abstützen musste, um das Gleichgewicht zu halten. *Ich bin viel zu alt hierfür.*

»Was sind das für Tabletten?«, fragte Alzada.

»Die werden ihn etwas entspannen«, sagte Estrático und

reichte Sorolla eine Pille. »Es ist eine Panikattacke, nicht wahr?«

Alzada nickte. Die Unbekümmertheit, mit der die jungen Leute über diese Dinge sprachen, löste in ihm immer eine Mischung aus Erleichterung und Unbehagen aus.

»Sorolla?«, machte Estrático einen Versuch.

Sorolla verharrte in seinem apathischen Zustand. *Selbst jetzt sieht er ihm ähnlich.* Das letzte Mal, als er seinen Bruder gesehen hatte, hatte Jorge auf der Rückbank von Vukić' Wagen mit dem Tod gerungen, in einem Wettlauf gegen die Zeit, der nicht zu gewinnen war. *Nicht jetzt, Joaquín.*

Sorolla raffte sich dazu auf, den Hilfsinspektor anzusehen. Ohne zu zögern, schob Estrático ihm eine der Pillen in den Mund, so wie ein Vogelweibchen ihr Junges füttern würde. Sofort sackte Sorolla in seine vorherige Position zurück, zog den Kopf ein.

An Alzada gewandt fragte Estrático: »Passiert ihm das öfter?«

Meine Knie bringen mich um. Alzada rappelte sich auf und murmelte: »Gelegentlich.«

Estrático richtete sich ebenfalls auf und betrachtete die Menschenmenge. »Sie sind mit dem Auto in die Stadt gekommen, oder? Wo haben Sie geparkt?« Offenbar hatte er begriffen, dass sie besser das Thema wechseln sollten.

»Vor Vukić' Wohnung.«

»Polizeipräsident Vukić? Etwas vor meiner Zeit …«, räumte Estrático vorsichtig ein.

»Auf der anderen Seite von Chacarita.«

»Sollen wir ihn bis zum Auto tragen?«, erbot sich Mati und drehte sich um. *Da hat jemand aufgepasst.* In seinem ärmellosen Nirvana-T-Shirt glich er einer griechischen Statue, gemeißelt aus sommerlicher Bräune.

»Also …«, sagte Alzada zögernd. Dann setzte er, wie als

Entschuldigung, sie um Hilfe bitten zu müssen, nach: »Es ist ganz schön weit.«

»Das stimmt«, sagte Estrático. »Und es wird die Hölle, uns durch diese Horde hindurchzukämpfen.«

»Schon«, räumte Mati ein, »aber wir müssen jetzt hier weg.«

»Auf jeden Fall«, stimmte Estrático ihm zu. »Die Frage ist nur, wohin …«

Alzada war seine Kontakte schon auf der Suche nach jemandem durchgegangen, der in der Nähe sein könnte, und außer dem Hilfsinspektor war niemand infrage gekommen.

»Augenblick«, sagte Estrático und schmunzelte über seinen Einfall. »Jetzt, wo ich darüber nachdenke – wissen Sie, wer etwa zwei oder drei Häuserblocks von hier entfernt wohnt?«

Alzada war verwirrt.

»Dolores, Señor.«

»*Die* Dolores?«

»Ja, Señor.«

Joaquín kannte Dolores seit fast zwanzig Jahren, und erst jetzt wurde ihm klar, dass er so gut wie nichts über sie wusste. Wäre sie nicht mehr auf der Polizeiwache erschienen, hätte er keine Möglichkeit gehabt, sie zu kontaktieren. »Sie wohnt nicht weit von hier. Die Sache ist nur …«, Estrático zögerte. »Was ist, wenn sie gerade arbeitet?«

»Heute?« Alzada konnte seine Überraschung nicht verbergen.

»Man weiß nie …«, sagte der Hilfsinspektor, »ich rufe sie besser an, um zu sehen, ob sie zu Hause ist.«

»Wer ist Dolores?«, fragte Sorolla vom Boden. *Ach, jetzt bist du auf einmal wach.*

»Sie ist eine … sie ist eine …«, rang Alzada nach den richtigen Worten.

Estrático hielt das Mundstück seines Handys zu und half ihm auf die Sprünge: »Sie ist eine Bekannte deines Onkels«, flüsterte er. »Von der Wache.«

»Sie erklären mir später, woher Sie ihre Telefonnummer haben«, konterte Alzada.

»Nichts leichter als das«, sagte Estrático. »Sie haben mir heute Morgen aufgetragen, mich um ihre Papiere zu kümmern. Und ich besitze ein eidetisches Gedächtnis, Señor. Das bedeutet –«

»Mir ist durchaus klar, was ›eidetisch‹ bedeutet, Estrático.« *Es bedeutet, dass er etwas nur ein Mal zu lesen braucht, um es sich einzuprägen. Was mir wiederum* nicht *klar ist – wie konnte sie so leichtsinnig sein, ihm ihre Telefonnummer und Adresse zu geben? Wozu war er all die Jahre so vorsichtig gewesen?*

Der Hilfsinspektor hielt sich beim Telefonieren eine Hand vor das linke Ohr: »Hallo! Dolores? Hier ist Orestes. Von der Wache.« *Wie viele Orestes wird sie wohl kennen, wir sind schließlich nicht in einer griechischen Tragödie.* »Ja. Sind Sie zu Hause? Hören Sie, ich muss Sie um einen Gefallen bitten.« Orestes kicherte. »Bilden Sie sich nichts ein! Nein, nicht die Art von Gefallen …«

Alzada kicherte ebenfalls und sah, dass auch Mati schmunzelte. *Warum findet* er *das lustig?*

»Können wir vorbeikommen?«, fuhr Estrático fort. »Ach, geben Sie sich einen Ruck … Ich bin hier mit Inspektor Alzada und – ja? Okay, okay. Ja. Verstanden. Wir sind gleich da. Danke.«

Mati ging neben Sorolla in die Knie. »Okay, Alzada junior. Ich glaube, das war unser Stichwort.«

Alzada überlegte, Einwand zu erheben. Schließlich war Sorolla *sein* Neffe. Er konnte ihn selbst tragen. Aber dann sah er, wie behutsam Mati die Arme unter Sorollas Beine und seinen Rücken schob, wie geschickt er ihn in einer einzigen geschwinden Bewegung hochhob. Alzada sparte sich seinen Widerspruch.

»Dann mal los«, verkündete Mati in einem fröhlichen Tonfall, der Alzada an Estrático erinnerte.

29

2001

Donnerstag, 20. Dezember, 00.05 Uhr

»Guten Abend, Inspektor.«

La Dolores öffnete die Tür zu ihrer Wohnung nicht in einem Negligé, wie Alzada halb befürchtet, halb gehofft hatte. Sie entging dem Klischee der Verführerin mit beachtlicher Schicklichkeit, wie er fand: Sie trug eine Herrenpyjamahose mit blauen Streifen und ein graues T-Shirt mit dem Schriftzug »UBA«. Universidad de Buenos Aires. Alzadas Alma Mater.

»Guten Abend, Dolores.« Die unveränderlichen kleinen Routinen beruhigten Alzada.

Mati nickte zum Gruß und schob sich sanft an ihnen vorbei. Er hatte Sorolla ganz allein getragen – letztlich waren es fünf Häuserblocks gewesen –, ohne ein Anzeichen von Anstrengung und ohne ein Wort zu sagen. Er setzte Alzadas Neffen auf einem länglichen weißen Sofa ab, dem Herzstück des Wohnzimmers, und griff nach der Decke, die an einem Ende lag, um ihn zuzudecken. Sorolla vergeudete keine Zeit damit, sich an seine neue Umgebung zu gewöhnen: Er schlief augenblicklich ein. *Wenn sie kommen, die Zigeuner, finden sie dich auf dem Amboss, deine Augen fest geschlossen.* Alzada schüttelte die Erinnerung an Lorcas Gedicht ab; für den schlafenden Jungen ging es nicht gut aus.

»Treten Sie ein, Inspektoren, treten Sie ein«, sagte Dolores zu Alzada und Estrático, die vor der Tür stehen geblieben waren. Sie beugte sich in den Flur hinaus, als befürchtete sie, jemand könnte sie gesehen haben.

»Guten Abend, Dolores«, sagte Estrático und gab ihr einen Kuss auf die Wange, als er die Wohnung betrat. Er nahm direkt neben Mati auf dem Rand des Sofas Platz, wo sie anfingen, einen Stapel Hochglanzmagazine durchzugehen.

»Besten Dank«, sagte Alzada betont feierlich, als er die Türschwelle überschritt, um sein Unbehagen zu kaschieren.

Hier schläft der Feind also … Dolores' Wohnzimmer sah vollkommen anders aus, als er es sich vorgestellt hatte. Aber was genau hatte er sich vorgestellt? Eindeutig etwas Romantischeres. Hier sah es aus wie in einem Kühlschrank: weiß, glatt, durchdesignt. Jedes einzelne Möbelstück wirkte unbequem. Außer der Ottomane in der Ecke. Darauf lag ein Buch. *Die offenen Adern Lateinamerikas.* Alzada lächelte.

»Ich nehme sie nicht mit hierher, Inspektor«, unterbrach Dolores seine Überlegungen.

»Wie bitte?«, fragte Alzada zerstreut.

»Sie wissen, was ich meine, Inspektor.«

»Ich hatte nicht … Ich habe nicht –«, protestierte Alzada, beschämt, ertappt worden zu sein.

»Natürlich nicht, Inspektor«, sagte Dolores amüsiert. Dann bot sie an: »Möchte jemand ein Glas Rotwein?«

Estrático und Mati nickten. Alzada trat am Eingang von einem Fuß auf den anderen, unschlüssig, ob er Platz nehmen sollte. Bevor er antworten konnte, verschwand Dolores in der Küche. Er beschloss, ihr zu folgen.

Dolores ging am Kühlschrank, Spülbecken, Herd und an der Mikrowelle vorbei zum Fenster. Alle Utensilien standen an einer Wand des kleinen, picobello sauberen Raums aufgereiht. Eher ein OP-Saal als eine Küche. Sie nahm eine zur Hälfte gerauchte Zigarette vom Rand eines Aschenbechers und lehnte sich an das Fensterbrett.

Alzada kam näher. »Ich wusste gar nicht, dass Sie rauchen«, sagte er. Er versuchte sich zu erinnern, ob er sie auf der Wache jemals mit einer Zigarette gesehen hatte. Obwohl sie im Laufe der Jahre zahllose Stunden in seinem Sichtfeld verbracht hatte, tauchte in seinem Geist kein einziges Bild von ihr beim Rauchen auf.

»Oh, das tue ich auch nicht«, gab Dolores nonchalant zur Antwort, während ihrer Nase zwei Rauchsäulen entströmten. »Ich habe schon vor Jahren aufgehört.«

Alzada lächelte.

»Ich gönne mir immer nur diese eine, während ich darauf warte, dass mein Nagellack trocknet«, erklärte sie und wedelte mit den Händen. Kobaltgrün.

Alzada griff nach der Schachtel. »Darf ich?«

Dolores nickte. »Und was ist mit Ihnen?«

»Ich habe auch aufgehört«, sagte Alzada, nachdem er sich die Zigarette angesteckt hatte. »Sie erzählen Paula doch nichts davon?«

»Ich bin nicht *so* schlecht in meinem Job, Inspektor. Hat Ihnen mein Tipp weitergeholfen?«

»Ich bin auch nicht schlecht in meinem Job«, sagte Alzada und lächelte.

Plötzlich fiel ihm auf, wie nah sie beisammenstanden. Dolores musste es ebenfalls gespürt haben. Sie legte ihre

Zigarette wieder ab und griff geschickt nach einer Flasche Rotwein und vier Gläsern.

»Außerdem haben Sie mich ihr nie vorgestellt«, sagte sie ohne jede Spur von Häme und ging auf die Tür zu. »Leisten Sie uns Gesellschaft, wenn Sie fertig sind, Inspektor.«

Draußen war der Lärm abgeebbt. Alzada lehnte sich aus dem Fenster. Auf der Straße eine Reihe Krankenwagen. *Deshalb kann sie sich die Miete in diesem Viertel leisten.* Es war mindestens ein Jahrzehnt her, dass Alzada in einem Krankenhaus gewesen war. Der Vorteil, den es mit sich brachte, wenn man einen Jungen großzog, dessen einzige Vorstellung von Spaß darin bestand, zum eine Autostunde entfernten Zoo von Buenos Aires zu fahren, »zu den Lemuren, *tío*, zu den Lemuren!«, von einem Gehege zum nächsten zu schlendern und sich die Informationen über die Tiere auf den Schildern bis ins kleinste Detail einzuprägen, bis sie zu seinen Lieblingsexemplaren gelangten. Alzada wusste, dass der Krankenhausbesuch etwa zu dem Zeitpunkt stattgefunden hatte, als Sorolla angefangen hatte, Fragen zu stellen.

Joaquín hatte Paula bei den Vorbereitungen für das *asado* geholfen. Fleischstücke bedeckten jede freie Fläche ihrer Küche. Der Inspektor schälte Kartoffeln unter dem wachsamen Blick seiner Frau, die zeitgleich Gemüse in feine Streifen schnitt. Beide schwiegen, beiden ging eine Menge durch den Kopf, beide dachten an das, was in der Nacht zuvor passiert war.

Sorolla hatte sich zum Abendessen neben Joaquín gesetzt, während Paula letzte Hand an die Gnocchi legte. »Bedeutet das Schlusspunktgesetz, dass die Justizbehörden das Militär nicht mehr strafrechtlich verfolgen können?«

Und da wären wir wieder. Woher weiß er, was »strafrechtlich verfolgen« bedeutet? Er ist zehn! Und »die Justizbehörden«? Vorbei waren die Zeiten, in denen Argentiniens Oberster Gerichtshof den ehemaligen General Jorge Rafael Videla wegen Menschenrechtsverletzungen zu lebenslanger Haft verurteilt hatte. Sorolla hatte tagelang über die Bilder des »Mannes mit dem Bärtchen« gelacht, den *»señor con el bigotito«*, wie er ihn genannt hatte. Auch bekannt als der furchterregendste Gefolgsmann der Diktatur. Über einen langen Zeitraum hatten sie den Fragen ihres Neffen ohne größere Schwierigkeiten ausweichen können. »Irgendwann werden wir darüber sprechen müssen, nicht wahr?« *Irgendwann* schien in ferner Zukunft gelegen zu haben. Anfangs war Sorolla noch so jung gewesen, dass er sich leicht von dem Thema hatte ablenken lassen. Und als seine Aufmerksamkeitsspanne zugenommen hatte, waren ausweichende Antworten immer noch genug gewesen. Doch jetzt, im Alter von neun, zehn Jahren, wurden seine Fragen immer konkreter, und er wurde immer beharrlicher. Jedes Mal wenn er am Küchentisch erschien, sein Anliegen gut vorbereitet, hatte Joaquín den Eindruck, dass Sorolla eine heiße Spur zu verfolgen glaubte. Womit er recht hatte.

»Ja.« Paula hatte sich mit Geduld gewappnet. »Sie haben nämlich schon alle bösen Kerle ins Gefängnis gesteckt.«

»Also gibt es keine bösen Kerle mehr«, wollte Sorolla bestätigt wissen. Joaquín hatte beim Kommentar seines Neffen Hoffnung geschöpft: Vielleicht wollte er nur wissen, ob er beruhigt schlafen konnte.

»No mijo.« Paula platzierte den Servierlöffel in der Schüssel und setzte sich. »Iss.«

Wenig überzeugt hatte Sorolla auf seinem ersten Gnocchi herumgekaut und dann gefragt: »Und was ist mit denen, die *mami* und *papi* mitgenommen haben?«

Paula hatte Joaquín panisch angesehen. Joaquín hatte vorgeschlagen, nach dem Abendessen noch bei Chungo vorbeizugehen. Sorolla hatte seinen ganzen Teller Gnocchi aufgegessen, ohne weiterzubohren. *Die Aussicht auf ein Eis wird nicht ewig funktionieren.*

Jetzt konzentrierte sich Joaquín gleichzeitig darauf, die Kartoffeln zu Ende zu schälen und sich eine plausible Ausrede einfallen zu lassen, um die Küche zu verlassen. In einer Stunde würden ihre Gäste eintreffen. Noch konnte er einem Gespräch mit Paula darüber entgehen, wie sie am Abend zuvor gerade noch einmal davongekommen waren.

»Ich habe den ganzen Morgen darüber nachgedacht«, sagte Paula. *Zu spät.* »Wir müssen als Einheit auftreten, Joaquín.«

»Wir müssen als gar nichts ›auftreten‹, Paula. Wir *sind* eine Einheit«, hatte er leicht verbittert geantwortet, verletzt bei dem Gedanken, dass sie ihm illoyales Verhalten vorwarf.

Alzada sah zur Küchenuhr hinauf. Fünfundfünfzig Minuten. Fünfundfünfzig Minuten, um sich zu überlegen, wie sie Sorolla die Dinge erklären sollten, die selbst *ihnen* unerklärlich erschienen. Das Schlusspunktgesetz war keine Quantenphysik: Es setzte eine Frist für die Eröffnung neuer Strafverfahren gegen die Verantwortlichen für Menschenrechtsverletzungen während der letzten Diktatur. Die neue demokratische Regierung hatte sich zu einem revolutionären Aufbruch aus Argentiniens kollektiver Vergangenheit entschlossen, indem sie als erste Volksvertreter ihre eigenen ehemaligen Staatsoberhäupter vor Gericht stellten. Argentinische Gerichte, argentinische Richter, argentinische Gesetze. Der einzige Haken an der Sache: Sie hatten gegen die Führungskräfte der Militärjunta Klage erhoben, aber deren Befehlsempfänger verschont. Mit dieser Geste wollten sie demonstrieren, dass die Nation als Ganzes die Idee von einem Neuanfang unterstützte. Es bedeutete, dass sie bereit waren, den vor langer Zeit zerstörten sozialen Frieden wiederherzustellen. Es bedeutete, dass sich Vukić nie vor Gericht würde verantworten müssen. Es bedeutete, dass die Alzadas niemals erleben würden, wie Gerechtigkeit aussah. Alles zum Wohl eines neuen Argentiniens. Wie sollte man einem Zehnjährigen das Konzept der Tabula rasa erklären?

»Du schälst die halbe Kartoffel mit weg«, hatte Paula gesagt, eine der wenigen Sachen, über die sie noch Kontrolle besaß. Für den Bruchteil einer Sekunde hatte sie die Augen von ihrem Messer abgewandt. Fünfundvierzig Minuten bis zum Eintreffen der Gäste. Sieben Stiche in Señora Alzadas linkem Zeigefinger.

»Inspektor?« Estrático steckte den Kopf zur Küche herein. »Cavallo ist zurückgetreten.«

»Oh«, gab Alzada zerstreut zurück. Wenn der Wirtschaftsminister unter dem Druck ins Wanken geraten war, hieß das, dass De la Rúa schließlich auch zurücktreten würde? Damit würden sie zweifellos seinem dilettantischen Nachfolger auf Gedeih und Verderb ausgeliefert werden. Aber es würde auch bedeuten, dass sie gewonnen hatten. *Wir haben gewonnen.*

»Señor …«, Estrático zögerte. »Es ist schon recht spät.«

»Ja.« Alzada zog ein letztes Mal an seiner Zigarette.

»Ich glaube, jetzt, wo Sorolla in Sicherheit ist, machen wir uns auf den Weg.«

»Natürlich, natürlich«, sagte Alzada und drückte seine Zigarette neben Dolores' nicht zu Ende gerauchter aus. »Ich verstehe.«

»Können wir sonst noch etwas für Sie tun?«

»Nein, nicht nötig. Danke.« Alzada war immer noch nicht ganz anwesend.

Estrático wandte sich zum Gehen.

Da durchzuckte Alzada ein Gedanke. »Warten Sie …«

»Ja, Señor?« Estrático drehte sich noch einmal um. *Immer hilfsbereit. Immer freundlich.* Wenn Alzada in Rente ginge, würde Estrático es besser machen.

»Ich möchte Ihre ehrliche Meinung hören: Ist der Bart wirklich so schrecklich?«

»Nun ja, Señor …«, sagte Estrático und ging auf die Tür zu. »Dolores ist im Wohnzimmer.«

»Eine Sache noch.« Alzada räusperte sich, hatte sich endlich gesammelt. »Ich weiß nicht, wie ich Ihnen danken soll, Estrático. *Por todo.*«

»Keine Ursache, Inspektor«, winkte sein Assistent lächelnd ab. »Nichts, was eine erholsame Nachtruhe nicht kurieren könnte. Bis Freitag dann.«

»Kommen Sie morgen nicht zur Arbeit?«

»Nein, Señor. Die neue Wechselschicht.«

»Schade.«

Estráticos Interesse war geweckt.

»All das hat mich zum Nachdenken gebracht … Ich würde einem gewissen Kongressabgeordneten gerne einen Höflichkeitsbesuch abstatten …« Alzada zögerte. »Und dafür bräuchte ich einen Partner …«

»Ich bin dabei.«

»Wirklich?«

»Ich bin doch auch jetzt hier, oder nicht?«

Alzada nickte bestätigend. »Pass gut auf dich auf, Orestes, ja?«

Estrático lächelte verhalten. »Ja, Señor.«

Alzada ging zurück ins Wohnzimmer. Sorolla schlief auf

dem Sofa so behaglich wie in seinem eigenen Bett; la Dolores lag auf der Ottomane und las. Als sie ihn hereinkommen hörte, sah sie von ihrem Buch auf.

»Ich muss das bis morgen für die Uni lesen –«

»Ich schätze, der Unterricht fällt morgen aus.«

Alzada bemerkte, dass er noch gar nicht dazu gekommen war, sich über die Folgen der heutigen Ereignisse Gedanken zu machen. *Werde ich morgen in die Polizeiwache hineinspazieren, als wäre nichts geschehen?* Wie würde sein Tag aussehen? Vermutlich würde er später zur Arbeit fahren, vor der Wache eine Putzkolonne antreffen, die dabei war, die Spuren des Molotowcocktails an der Fassade zu beseitigen, seinen *cafecito* trinken und den Echegaray-Fall neu aufrollen. *Wir können noch einmal ganz von vorn anfangen.*

»Bleiben Sie so lange, wie Sie wollen«, sagte Dolores und deutete auf das unbenutzte Glas auf dem Wohnzimmertisch. »Trinken Sie etwas Wein, Inspektor.«

Alzada hockte sich zu Sorollas Füßen auf den Rand des Sofas. Es tat gut, den Jungen schlafen zu sehen. Immerhin *das* hatte er richtig gemacht. Er griff nach der Weinflasche, füllte Dolores' Glas auf und schenkte sich selbst etwas ein. »Ich wusste gar nicht, dass Sie studieren«, sagte er und deutete unbeholfen auf den Schriftzug auf ihrem T-Shirt.

»Es gibt eine Menge Dinge, die Sie nicht über mich wissen, Inspektor.«

»Das stimmt.« Er trank von seinem Wein.

Morgen – heute ist Donnerstag. Nachmittags würde er, so wie jeden Donnerstag in den letzten zwanzig Jahren, zum Friedhof in San Isidro fahren, um Jorge von seiner Woche zu berichten. Vielleicht würde er Sorolla zum ersten Mal dorthin mitnehmen. Und Paula.

Paula. Alzada zog sein Handy aus der Tasche hervor

und wählte ihre Nummer. *Wie soll ich ihr erklären, was mit Sorolla passiert ist? Und dass ich bei dieser Frau zu Hause bin?*

Ein Klingeln. Er bezweifelte, dass sein Anruf sie aufwecken würde – sie würde sicher kein Auge zutun, solange sie nicht zurückgekehrt waren.

Ein zweites Klingeln. *Hat sie sich doch schlafen gelegt?*

Ein drittes Klingeln. *Seltsam.* Selbst wenn sie schon geschlafen hätte, wäre sie mittlerweile ans Telefon gegangen.

Ein viertes Klingeln.

»*¿Paulita?*«

Am anderen Ende der Leitung ein klares »*Dígame?*«.

Danksagung

Ich danke María und allen wunderbaren Mitarbeitern bei Pontas für ihren Enthusiasmus, ihre grenzenlosen Bemühungen und dafür, mir die ganze Zeit über zur Seite gestanden zu haben. Federico danke ich für sein kluges Lektorat und dafür, mich beim Schreiben immer wieder ins Schwitzen gebracht zu haben: Du hast das Potenzial meines Romans *1981* erkannt und warst bereit, mich auf dem Weg zu begleiten. Danke an das Team von W & N.

Danke an Mayela Gerhardt für die fürsorgliche Weise, mit der du an meine Wörter bzw. Worte herangegangen bist, und für den Austausch.

Ich danke allen meinen Lesern, während des Anfangsstadiums und später, auf der Columbia Universität und außerhalb davon, während Workshops und außerhalb davon und ganz besonders: Natasha Naayem, Marian Matachana, Satoshi, Kara, Javi, María Aguirre, Karen und Amelia. Ich danke Ben Metcalf für die Fanta, für die Späße und für seinen Scharfsinn. Clare, der besten Leserin, die ich kenne, danke ich für ihre Erkenntnisse in Bezug auf Alzada und für ihre Geduld mit mir. Ich danke Olga, dass sie mich angespornt hat, mein Manuskript zu verschicken.

Aus ganz bestimmten Gründen und in keiner bestimmten Reihenfolge danke ich: Basak, Chris Yeung, Vicky, Esther, *tía* Car, Satoshi, Ron Wong, Irina, Natalia, María Boada, Rosalie, Elena Pastor und María Fernanda Estrático.

Mein Dank gilt allen, die ich mit meinen Erzählungen über das Buch, das ich geschrieben habe, gelangweilt habe.

Ich danke Juan Andrés Requena, der mir Antonio Machado ans Herz gelegt und die siebzehnjährige Eloísa ermutigt hat, an ihrem Handwerk zu feilen. Kara danke ich, dass sie mich auf Trab gehalten hat. Und Nina, über alle Zeitzonen hinweg. María, weil sie den Roman »der Reihe nach« gelesen und mir in Erinnerung gerufen hat, dass ich eine Agentur habe. Chipi für die spätabendlichen Anrufe. Miriam, weil sie mich *hermana* genannt hat.

Ich danke Pablo, dass er mich am ersten Tag auf dem Gymnasium gefunden hat, und für alles Weitere seitdem.

Ich danke Karen, die mich den entscheidenden Leuten vorgestellt hat, wodurch alles in Gang kam, und für die nachfolgende Flut wunderbarer Dinge.

Ich danke Javi, *por todo.* Dafür, dass er mir ein wundervolles Vorbild war, wie man seinen Platz in der Welt findet, und ganz besonders dafür, dass er mir gezeigt hat, wie Liebe aussehen kann.

Tía Blanca danke ich dafür, mich die schwierigen Dinge gelehrt zu haben.

Écol danke ich für seine inspirierende, sanfte Tapferkeit und dafür, immer Raum für mich zu schaffen.

Mamá, danke, dass du mir das Lesen beigebracht hast.